segredo de sangue

Obras da autora publicadas pela Editora Record

Série Rizolli & Isles

O cirurgião
O dominador
O pecador
O dublê de corpo
Desaparecidas
O Clube Mefisto
Relíquias
Gélido
A garota silenciosa
A última vítima
O predador
Segredo de sangue

Vida assistida
Corrente sanguínia
Gravidade
O jardim de ossos
Valsa maldita

TESS GERRITSEN

RIZZOLI & ISLES

segredo de sangue

Tradução de

ROBERTO MUGGIATI

3ª edição

EDITORA RECORD
RIO DE JANEIRO • SÃO PAULO
2019

CIP-BRASIL. CATALOGAÇÃO NA PUBLICAÇÃO
SINDICATO NACIONAL DOS EDITORES DE LIVROS, RJ

G326s
3ª ed.

Gerritsen, Tess, 1953-
Segredo de sangue / Tess Gerritsen; tradução de Roberto Muggiati. – 3ª ed. – Rio de Janeiro: Record, 2019.

Tradução de: I Know a Secret
ISBN 978-85-01-10949-1

1. Romance americano. I. Muggiati, Roberto. II. Título.

17-43381

CDD: 813
CDU: 821.111(73)-3

Título original:
I Know a Secret

Texto revisado segundo o novo Acordo Ortográfico da Língua Portuguesa.

Impresso no Brasil

ISBN 978-85-01-10949-1

Para a divina Sra. Margaret Ruley

1

Aos 7 anos, aprendi o quanto é importante chorar em funerais. Naquele dia de verão em particular, o homem deitado no caixão era meu tio-avô Orson, mais lembrado pelos charutos fedidos, pelo hálito desagradável e pelos peidos desavergonhados. Em vida, ele basicamente me ignorava, assim como eu o ignorava, por isso não me senti nem um pouquinho triste por sua morte. Não entendia por que eu tinha que ir ao velório, mas essa não é uma decisão que cabe a crianças de 7 anos. E assim, naquele dia, me peguei inquieta no banco de uma igreja, entediada e suando num vestido preto, enquanto me perguntava por que não podia ter ficado em casa com papai, que havia se recusado terminantemente a comparecer. Papai tinha dito que seria um hipócrita se fingisse que estava sofrendo por um homem que desprezava. Eu não sabia o que aquela palavra, "hipócrita", significava, mas sabia que não queria ser uma. E, ainda assim, lá estava eu, espremida entre minha mãe e a tia Sylvia, forçada a ouvir um desfile interminável de pessoas fazendo elogios insípidos ao medíocre tio Orson. "Um homem com orgulho de sua independência! Ele era apaixonado pelos seus hobbies! Como ele amava sua coleção de selos!"

Ninguém mencionou o mau hálito.

Eu me distraí durante o velório interminável analisando a cabeça das pessoas do banco na nossa frente. Percebi que o chapéu da tia Donna estava polvilhado de caspa e que o tio Charlie havia caído no sono e a peruca dele tinha saído do lugar. Parecia um rato marrom tentando descer pela lateral da cabeça. Fiz o que qualquer garota de 7 anos normal faria.

Dei uma gargalhada.

A reação foi imediata. As pessoas se viraram e franziram a testa para mim. Minha mãe, morrendo de vergonha, afundou cinco unhas afiadas no meu braço e chiou:

— Para com isso!

— Mas o cabelo dele caiu! Parece um rato!

As unhas dela se afundaram ainda mais.

— *A gente vai conversar sobre isso mais tarde, Holly.*

Em casa, não houve conversa nenhuma. Em vez disso, houve gritos e um tapa no rosto, e foi assim que aprendi qual era o comportamento apropriado para funerais. Eu aprendi que é preciso se manter soturno e em silêncio e que, às vezes, lágrimas são esperadas.

Quatro anos depois, no velório da minha mãe, fiz questão de chorar sonora e copiosamente, afinal, era o que todo mundo esperava de mim.

Mas hoje, no velório de Sarah Basterash, não sei bem ao certo se alguém espera que eu chore. Faz mais de uma década desde que vi pela última vez a garota que conheci na escola como Sarah Byrne. Nunca fomos próximas, de modo que não posso dizer que sinto muito seu falecimento. Na verdade, eu vim ao velório dela, em Newport, mais por curiosidade. Quero saber como ela morreu. *Preciso* saber como ela morreu. "Que tragédia terrível" é o que murmuram todos ao meu redor na igreja. O marido estava viajando. Sarah bebeu um pouco e caiu no sono com uma vela acesa na mesa de cabeceira. O incêndio que a matou foi só um acidente. Isso, pelo menos, é o que todos comentam.

É no que eu quero acreditar.

A igrejinha em Newport está lotada, repleta de todos os amigos que Sarah fez em sua breve vida, a maioria dos quais jamais conheci. Tampouco conheci o marido, Kevin, que em circunstâncias mais felizes seria um homem bastante atraente, alguém com quem talvez eu flertasse, mas que hoje parece completamente desolado. É isso que o sofrimento causa nas pessoas?

Eu me viro para inspecionar a igreja e descubro uma velha colega de turma do ensino médio chamada Kathy sentada atrás de mim, com o rosto inchado, o rímel borrado por causa do choro. Quase todas as mulheres e muitos dos homens estão chorando, pois uma soprano está cantando o velho hino quacre, "Simple Gifts", que parece sempre provocar lágrimas. Por um instante, meu olhar encontra o de Kathy, os olhos dela cheios d'água, os meus frios e secos. Mudei tanto desde o ensino médio que não me ocorre que ela tenha me reconhecido, mas ainda assim Kathy me encara como se tivesse visto um fantasma.

Eu me viro e volto a olhar para a frente.

Quando "Simple Gifts" termina, estou com lágrimas nos olhos como todo mundo.

Então me junto à longa fila para prestar meu último tributo e, ao passar pelo caixão fechado, analiso a foto de Sarah exposta num cavalete. Tinha apenas 26 anos, quatro a menos que eu, e na foto parece jovem e bela, de bochechas rosadas e sorrindo, a mesma garota loira e bonita de que me lembro da época da escola, quando eu era a menina que ninguém notava, o fantasma que espreitava do canto. Agora aqui estou eu, com a pele ainda corada de vida, enquanto Sarah, a bonitinha da Sarah, nada mais é além de ossos chamuscados numa caixa. Tenho certeza de que é isso que todos pensam ao olhar para a imagem de Sarah Antes do Incêndio; veem o rosto sorridente na foto e imaginam a pele queimada, o crânio enegrecido.

A fila avança, e dou pêsames a Kevin.

— Obrigado por vir — murmura ele.

Kevin não faz ideia de quem sou eu ou de como conheci Sarah, mas vê que minhas bochechas estão manchadas por lágrimas, então segura minha mão, agradecido. Eu havia chorado pela sua falecida esposa, e isso bastava para que fosse aceita.

Eu me esgueiro para fora da igreja e encontro o vento frio de novembro, então caminho num passo apressado, pois não quero ser abordada por Kathy ou por qualquer outro conhecido de infância. Ao longo dos anos, consegui evitar todos eles.

Ou talvez fossem eles que estivessem me evitando.

São apenas duas da tarde e, apesar de o meu chefe na Booksmart Media ter me dado o dia de folga, cogito voltar ao escritório para dar uma olhada nos e-mails e nas ligações. Eu trabalho como assessora para vários autores e preciso agendar suas aparições na mídia, enviar provas e escrever releases. Mas, antes de voltar para Boston, preciso fazer mais uma coisa.

Dirijo até a casa de Sarah — ou o que costumava ser a casa dela. Agora só restam destroços enegrecidos, madeira chamuscada e uma pilha de tijolos com manchas de fuligem. Uma cerca branca, que antes delimitava o jardim da frente, agora jaz esmagada no chão, destruída por mangueiras e escadas trazidas pelos bombeiros. Quando os caminhões chegaram, a casa já devia ter se transformado em um inferno.

Saio do carro e me aproximo das ruínas. O ar ainda fede a fumaça. Parada na calçada, vejo o tênue brilho metálico de uma geladeira de aço inoxidável enterrada naquela bagunça escurecida. Uma breve olhada na vizinhança de Newport me diz que era uma casa cara, o que me leva a questionar com que o marido de Sarah trabalha, se a família tem dinheiro. Um privilégio que eu, certamente, jamais tive.

Quando o vento sopra, folhas secas passam entre as minhas pernas, um ruído quebradiço que evoca outro dia de outono, vinte anos antes, quando eu estava com 10 anos e pisoteava as folhas secas na floresta. Aquele dia ainda lança uma sombra na minha vida e é o motivo pelo qual estou aqui hoje.

Olho para o memorial improvisado que fizeram em homenagem a Sarah. As pessoas deixaram buquês de flores, e vejo uma pilha de rosas, lírios e cravos murchos, tributos florais a uma jovem que claramente era amada. De repente, concentro a atenção numa folha verde que não faz parte de buquê algum, mas que foi colocada sobre outras flores como uma reflexão posterior.

É uma folha de palmeira. Símbolo de um mártir.

Sinto um frio na espinha e recuo. Em meio às batidas do meu coração, ouço o som de um carro se aproximando e, quando me viro, dou de frente com uma viatura da polícia de Newport reduzindo a velocidade. As janelas estão fechadas, e não consigo ver o rosto do policial, mas sei que ele está me observando atentamente enquanto passa. Me viro de costas para ele e volto para o meu carro.

Fico apenas sentada por um momento, esperando meu coração desacelerar e minhas mãos pararem de tremer. Olho novamente para as ruínas da casa e mais uma vez imagino Sarah com 6 anos. A pequena e bela Sarah Byrne, sacolejando na minha frente no banco do ônibus escolar. Cinco de nós viajamos no ônibus da escola naquele dia.

Agora só restam quatro.

— Adeus, Sarah — sussurro. Então dou a partida no carro e retorno para Boston.

2

Até mesmo monstros podiam morrer.

A mulher deitada do outro lado da janela podia parecer tão humana quanto todos os outros pacientes daquela unidade de terapia intensiva, mas a Dra. Maura Isles sabia muito bem que Amalthea Lank era, na verdade, um monstro. Dentro do quarto estava a criatura que assombrava os pesadelos de Maura, que lançava uma sombra sobre seu passado e cujo rosto pressagiava seu futuro.

É a minha mãe.

— Disseram que a Sra. Lank tinha uma filha, mas ninguém imaginava que você morasse bem aqui do lado, em Boston — comentou o Dr. Wang.

Havia um tom de crítica na voz dele? Desaprovação por ela ter negligenciado suas obrigações como filha e sequer ter visitado a mãe no leito de morte?

— Ela é minha mãe biológica — explicou Maura —, mas eu era só um bebê quando fui deixada para a adoção. Só fui saber dela há poucos anos.

— Mas você já a viu antes, não é?

— Sim, mas eu não falo com ela desde... — Maura hesitou. *Desde que jurei que não me envolveria mais com ela.* — Eu não sabia que ela estava na UTI até a enfermeira me ligar hoje de tarde.

— Ela deu entrada aqui no hospital faz dois dias, depois de desenvolver um quadro de febre e sua contagem de leucócitos desabar.

— Em quanto está?

— A contagem de neutrófilos, que são um tipo específico de células brancas, está em apenas quinhentos. Devia ser o triplo disso.

— Suponho que vocês tenham administrado antibióticos empíricos. — Ela o viu piscar de surpresa. — Me desculpe, Dr. Wang. Eu devia ter mencionado que sou médica. Trabalho no Instituto Médico-Legal.

— Ah, eu não fazia ideia.

Ele pigarreou e passou a usar uma linguagem muito mais técnica, que os dois compartilhavam como médicos.

— Sim, começamos com os antibióticos logo depois da coleta para a hemocultura. Cerca de cinco por cento dos pacientes que seguem o mesmo tratamento quimioterápico dela desenvolvem neutropenia febril.

— Qual é o protocolo quimioterápico?

— Folfirinox. É uma combinação de quatro drogas, incluindo fluorouracila e leucovorina. De acordo com um estudo francês, o folfirinox prolonga a vida de pacientes com câncer pancreático metastático, mas é preciso que haja um monitoramento minucioso de casos de febre. Felizmente, a enfermeira da prisão em Framingham ficou de olho.

Ele fez uma pausa, buscando uma maneira de levantar uma questão delicada.

— Espero que não se incomode com a minha pergunta.

— Pois não?

O Dr. Wang desviou o olhar, claramente constrangido com o assunto que estava prestes a abordar. Era muito mais fácil falar de exames de sangue, protocolos de antibióticos e dados científicos, pois fatos não eram nem bons nem ruins; não induziam ao julgamento.

— A ficha médica da sua mãe em Framingham não menciona por que ela está na cadeia. Tudo o que nos disseram é que a Sra. Lank está cumprindo prisão perpétua, sem possibilidade de conseguir liberdade condicional. O guarda colocado para vigiá-la insiste em mantê-la algemada à cama, o que, para mim, parece um tratamento um tanto bárbaro.

— É só o protocolo que eles precisam seguir para prisioneiros hospitalizados.

— Ela está morrendo de câncer pancreático, qualquer um consegue ver o quanto está frágil. Sem dúvida ela não vai sair da cama e fugir. Mas o guarda nos disse que ela é muito mais perigosa do que parece.

— E é mesmo — acrescentou Maura.

— Por que ela foi presa?

— Homicídios. Múltiplos.

Pela janela, ele fixou o olhar em Amalthea.

— *Aquela* senhora?

— Agora você entende o porquê das algemas. E do guarda do lado de fora do quarto.

Maura deu uma olhada no oficial uniformizado sentado ao lado da porta, atento à conversa.

— Lamento — disse o Dr. Wang. — Deve ser difícil para você, saber que a sua mãe...

— É uma assassina? Sim.

E você não sabe o pior. Você não conhece o restante da família.

Através da janela do quarto, Maura viu os olhos de Amalthea se abrirem devagar. Um dedo esquelético acenou para ela, um gesto tão arrepiante quanto o comando da garra de Satanás. Eu devia dar meia-volta e ir embora agora, pensou. Amalthea não merecia a compaixão ou a bondade de ninguém. Mas Maura e aquela mulher têm o mesmo sangue, um elo tão profundo quanto suas moléculas. Mesmo que só no DNA, Amalthea Lank *era* mãe dela.

O guarda observou Maura com atenção enquanto ela vestia um traje de proteção e uma máscara. Essa não seria uma visita particular: o guarda observaria cada olhar e cada gesto, e inevitavelmente fofocas seriam espalhadas pelo hospital. A Dra. Maura Isles, a legista de Boston cujo bisturi havia aberto inúmeros cadáveres, que seguia regularmente o rastro do ceifador, era filha de uma serial killer. A morte fazia parte dos negócios da família.

Amalthea olhou para Maura com olhos tão negros quanto lascas de obsidiana. Era possível ouvir o sutil sibilar do oxigênio passando pelos tubos nasais, e os bipes do monitor acima da cama indicavam os batimentos cardíacos. Prova de que mesmo uma pessoa tão desalmada quanto Amalthea tinha um coração.

— Então você veio me ver — sussurrou a mãe. — Depois de jurar que nunca ia me procurar.

— Me disseram que a sua doença é grave. Essa pode ser a nossa última chance de conversar e eu queria ver você enquanto ainda era possível.

— Porque precisa de alguma coisa de mim?

Maura balançou a cabeça, incrédula.

— O que eu poderia precisar de *você*?

— É assim que o mundo gira, Maura. Todas as criaturas pensantes querem vantagem. Tudo o que fazemos é por interesse próprio.

— Talvez seja assim para você, mas não é para mim.

— Então por que você veio?

— Porque você está morrendo. Porque você continua escrevendo para mim, pedindo que a visite. Porque eu gosto de acreditar que tenho pelo menos *um pouco* de compaixão.

— Algo que eu não tenho.

— Por que você acha que está algemada a essa cama?

Amalthea fez uma careta e fechou os olhos, apertando os lábios repentinamente de dor.

— Acho que eu mereci isso — murmurou.

O suor fazia seu lábio superior brilhar, e por um momento ela ficou completamente imóvel, como se qualquer movimento, mesmo respirar, fosse excruciante. Na última vez que Maura a vira, Amalthea tinha cabelos pretos volumosos, com generosas mechas grisalhas. Agora apenas alguns punhados de fios se agarravam ao couro cabeludo, os últimos sobreviventes da brutal quimioterapia. A carne nas têmporas havia desaparecido, e a pele do rosto pendia como uma tenda caída sobre os ossos salientes.

— Parece que você está sentindo dores. Precisa de morfina? — perguntou Maura. — Vou chamar a enfermeira.

— Não. — Amalthea expirou lentamente. — Ainda não. Eu preciso ficar acordada. Preciso falar com você.

— Sobre o quê?

— Sobre você, Maura. Sobre quem você é.

— Eu sei quem eu sou.

— Sabe mesmo? — Os olhos de Amalthea eram escuros e estavam insondáveis. — Você é minha filha. Isso não pode negar.

— Mas eu não me pareço em nada com você.

— Porque foi criada pelos gentis e respeitáveis Sr. e Sra. Isles em São Francisco? Porque frequentou as melhores escolas e teve uma educação refinada? Porque trabalha em nome da verdade e da justiça?

— Porque eu não massacrei mais de vinte mulheres. Ou foram mais? Havia outras vítimas que não constavam na sua contagem final?

— Tudo isso é passado. Eu quero falar do futuro.

— Por quê? Você não vai estar por aqui mesmo.

Isso era algo terrível de se dizer, mas Maura não estava com humor para ser boazinha. De repente, sentiu-se manipulada, atraída até ali por uma mulher que sabia exatamente onde cutucar. Por meses, Amalthea tinha lhe enviado cartas. "Estou morrendo de câncer. Eu sou a sua única parente de sangue. Essa vai ser a sua última chance de se despedir." Poucas palavras eram tão fortes quanto "última chance". Deixe a oportunidade passar e pode acabar se arrependendo pelo resto da vida.

— Sim, eu vou estar morta — disse Amalthea, casualmente. — E você vai ficar se perguntando quem é o seu povo.

— Meu povo? — Maura riu. — Como se a gente fizesse parte de alguma espécie de tribo?

— A gente faz. Pertencemos a uma tribo que tira proveito dos mortos. Eu e o seu pai tiramos. Seu irmão tirou. E não é irônico que você também tire? Pergunte a si mesma, Maura, por que você escolheu essa profissão. Uma carreira tão estranha para se seguir. Por que não virou professora ou bancária? O que leva você a abrir os mortos?

— É tudo pela ciência. Eu quero entender por que essas pessoas morreram.

— Mas é claro. Uma resposta intelectual.

— Existe outra melhor?

— Você faz isso por causa da escuridão. Nós duas a compartilhamos. A diferença é que eu não tenho medo dela, mas você tem. Você lida com o medo cortando-o com seu bisturi, na esperança de revelar seus segredos. Mas isso não funciona, não é? Isso não resolve o seu problema fundamental.

— Que seria...?

— Que ela está dentro de você. A escuridão faz parte de você.

Maura olhou nos olhos da mãe e o que viu deu um nó na sua garganta. *Meu Deus, eu estou vendo a mim mesma.* Ela recuou.

— Acabei por aqui. Você me pediu para vir e eu vim. Não me mande mais cartas, porque eu não vou responder. — Ela se virou. — Adeus, Amalthea.

— Eu não escrevo só para você.

Maura parou, prestes a abrir a porta do quarto.

— Eu ouço coisas. Coisas que talvez você queira saber. — Ela fechou os olhos e deu um suspiro. — Você não parece interessada, mas vai ficar. Porque logo você vai encontrar outro.

Outro o quê?

Maura ficou imóvel, prestes a ir embora, esforçando-se para não ser sugada de volta à conversa. Não responda, pensou. Não caia na armadilha dela.

Foi o celular que a salvou, o zumbido grave vibrando no bolso. Sem olhar para trás, ela saiu do quarto, arrancou a máscara e apalpou o traje em busca do telefone.

— Dra. Isles — falou ao atender.

— Temos um presente de Natal adiantado para você — avisou a detetive Jane Rizzoli, soando calma demais para a notícia que estava prestes a dar. — Mulher, branca, 26 anos. Morta na cama, vestida.

— Onde?

— Estamos no Leather District. É um loft na Utica Street. Não vejo a *hora* de saber o que você pensa sobre esse caso.

— Você disse que ela estava na cama? Sozinha?

— Sim. Foi encontrada pelo pai.

— E se trata claramente de um homicídio?

— Sem dúvida. Mas foi o que aconteceu com ela *depois* que está levando Frost à loucura aqui. — Jane fez uma pausa e acrescentou em voz baixa: — Pelo menos eu *espero* que ela já estivesse morta quando aconteceu.

Pela janela do quarto, Maura viu que Amalthea observava a conversa com interesse. É claro que ela se interessaria; a morte fazia parte dos negócios da família.

— Em quanto tempo você consegue chegar aqui? — perguntou Jane.

— Estou em Framingham. Pode ser que eu demore um pouco, vai depender do trânsito.

— Framingham? O que você está fazendo aí?

Esse não era um assunto sobre o qual Maura queria falar, certamente não com Jane.

— Estou saindo agora — foi tudo o que disse.

Ela encerrou a ligação e olhou para a mãe moribunda. *Acabei por aqui*, pensou. *Agora nunca mais vou precisar ver você outra vez.*

Os lábios de Amalthea lentamente formaram um sorriso.

3

Já havia anoitecido quando Maura chegou a Boston, e um vento de gelar os ossos tinha mandado todos os pedestres para dentro de suas casas. A Utica Street era estreita e estava tomada por viaturas oficiais, de modo que ela estacionou na esquina e se demorou esquadrinhando a rua deserta. Havia nevado nos últimos dias, seguido pelo degelo que por sua vez tinha levado àquele frio intenso, e a calçada exibia o brilho traiçoeiro do gelo. Hora de trabalhar. Hora de deixar Amalthea para trás, pensou. Jane tinha lhe dado esse exato conselho meses atrás: "Não vá visitar Amalthea; nem pense nela. Deixe aquela mulher apodrecer na cadeia."

Agora está tudo acabado, pensou Maura. Eu já me despedi, e ela finalmente está fora da minha vida.

Ao sair do Lexus, o vento açoitou a barra de seu longo sobretudo preto, atravessando o tecido de suas calças de lã. Maura caminhou o mais rápido que ousou pela calçada escorregadia, passando por um café e por uma agência de viagens já fechados até virar a esquina da Utica Street, que cortava os depósitos de tijolos vermelhos como um cânion estreito. Antigamente, esse bairro abrigava pessoas que trabalhavam com couro e o vendiam no atacado. Muitos daqueles prédios do século XIX foram transformados em lofts, e o que antes era uma área industrial da cidade agora se transformara em um bairro moderno repleto de artistas.

Maura deu a volta nos entulhos de obra que bloqueavam parte da rua e avistou as luzes azuis de uma viatura à frente, piscando como um farol sinistro. Pelo para-brisa, viu as silhuetas de dois patrulheiros sentados dentro do carro, com o motor ligado para manter o veículo aquecido. Uma das janelas baixou quando ela se aproximou.

— Ei, doutora! — O patrulheiro sorriu para ela. — Você perdeu a parte emocionante. A ambulância acabou de ir embora.

Apesar de o sujeito parecer familiar e claramente reconhecê-la, Maura não fazia ideia do nome dele, algo que acontecia com certa frequência.

— Que parte emocionante? — perguntou ela.

— Rizzoli estava lá dentro conversando com um cara quando ele colocou a mão no peito e capotou. Provavelmente sofreu um infarto.

— Ele ainda está vivo?

— Estava quando foi levado pela ambulância. Você tinha que estar aqui. Uma médica teria sido útil.

— Especialidade errada. — Maura olhou para o prédio. — Rizzoli ainda está lá dentro?

— Sim. É só subir a escada. Um belo apartamento, esse aí. Um bom lugar para se morar, se você não estiver morto.

Enquanto a janela subia, ela ouviu os policiais rirem baixinho do próprio humor. Haha, piadas de cena do crime. Nunca são engraçadas.

No frio cortante da rua, ela calçou os sapatos e colocou as luvas, então entrou no prédio. Quando a porta bateu com força às suas costas, Maura parou imediatamente, confrontada com a imagem de uma garota coberta de sangue. Pendurado na parede do hall de entrada, como uma placa de boas-vindas macabra, havia um cartaz de *Carrie, a estranha*, um banho de sangue em tecnicolor que assustaria qualquer visita que entrasse por aquela porta. Uma galeria inteira de cartazes de filmes de terror adornava a parede de tijolos vermelhos ao longo da escadaria. À medida que subia, passou por *O dia das trífides*, *A mansão do terror*, *Os pássaros* e *A noite dos mortos-vivos*.

— Até que enfim você chegou — gritou Jane do segundo andar. Ela apontou para *A noite dos mortos-vivos*. — Imagine voltar para casa e dar de cara com essa imagem feliz toda noite.

— Esses cartazes parecem ser todos originais. Não são a minha praia, mas provavelmente valem uma boa grana.

— Venha aqui para dar uma olhada em muitas outras coisas que não são a sua praia. Não são *a minha*, pelo menos.

Maura seguiu Jane até o apartamento e parou para admirar as enormes vigas de madeira no teto. O piso ainda tinha as tábuas largas de carvalho originais, e naquele momento elas estavam cobertas por um polimento impecável. Uma reforma de bom gosto havia transformado o que antes era um armazém num *loft* fantástico com paredes de tijolos, com certeza muito acima do orçamento de qualquer artista morto de fome.

— Muito melhor que o meu apartamento — comentou Jane. — Eu me mudaria para cá numa boa, mas antes me livraria *daquela* coisa horripilante na parede. — Ela apontou para o olho vermelho monstruoso que a encarava de outro cartaz de filme de terror. — Reparou no nome do filme?

— *Estou vendo você*? — disse Maura.

— Não se esqueça desse título. Pode ser importante — disse Jane num tom funesto.

Ela conduziu Maura por uma cozinha aberta, passando por um vaso cheio de rosas e lírios, um generoso toque de primavera naquela noite de dezembro. Na bancada preta de granito havia um cartão da floricultura em que estava escrito em tinta roxa: "Feliz aniversário! Com amor, papai."

— Você disse que ela foi encontrada pelo pai? — perguntou Maura.

— Sim. Ele é o dono do prédio. Deixa a filha morar aqui sem pagar aluguel. Ela devia ter se encontrado com o pai hoje para um almoço de comemoração do aniversário no Four Seasons. Como ela não apareceu e não atendia o telefone, o pai veio ver o que havia acontecido. Ele disse que encontrou a porta do apartamento destrancada, mas que tudo parecia estar no lugar. Até chegar ao quarto. — Jane fez uma pausa. — Quando chegou a esse ponto da história, ele ficou branco, colocou a mão no peito, e a gente teve que chamar uma ambulância.

— O policial lá embaixo disse que o homem ainda estava vivo quando a ambulância partiu.

— Mas não parecia nada bem. Depois do que encontramos no quarto, temi que Frost também fosse precisar de uma ambulância.

O detetive Barry Frost estava parado no outro canto do quarto, concentrado no que anotava em seu bloco. Sua palidez invernal estava mais acentuada que de costume, e ele se limitou a dar um leve aceno de cabeça quando Maura entrou. Ela mal olhou para Frost: sua atenção foi atraída para a cama, onde se encontrava a vítima. A jovem estava numa pose estranhamente serena, os braços estendidos ao lado do corpo, como se ela tivesse apenas deitado sobre a colcha, completamente vestida, para tirar um cochilo. Estava toda de preto, com calça legging e uma blusa de gola rulê, que enfatizava a lividez fantasmagórica do rosto. Seus cabelos também eram pretos, mas as raízes loiras revelavam que o negror profundo nada mais era que tingimento. Diversos brincos de ouro atravessavam as orelhas, e uma argola dourada reluzia na sobrancelha direita. Mas foi o que se escancarava sob as sobrancelhas que chamou a atenção de Maura e a deixou em choque.

Ambas as órbitas oculares estavam vazias. Seu conteúdo havia sido escavado, deixando para trás apenas buracos ensanguentados.

Perplexa, Maura olhou rapidamente para a mão esquerda da mulher, para o que estava aninhado como duas bolas de gude macabras na palma da mão aberta.

— E é *isso* que torna a nossa noite tão empolgante, meninos e meninas — comentou Jane.

— Enucleação ocular bilateral — disse Maura em voz baixa.

— Isso é algum tipo de jargão médico bonito para *alguém que tem os dois olhos arrancados*?

— É.

— Eu adoro como você dá a tudo uma bela roupagem clínica. Isso torna um pouquinho menos perturbador o fato de ela estar segurando a merda dos próprios olhos.

— Me fale da vítima — pediu Maura.

Relutante, Frost desviou o olhar do bloco de anotações.

— Cassandra Coyle, 26 anos. Vive... Vivia aqui sozinha, sem namorado no momento. Trabalhava como cineasta independente, tinha a própria empresa, a Crazy Ruby Filmes, que fica num pequeno estúdio na South Street.

— Outro prédio que pertence ao pai — acrescentou Jane. — Obviamente a família tem dinheiro.

— O pai diz que falou com a vítima pela última vez na tarde de ontem — prosseguiu Frost —, por volta das cinco ou das seis da tarde, assim que ela deixou o estúdio. Depois vamos até lá para falar com os colegas dela, tentar descobrir a hora exata em que foi vista pela última vez.

— Que tipo de filme eles fazem? — quis saber Maura, embora a resposta já estivesse aparente, levando em conta os cartazes que viu pendurados pelo *loft*.

— Terror — respondeu Frost. — O pai dela disse que eles tinham acabado de terminar de filmar o segundo.

— E isso combina bem com o estilo dela — acrescentou Jane, observando os diversos piercings da vítima e o cabelo preto. — Eu achava que o gótico tinha saído de moda, mas essa garota arrasou no visual.

Relutantemente, Maura voltou a se concentrar no que estava aninhado na mão da vítima. A exposição ao ar havia ressecado as córneas, e os olhos azuis que outrora reluziam agora estavam turvos e sem vida. Embora os músculos cortados tivessem murchado, ela conseguiu identificar os músculos retos e oblíquos que controlam com tanta precisão os movimentos do olho humano. Esses seis músculos, trabalhando de forma colaborativa numa relação bastante complexa, permitem que um caçador siga a trajetória de um pato no céu ou que um estudante esquadrinhe um livro escolar.

— Por favor, nos diga que ela já estava morta quando ele fez... isso — disse Jane.

— As enucleações parecem póstumas, julgando a condição das pálpebras. Está vendo como quase não existe dano externo aos tecidos? Seja lá quem removeu os globos, a pessoa fez isso sem pressa, algo difícil se ela estivesse consciente e se debatendo. Além disso, a perda de sangue foi mínima, o que indica para mim que não havia pulsação. A circulação já havia cessado quando a primeira incisão foi feita. — Maura fez uma pausa, analisando as cavidades vazias. — O simbolismo é fascinante.

Jane se virou para Frost.

— Não falei que ela ia dizer isso?

— Os olhos são considerados a janela da alma. Talvez esse assassino não tenha gostado do que viu nos dela. Ou não gostou da maneira como ela olhou para *ele*. Talvez tenha se sentido ameaçado pelo olhar e reagiu arrancando os olhos dela.

— Ou talvez o último filme dela tivesse algo a ver com isso — sugeriu Frost. — *Estou vendo você.*

Maura olhou para ele.

— O cartaz era do filme *dela*?

— Ela escreveu o roteiro e produziu o filme. De acordo com o pai, foi o primeiro filme da filha. Nunca se sabe quem pode ter assistido. Talvez algum esquisitão.

— Que pode ter se inspirado nele — concluiu Maura, fitando os dois olhos aninhados na mão da vítima.

— Você já viu algum caso assim, doutora? — perguntou Frost. — Uma vítima com os olhos arrancados?

— Em Dallas — respondeu Maura. — Não foi um caso meu, mas fiquei sabendo por um colega. Três mulheres foram alvejadas e tiveram os olhos removidos após a morte. A primeira excisão do assassino foi cirurgicamente precisa, como essa aqui. Mas, quando chegou à terceira vítima, ele relaxou. Foi assim que o pegaram.

— Então... um serial killer.

— Que por acaso também sabia muito de taxidermia. Depois que ele foi preso, a polícia encontrou dezenas de fotos de mulheres no apartamento do sujeito, e ele tinha recortado os olhos de todas as fotos. O assassino odiava mulheres e ficava sexualmente excitado quando as machucava. — Maura olhou para Frost. — Mas esse foi o único caso de que ouvi falar. Esse tipo de mutilação é incomum.

— É a primeira vez que a gente lida com algo assim — comentou Jane.

— Vamos torcer para que seja a primeira e única.

Maura segurou o braço direito da vítima, tentou flexionar o cotovelo e descobriu que a articulação não se movia.

— A pele está fria, e ela se encontra em pleno *rigor mortis*. Com base na ligação do pai, sabemos que ainda estava viva por volta das cinco da tarde de ontem. Isso nos deixa com um intervalo *post mortem* em algum ponto entre doze e vinte e quatro horas.

Ela voltou a olhar para os colegas policiais.

— Alguma testemunha pode nos ajudar a precisar a hora da morte? Existem câmeras de segurança na região?

— Não nessa quadra — disse Frost. — Mas notei uma câmera no prédio virando a esquina, e me pareceu que ela está apontada para a entrada da Utica Street. Talvez ela tenha capturado imagens da vítima voltando para casa. E, se a gente tiver sorte, pode ter imagens de mais alguém.

Maura baixou a gola rulê em busca de lesões ou marcas de cordas ou fios, mas não encontrou nada. Em seguida, levantou a blusa da vítima para expor o corpo e, com a ajuda de Jane, colocou-o de lado. As costas apresentavam uma coloração roxa-escura, onde o sangue tinha se acumulado depois da morte. Ela pressionou o dedo enluvado na carne descolorida e descobriu que o *livor mortis* estava estabelecido, o que confirmava que a vítima havia morrido fazia pelo menos doze horas.

Mas qual tinha sido a causa da morte? Exceto pelos olhos mutilados, Maura não via nenhuma evidência de traumas.

— Nenhum ferimento de bala, nada de sangue, nenhuma evidência de estrangulamento. Não vejo nenhuma lesão.

— Ele arranca os olhos da vítima, mas não os leva — comenta Jane, franzindo as sobrancelhas. — Em vez disso, deixa os globos oculares na mão dela, como uma espécie de presente de despedida. Qual será o significado por trás disso?

— Essa é uma pergunta para um psicólogo. — Maura se endireitou. — Não consigo determinar a causa da morte aqui. Vamos ver o que surge na necropsia.

— Talvez tenha sido uma overdose — sugeriu Frost.

— Isso certamente está no topo da lista. A triagem de drogas e tóxicos vai nos dar a resposta. — Maura tirou as luvas. — Ela vai ser a primeira de amanhã.

Jane seguiu Maura para fora do quarto.

— Tem alguma coisa que você queira falar comigo, Maura?

— Não tenho como dizer mais nada até a necropsia.

— Não estou falando do caso.

— Eu não sei do que está falando.

— No telefone, você disse que estava em Framingham. Por favor, me diga que não foi ver aquela mulher.

Com calma, Maura abotoou o casaco.

— Você faz parecer que eu cometi um crime.

— Então você esteve lá, mesmo depois de a gente ter concordado que era melhor se manter longe.

— Amalthea deu entrada na UTI, Jane. Teve complicações por causa da quimioterapia, e não faço ideia de quanto tempo ela ainda tem de vida.

— Ela está usando você, apelando para a sua compaixão. Minha nossa, Maura, você vai acabar se machucando outra vez.

— Sabe, eu realmente não estou a fim de falar disso.

Sem olhar para trás, Maura desceu a escada e saiu do prédio. Lá fora, um vento frio se afunilava pela rua, açoitando seus cabelos e seu rosto. Caminhando até o carro, ela ouviu a porta do prédio bater novamente. Olhando para trás de relance, viu que Jane a havia seguido.

— O que ela quer de você? — perguntou Jane.

— Amalthea está morrendo de câncer. O que você acha que ela pode querer? Talvez um pouco de compaixão?

— Ela está mexendo com a sua cabeça. Ela sabe como atingir você. Olha o que ela fez com o filho.

— Você acha que eu posso ser como *ele*?

— Claro que não! Mas você mesma disse uma vez que nasceu com a mesma parcela de escuridão que corre na família Lank. Ela vai encontrar um jeito de tirar proveito disso.

Maura destrancou a porta do Lexus.

— Eu já tenho problemas demais. Não preciso de um sermão seu.

— Tudo bem, tudo bem. — Jane ergueu as mãos num gesto de rendição. — Eu só me preocupo com você. Você normalmente é tão esperta. Por favor, não faça nenhuma bobagem.

Maura observou Jane voltar para a cena do crime. De volta ao quarto onde havia uma mulher morta, o corpo congelado em *rigor mortis*. Uma mulher sem olhos.

De repente, as palavras de Amalthea voltaram à sua mente: "Logo vai encontrar outro."

Virando-se, ela esquadrinhou a rua com um olhar rápido, observando cada porta, cada janela. Seria aquilo um rosto a observando do segundo andar? Teria alguém se movido naquele beco? Para onde quer que olhasse, imaginava silhuetas hostis. Jane a havia alertado justamente sobre isso. Esse era o poder de Amalthea; ela abrira as cortinas para revelar uma paisagem de pesadelos onde tudo era pintado com sombras.

Sentindo um calafrio, Maura entrou no carro e deu a partida no motor. O aquecedor soprou o ar gélido. Hora de ir para casa.

Hora de fugir da escuridão.

4

Do café onde estou sentada, vejo as duas mulheres conversando do outro lado da vitrine, perto do vidro. Eu as reconheço, pois já as vi serem entrevistadas na televisão e li sobre elas nos jornais, normalmente ligadas a algum assassinato. A de cabelo escuro e rebelde é uma detetive da Unidade de Homicídios, e a mulher alta com o sobretudo longo e elegante é a legista. Não ouço o que estão falando, mas consigo ler a linguagem corporal: a policial gesticulando, a médica tentando se afastar.

Abruptamente, a detetive se vira e vai embora. A médica fica parada por um instante, como se não soubesse se deveria ou não a seguir, até que por fim balança a cabeça, resignada, entra num Lexus preto e dá a partida.

Eu me pergunto sobre o *que* foi tudo isso.

Já sei o que as trouxe aqui nessa noite gélida. Ouvi no noticiário faz uma hora: uma jovem foi assassinada na Utica Street. A mesma rua onde mora Cassandra Coyle.

Espio pela entrada da rua, mas não há nada para se ver além das luzes estroboscópicas das viaturas. Será que é Cassandra quem agora jaz morta ou será que foi alguma outra mulher desafortunada? Não vejo Cassie desde o fim do ensino fundamental e me pergunto se a reconheceria hoje. Ela certamente não me reconheceria atualmente, a nova Holly que se mantém firme e olha os outros nos olhos, que não fica espreitando dos cantos, com inveja das meninas mais populares. Os anos poliram minha confiança e minha noção de moda. Meus cabelos pretos agora são curtos e sedosos, aprendi a andar de salto e estou vestindo uma blusa de duzentos dólares que fui esperta de comprar na arara de liquidação com setenta e cinco por cento de desconto. Quando se trabalha como assessora de imprensa, você descobre que as aparências importam, então eu simplesmente me adaptei.

— O que está acontecendo ali? Você sabe? — pergunta alguém.

O homem se materializou ao meu lado tão de repente que a surpresa me faz retrair. Normalmente consigo detectar todos ao meu redor, mas estava tão concentrada na atividade policial lá fora que não percebi sua aproximação. "Que cara gostoso" é a primeira coisa que penso quando olho para ele. Um pouco mais velho que eu, na casa dos 35 anos, com um físico esguio e atlético, olhos azuis e cabelo bem loiro. Retiro alguns pontos por ele estar tomando um *latte*, afinal, a essa hora da noite, homens de verdade bebem um *espresso*. Estou disposta a deixar essa falha passar por causa dos belos olhos azuis, que não estão focados em mim nesse exato momento, mas na atividade do outro lado da vitrine, nos veículos oficiais que convergiram para a rua onde Cassandra Coyle vive.

Ou vivia.

— Todas essas viaturas lá fora — comenta ele. — Eu queria saber o que aconteceu.

— Alguma coisa ruim.

Ele aponta.

— Olha, o furgão do Canal Seis está ali.

Por um instante nos limitamos a ficar ali sentados, bebericando os nossos cafés e observando o que estava acontecendo na rua. Então chega a van de outro canal de notícias, e vários clientes do café são atraídos para a vitrine. Sinto as pessoas se aglomerarem ao meu redor, se acotovelando para conseguir ver melhor. A visão de uma simples viatura não é o suficiente para empolgar os já calejados moradores de Boston, mas, quando aparecem câmeras de TV, nossas antenas se erguem, pois sabemos que se trata de algo que vai além de uma mera batida de carros ou de um veículo estacionado em fila dupla. Aconteceu algo digno de virar notícia.

Como se para confirmar os nossos instintos, a van branca do instituto médico-legal aparece na rua. Será que ela está aqui para levar Cassandra ou alguma outra vítima desafortunada? A visão dessa van subitamente faz meu batimento cardíaco acelerar. Que não seja ela, penso. Que seja outra pessoa, alguém que eu não conheça.

— Ah, não, a van do instituto médico-legal — diz Olhos Azuis. — Isso não é nada bom.

— Alguém viu o que aconteceu? — pergunta uma mulher.

— Tem um monte de policiais chegando.

— Alguém ouviu tiros ou algo assim?

— Você estava aqui antes — diz Olhos Azuis para mim. — O que você viu?

Todos se viram para mim.

— As viaturas já estavam aqui quando eu cheguei. Deve ter acontecido já faz algum tempo.

Os outros continuam observando, hipnotizados pela luz estroboscópica dos carros de polícia. Olhos Azuis se acomoda no banco ao meu lado e coloca açúcar em seu *latte* inadequado para a hora. Eu me pergunto se ele escolheu esse banco porque quer ficar na primeira fila para ver o que está acontecendo lá fora ou se está tentando ser simpático. Eu não teria problema algum com isso. Na verdade, chego a sentir um formigamento subir pelas minhas coxas quando ele se aproxima. Não vim aqui em busca de companhia, mas já faz um tempo que não atraio a atenção de um homem. Mais de um mês, se não levar em consideração a punheta rápida no manobrista do Colonnade Hotel na semana passada.

— Mas então: você mora por aqui? — pergunta ele. Uma abordagem promissora, ainda que pouco criativa.

— Não, e você?

— Eu moro em Back Bay. Vou me encontrar com uns amigos num restaurante italiano mais adiante, mas cheguei cedo demais, aí resolvi entrar aqui para tomar um café.

— Eu moro em North End. Também vim aqui para me encontrar com uns amigos, mas eles cancelaram de última hora.

A mentira sai fácil pelos meus lábios, e ele não tem motivo algum para duvidar de mim. A maior parte das pessoas supõe que seu interlocutor está falando a verdade, o que torna a vida muito mais fácil para gente como eu. Estendo a mão para cumprimentá-lo, um gesto que os homens acham desconcertante quando parte de uma mulher, mas quero estabelecer os parâmetros desde o início. Quero que fique claro que este é um encontro de iguais.

Ficamos apenas sentados amigavelmente por um tempo, bebericando os nossos cafés e acompanhando a ação lá fora. Em sua maioria, as investigações policiais não são nada empolgantes. Tudo o que se vê são carros chegando e indo embora e pessoas de uniforme entrando e saindo de prédios. Não dá para ver o que está acontecendo lá dentro; pode-se apenas especular, baseando-se nas equipes que aparecem, qual é a situação. Há certa calma, até mesmo tédio, no rosto dos policiais. O que quer que tenha ocorrido na Utica Street, aconteceu há algumas horas, e os investigadores estão apenas juntando as peças do quebra-cabeça.

Sem nada de muito interessante para ver, os outros clientes do café começam a ir embora, deixando-me a sós com Olhos Azuis na bancada perto da vitrine.

— Acho que a gente vai ter que assistir ao jornal para saber o que aconteceu — comenta ele.

— Foi um assassinato.

— Como você sabe?

— Eu vi uma pessoa da Unidade de Homicídios ali alguns minutos atrás.

— Ele veio até aqui e se apresentou?

— É uma mulher. Não lembro o nome dela, mas já a vi na televisão. O fato de ser uma mulher chamou minha atenção. Ela fez com que eu me perguntasse por que escolheu esse tipo de trabalho.

Ele me olha com mais atenção.

— Você... hum... acompanha esse tipo de coisa? Assassinatos?

— Não, eu só sou boa em lembrar rostos. Mas sou péssima com nomes.

— Já que estamos falando de nomes, o meu é Everett. — Ele sorri, e surgem rugas charmosas perto de seus olhos. — Agora você já pode esquecer.

— E se eu não quiser esquecer?

— Espero que isso signifique que você me acha memorável.

Reflito sobre o que pode acontecer entre nós. Olhando em seus olhos, de repente descubro exatamente o que eu *quero* que aconteça: partimos para a casa dele em Back Bay. Emendamos nossos cafés com algumas taças de vinho. E então trepamos a noite inteira feito coelhos no cio. É uma pena que ele tenha que encontrar uns amigos para jantar aqui perto. Não tenho o menor interesse em conhecer os amigos dele e não vou perder tempo esperando com o celular na mão até ele me ligar, então acho que não vai passar de um olá e um adeus. Algumas coisas não são para ser, por mais que se queira.

Termino o café e me levanto da cadeira.

— Foi um prazer conhecê-lo, Everett.

— Ah, você lembrou o meu nome.

— Espero que tenha um bom jantar com os seus amigos.

— E se eu não quiser jantar com eles?

— Não foi para isso que você veio até aqui?

— Planos podem ser mudados. Eu posso ligar para os meus amigos e dizer que preciso ir a outro lugar.

— E que lugar seria esse?

Ele também se levanta e agora nossos olhos estão na mesma altura. Aquele formigamento na minha coxa se espalha até a pélvis em ondas quentes e deliciosas, e na mesma hora esqueço Cassandra e o que a morte dela pode significar. Minha atenção está voltada apenas para esse homem e para o que está prestes a acontecer entre nós.

— Na minha casa ou na sua? — pergunta ele.

5

Amber Voorhees tinha cabelo loiro com mechas violeta e unhas pretas, mas foi a argola no nariz dela que mais perturbou Jane. O choro convulsivo de Amber fazia filetes de ranho penderem daquela argola dourada, enquanto ela limpava o nariz delicadamente com um lenço. Seus colegas, Travis Chang e Ben Farney, não estavam chorando, mas pareciam tão chocados e devastados quanto ela com a notícia da morte de Cassandra Coyle. Todos os três cineastas estavam de camiseta, moletom com capuz e jeans rasgado, o uniforme dos jovens hipsters, e nenhum deles parecia ter penteado o cabelo nos últimos dias. A julgar pelo cheiro de vestiário do estúdio, tampouco tinham tomado banho nos últimos tempos. Todas as superfícies horizontais do lugar estavam cobertas de caixas de pizza, latas de Red Bull vazias e páginas do roteiro de seu filme espalhadas. O monitor exibia uma cena da obra em que trabalhavam: uma adolescente loira, chorando e tropeçando num bosque escuro, fugia de algum assassino implacável e sombrio.

Travis se virou abruptamente para o computador e deu pausa no vídeo. A imagem do assassino ficou congelada na tela, uma sombra agourenta no meio das árvores.

— Merda — disse num rosnado. — Não acredito nisso. Eu *não consigo acreditar numa merda dessas.*

Amber envolveu Travis com seus braços, e o rapaz soluçou. Então Ben se juntou ao abraço, e os três cineastas ficaram juntos por um tempo, com o abraço triplo iluminado pelo brilho do monitor.

Jane olhou para Frost e o viu piscar para afastar as lágrimas dos olhos marejados. A dor era contagiante, e Frost não estava imune a ela, mesmo após anos dando notícias ruins e observando as pessoas que as recebiam desabar. Os policiais eram como terroristas. Lançavam bombas devastadoras nas vidas dos amigos e da família das vítimas e depois ficavam por perto para ver o estrago feito.

Travis foi o primeiro a deixar o abraço. Foi até um sofá surrado, afundou-se nas almofadas e apoiou a cabeça nas mãos.

— Meu Deus, ontem mesmo ela estava aqui. Ela estava sentada *bem aqui*.

— Eu sabia que tinha um motivo para ela ter parado de responder as minhas mensagens — comentou Amber, fungando no lenço. — Quando a Cassie parou de falar, eu achei que fosse porque ela estava se estressando com o pai.

— Quando ela parou de responder as mensagens? — perguntou Jane. — Pode dar uma olhada no seu telefone?

Amber vasculhou as páginas do roteiro espalhadas até encontrar o celular. Examinou as mensagens.

— Mandei uma para ela ontem de noite, por volta das duas da manhã. Ela não respondeu.

— Você esperava que ela respondesse às duas da manhã?

— A-hã. A essa altura do projeto, sim.

— A gente tem passado noites em claro — explicou Ben. Ele também havia se afundado no sofá, e agora esfregava o rosto. — Ficamos acordados até as três, editando o filme. Nenhum de nós sequer se deu ao trabalho de ir para casa: a gente ficou por aqui mesmo. — Ele apontou com a cabeça para os sacos de dormir amontoados num canto.

— Vocês três passaram a noite aqui?

Ben assentiu com a cabeça.

— A gente está com a corda no pescoço por causa dos prazos. Cassie também estaria trabalhando com a gente, mas ela precisava se arrumar para encontrar o pai. Uma coisa que ela com certeza não estava muito a fim de fazer.

— A que horas ela saiu daqui ontem? — indagou Jane.

— Por volta das seis, talvez? — perguntou Ben aos colegas, que assentiram.

— Tinham acabado de entregar as pizzas — disse Amber. — Cassie não ficou para comer. Ela disse que ia arrumar alguma coisa para comer sozinha, então nós três continuamos com o trabalho. — Ela esfregou os olhos com a mão, deixando uma mancha grossa de rímel na bochecha. — Eu não acredito que foi a última vez que a vimos. Quando ela saiu por aquela porta, estava falando da festa que a gente faria no fechamento do filme.

— Fechamento do filme? — perguntou Frost.

— É quando acaba a edição — explicou Ben. — É basicamente o filme terminado, mas sem efeitos sonoros nem música. Estamos quase lá; talvez uma semana ou duas.

— E mais vinte mil dólares — murmurou Travis. Quando levantou a cabeça, seus cabelos pretos estavam de pé, em tufos sebosos. — Merda. Não sei como a gente vai levantar tudo isso sem a Cassie.

Jane se virou para ele e franziu a testa.

— Cassandra tinha ficado responsável por conseguir esse dinheiro?

Os três jovens cineastas se entreolharam, como se não soubessem quem devia responder a pergunta.

— Ela ia pedir para o pai no almoço de hoje — disse Amber. — Por isso que a Cassie estava estressada. Odiava ter que implorar dinheiro para ele. Principalmente em um almoço no Four Seasons.

Jane esquadrinhou o lugar, observando o carpete manchado, o sofá surrado e os sacos de dormir amontoados. Aqueles cineastas já deviam ter quase 30 anos, mas pareciam bem mais jovens, três crianças obcecadas por filmes.

— E vocês conseguem se manter como cineastas?

— Se manter? — Travis deu de ombros, como se a pergunta fosse irrelevante. — A gente faz filme, essa é a ideia. Esse é o nosso sonho.

— Usando o dinheiro do pai de Cassandra.

— Não é um presente. Ele está investindo na carreira da filha. Esse filme poderia colocar o nome dela no mapa como cineasta, e a história tinha um grande significado pessoal para a Cassie.

Jane deu uma olhada no roteiro que estava na mesa.

— *Sr. Símio*?

— Não se deixe enganar pelo título ou por ser um filme de terror. É um projeto sério sobre uma garota que desaparece. É baseado num acontecimento da infância dela e vai encontrar um público bem maior que o nosso primeiro filme.

— E esse primeiro filme seria *Estou vendo você*? — perguntou Frost.

Travis lançou um olhar surpreso.

— Você assistiu?

— A gente viu o cartaz. O que está pendurado no apartamento de Cassandra.

— Foi lá... — Amber engoliu em seco. — Foi lá que ela foi encontrada?

— Foi onde o pai a encontrou.

Amber tremeu e abraçou a si mesma, como se sentisse um frio repentino.

— O que aconteceu? — murmurou. — Alguém invadiu o apartamento?

Jane não respondeu a pergunta, fazendo outra em vez disso.

— Onde vocês estiveram nas últimas vinte e quatro horas?

Os três cineastas trocaram olhares para decidir quem falaria primeiro.

Travis respondeu, escolhendo bem as palavras.

— Estávamos bem aqui, nesse prédio. Nós três. Noite e dia.

Os outros dois assentiram.

— Olha, eu sei por que você está fazendo essas perguntas, detetive — continuou Travis. — É o seu trabalho. Mas a gente conhece a Cassie desde que todo mundo era aluno da NYU. Quando fazemos um filme juntos, é como... uma experiência incrível que nos une como nada mais. A gente come, dorme e trabalha junto. Sim, a gente briga às vezes, mas depois faz as pazes, porque nós somos uma *família*. — Ele apontou para o monitor, onde a imagem do assassino ainda estava congelada. — Nós íamos aparecer com esse filme. Provar ao mundo que não precisamos puxar o saco de nenhum figurão de estúdio para fazer um grande filme.

— Vocês poderiam nos dizer quais são as suas diferentes funções na produção de *Sr. Símio*? — perguntou Frost, anotando tudo cuidadosamente em seu bloquinho vagabundo.

— Eu sou o diretor — disse Travis.

— Eu sou o diretor de fotografia — disse Benjamin.

— Produtora — respondeu Amber. — Sou eu que contrato e demito pessoal, faço os pagamentos e mantenho tudo funcionando como um motor bem ajustado. — Ela fez uma pausa e, dando um suspiro, disse: — Na verdade, eu faço praticamente tudo.

— E qual era a função de Cassandra?

— Ela escreveu o roteiro. E é a produtora executiva, que podemos dizer que é o papel mais importante de todos — explicou Travis —, financiando a produção.

— Com o dinheiro do pai.

— É, mas só precisamos de mais um *pouquinho*. Mais um cheque, era tudo o que ela ia pedir.

Um cheque que eles provavelmente nunca veriam.

Amber se afundou no sofá ao lado de Ben, e os três ficaram ali, sentados em silêncio. O ambiente em si parecia cheirar a comida estragada e fracasso.

Jane olhou para o cartaz do filme pendurado na parede, atrás do sofá. Era o mesmo cartaz que tinha visto no apartamento de Cassandra. *Estou vendo você*.

— Esse filme — começou ela, apontando para a imagem do olho vermelho monstruoso espreitando da escuridão. — Me falem sobre ele.

— Foi o nosso primeiro filme — disse Travis. Com melancolia na voz, acrescentou: — E espero que não seja o último.

— Vocês quatro trabalharam nele?

— Sim. Começou como um projeto na faculdade de cinema. A gente aprendeu bastante trabalhando nele. — Travis balançou a cabeça pesarosamente. — E também cometemos muitos erros.

— E como ele se saiu nos cinemas? — perguntou Frost.

O silêncio foi doloroso. E revelador.

— Não conseguimos um contrato de distribuição — admitiu Travis.

— Então ninguém viu o filme?

— Ah, o filme foi exibido em alguns festivais de terror. Como esse aqui. — E Travis mostrou a camiseta do SCREAMFEST HORROR FILM FESTIVAL, que estava usando debaixo do moletom. — Também está disponível em DVD e para download. Na verdade, a gente ficou sabendo que está se transformando numa espécie de clássico cult, o que, tipo, é a melhor coisa que pode acontecer com um filme de terror.

— Vocês fizeram algum dinheiro com ele? — quis saber Jane.

— Não era bem essa a questão.

— E qual era a questão?

— Agora temos *fãs*. Gente que conhece o nosso trabalho! No mundo dos filmes independentes, às vezes tudo o que você precisa é do boca a boca para ganhar público para o próximo projeto.

— Então vocês não fizeram dinheiro.

Travis suspirou e olhou para baixo, para o carpete imundo.

— Não.

O olhar de Jane voltou para o olho monstruoso no cartaz do filme.

— O que acontece no filme? Do que se trata?

— É sobre uma garota que testemunha um assassinato, mas os policiais não conseguem encontrar o corpo nem nenhuma prova, por isso não acreditam nela. Isso acontece porque o assassinato ainda não aconteceu. Ela tem uma ligação telepática com o assassino e consegue ver o que ele ainda *vai* fazer.

Jane e Frost se entreolharam. *É uma pena não termos essa habilidade. Resolveríamos esse caso num instante.*

— E presumo que o assassino acabe indo atrás dela — disse Jane.

— É claro — respondeu Ben. — Isso é, tipo, o bê-á-bá do terror. Mais cedo ou mais tarde, o assassino *tem* que ir atrás da heroína.

— Alguém é mutilado nesse filme?

— Bem, sim. Mais uma vez, essa é uma das regras dos filmes de terror. É tipo...

— Sim, sim. O bê-á-bá do terror. Que tipo de mutilações?

— Alguns dedos são cortados. Uma garota acaba com um 666 talhado na testa.

— Não se esqueça da orelha — lembrou Amber.

— Ah, sim. Um dos caras tem a orelha cortada, como Van Gogh.

Vocês são doentes.

— E quanto aos olhos? — perguntou Frost. — Algum personagem tem os olhos arrancados?

Os cineastas se entreolharam.

— Não — disse Travis. — Por que você está perguntando dos olhos?

— Por causa do título. O filme se chama *Estou vendo você.*

— Mas você perguntou especificamente sobre olhos sendo arrancados. Por quê? Alguma coisa assim aconteceu com... — Travis fez uma pausa, e de repente seu rosto demonstrou o terror que ele sentia.

Aterrorizada, Amber leva a mão à boca.

— Ah, meu Deus. Fizeram isso com a *Cassie*?

Jane não respondeu, emendando outra pergunta.

— Quantas pessoas viram esse filme? — Mais uma vez ela apontou para o cartaz.

Por um momento, ninguém falou. Ainda estavam perplexos pelo que haviam acabado de descobrir. No mundo deles, o sangue era falso, as entranhas eram feitas de borracha; tudo não passava de uma brincadeira. *Bem-vindos ao meu mundo. O mundo real.*

— Quantas? — perguntou Jane mais uma vez.

— A gente não sabe ao certo — admitiu Travis. — Vendemos alguns DVDs. Ganhamos uns mil dólares com downloads. E o exibimos naqueles festivais.

— Me dê uma estimativa.

— Talvez alguns poucos milhares tenham assistido. Mas não fazemos ideia de quem são essas pessoas. O público de filmes de terror é global, então pode ser gente de qualquer lugar.

— Vocês acham que ela foi morta por alguém que viu o nosso *filme*? — indagou Amber. — Quero dizer, isso é loucura! Os fãs de terror parecem assustadores, mas na verdade são pessoas bem legais e normais. — Ela apontou para o monitor, onde a silhueta do assassino continuava congelada. — Filmes como *Sr. Símio* nos ajudam a processar o medo, a trabalhar a raiva que sentimos de nós mesmos. São terapêuticos. — Ela balançou a cabeça. — Pessoas cruéis não assistem a filmes de terror.

— Sabem o que os babacas *de verdade* veem? — interveio Ben. — Comédias românticas.

Travis abriu uma gaveta, pegou um DVD e o entregou a Jane.

— Uma cópia de *Estou vendo você*. É toda sua, detetive.

— E o filme em que estão trabalhando agora? Vocês têm um DVD de *Sr. Símio* que a gente possa ver?

— Lamento, ainda estamos editando, não está pronto para ser visto. Mas dá uma olhada em *Estou vendo você* e nos diz o que acha. E se precisarem de mais alguma coisa estamos prontos para ajudar.

— Se isso realmente tiver alguma coisa a ver com *Estou vendo você*, a gente deve se preocupar? — perguntou Amber. — O assassino vai vir atrás *da gente*?

Houve um longo momento de silêncio enquanto os três cineastas consideravam a possibilidade.

Foi Travis quem disse, em voz baixa:

— É o bê-á-bá do terror.

6

O paciente sedado na cama do hospital não parecia em nada com o homem que Jane havia interrogado algumas horas antes. Era uma versão esvaziada de Matthew Coyle, cinzenta e encolhida, com a mandíbula escancarada. Contrastando com aquele fantasma incolor, a mulher sentada ao lado da cama era uma explosão de cores: cabelos cor de fogo, uma blusa esmeralda e batom vermelho brilhante. Embora tivesse 58 anos, quase a idade de Matthew, Priscilla Coyle parecia pelo menos dez anos mais nova, a pele lisa e cheia de Botox, o corpo tão torneado quanto o de uma atleta. Ao lado do marido doente, ela era o retrato da vitalidade, e, a julgar pelo vestido justo e pelos sapatos de salto alto, uma vigília ao lado da cama dele não fazia parte de seus planos para esta noite.

Priscilla deu uma olhada no relógio e disse a Jane e a Frost:

— Vocês vão ter que voltar amanhã cedo para falar com ele. Matthew estava tão agitado que precisou ser sedado pelos médicos. Ele provavelmente vai dormir a noite toda.

— Na verdade, estamos aqui para falar com a senhora, Sra. Coyle — disse Jane.

— Por quê? Não tem nada que eu possa dizer para vocês. Eu passei a tarde toda numa reunião do conselho no Museu Gardner.

Não fazia a menor ideia de que tinha algo de errado até o hospital me ligar para dizer que Matthew tinha sido internado.

— Será que poderíamos sair do quarto? No fim do corredor tem uma sala de espera onde a gente pode conversar.

— Eu preciso ir para casa logo. Tenho que dar a notícia a muita gente.

— Não vai demorar — garantiu Frost. — Precisamos apenas confirmar alguns detalhes sobre o que aconteceu.

Matthew Coyle tinha dado entrada na ala VIP do Pilgrim Hospital, cuja sala de espera contava com uma televisão com tela *widescreen*, móveis de couro e uma máquina de café Keurig. Priscilla se acomodou no sofá com sua bolsa de crocodilo Prada empoleirada no braço e pendurou seu casaco Cucinelli casualmente no encosto. Uma vez, Jane tinha dado uma olhada na etiqueta de preço de um Cucinelli, portanto sabia o quanto era caro um casaco de caxemira como aquele. Se algum dia chegasse a ter um, ela o manteria trancado num cofre, não o jogaria negligentemente como Priscilla fez.

Frost arrastou uma cadeira para ficar de frente para Priscilla e disse:

— Nos conte o que aconteceu hoje, Sra. Coyle.

Era uma pergunta fácil, ampla, mas ainda assim Priscilla pareceu refletir por um bom tempo antes de falar.

— Matthew ia se encontrar com a Cassie no Four Seasons para almoçarem juntos. Como ela não apareceu no restaurante, ele me ligou, perguntando se a Cassie tinha entrado em contato comigo. Não tinha. Então, algumas horas depois, o hospital me ligou para dizer que meu marido tinha dado entrada após sofrer um ataque cardíaco.

— Eles almoçam juntos com frequência?

— Quase nunca. Cassie anda tão ocupada que mal se preocupa em... — Priscilla fez uma pausa. Corrigiu a si mesma. — Cassie tinha a própria vida, por isso não a víamos muito. Mas essa era uma ocasião especial.

— Seu marido nos disse que se tratava de um almoço de aniversário.

Priscilla assentiu.

— O aniversário dela na verdade foi no dia 13 de dezembro, mas a gente não estava na cidade. Por isso os dois planejavam comemorar com um almoço hoje.

— A senhora não ia com eles?

— Eu tinha aquela reunião agendada, e não pensei... — A voz de Priscilla esmaeceu e ela olhou para baixo, mexendo no botão dourado da bolsa. Foi o que ela *não* disse que deixou Jane intrigada. Às vezes havia mais significado no silêncio do que nas palavras.

— Como era o relacionamento da senhora com a sua filha? — perguntou Jane.

— Na verdade, Cassie era minha enteada. — Ela deu de ombros. — A gente não era muito próxima.

— Vocês se estranhavam?

Diante dessa pergunta, Priscilla ergueu o olhar.

— Vou ser sincera. Matthew se divorciou da mãe da Cassie para se casar comigo, então vocês podem imaginar que a nossa relação era um pouco tensa. Ela sempre me culpou por isso, mesmo que o casamento dos pais basicamente já tivesse terminado bem antes de meu relacionamento com Matthew. Dezenove anos depois e eu ainda sou a *outra*, por mais que a faculdade dela na NYU tenha sido paga com o *meu* dinheiro, por mais que o *meu* dinheiro tenha financiado seu ridículo... — Priscilla se interrompeu e fitou a bolsa de crocodilo outra vez, uma bolsa que simbolizava exatamente o que ela levara para aquele casamento. Matthew Coyle havia trocado a esposa por uma mulher acostumada a Prada e Cucinelli, uma desigualdade financeira que podia abalar qualquer relacionamento.

— A senhora conhece alguém que pudesse querer fazer mal a Cassandra? — perguntou Jane. — Algum ex-namorado ou desafeto?

Além de você.

— Não sei de ninguém. Mas eu não acompanhava a vida dela de perto. Depois que Matthew e eu nos casamos, Cassie ficou com a mãe em Brookline.

— Onde a mãe dela está agora? Precisamos falar com ela.

— Elaine está visitando alguns amigos em Londres. Ela vai pegar um voo de volta depois de amanhã. Pelo menos foi o que disse no e-mail.

— Você deu a notícia sobre Cassandra por e-mail?

— Bem, alguém tinha que avisá-la.

Jane tentou imaginar como seria receber um e-mail do gênero: “Sua filha foi assassinada.” O ódio entre as duas mulheres devia ser profundo para que a notícia da morte de uma filha fosse dada por meio de alguns toques frios num smartphone.

— Eu não sei mesmo o que mais poderia contar para vocês — declarou Priscilla.

— A senhora conhece algum amigo de Cassandra?

Priscilla torceu o nariz.

— Conheci aqueles três meninos com quem ela trabalha.

— Meninos?

— Eles terminaram a faculdade tem quatro anos e ainda andam completamente desleixados. A essa altura era de se imaginar que já teriam encontrado um emprego. Eu não faço ideia de como eles se sustentam com esses filmes.

— A senhora por acaso assistiu ao primeiro filme de Cassandra?

— Devo ter aguentado uns quinze minutos de *Estou vendo você.* Foi tudo o que consegui. — O olhar dela foi em direção ao quarto onde estava o marido. — Matthew assistiu à coisa toda e se convenceu de que tinha gostado. O que mais poderia fazer? Ele queria deixar a filhinha feliz. Depois de todos esses anos, ele ainda está tentando compensá-la por ter deixado a mãe dela, e a Cassie ficava feliz em aceitar tudo o que ele oferecia. O apartamento de presente, o espaço no estúdio. Mas eu não acho que ela realmente o tinha perdoado.

— Eles se davam bem? Seu marido e Cassandra?

— É claro.

— Mas ainda assim a senhora disse que Cassandra jamais o perdoou. Eles discutiam, talvez por causa de dinheiro?

— Todos os filhos brigam com os pais por causa de dinheiro.

— Às vezes essas brigas fogem do controle.

Priscilla deu de ombros.

— Eles tinham seus problemas. Tenho certeza de que a questão do dinheiro seria abordada durante o almoço de hoje. Ela vinha dando sinais de que precisava de mais para terminar o novo filme que estava fazendo. Mais um motivo para eu não querer me juntar a eles no almoço. — Fez uma pausa. — Por que vocês estão perguntando sobre Matthew? Não podem estar achando que ele tem algo a ver com a morte da filha.

— São apenas questões de rotina, senhora — explicou Frost. — Sempre temos que investigar os parentes mais próximos.

— Ele é o *pai* dela. Vocês não têm alguns suspeitos de verdade?

— A senhora tem algum, Sra. Coyle?

Priscilla refletiu a respeito da pergunta.

— Cassie era uma menina bonita, e meninas bonitas chamam atenção. Quando um homem fica a fim de você, sabe-se lá no que isso pode dar. Talvez ele fique obcecado. Talvez a siga até em casa e... Todo mundo sabe o que pode acontecer com uma mulher.

Jane certamente sabia. Ela vira as evidências no necrotério, nos corpos espancados e nos rostos bonitos talhados por pretendentes rejeitados. Pensou nos buracos escancarados que um dia abrigaram os olhos de Cassandra, olhos que deviam ter visto o assassino. Teria ela olhado para ele com desdém ou com nojo? Teria sido por isso que o assassino se sentira obrigado a escavar os olhos? Para que nunca mais voltassem a vê-lo?

Priscilla pegou o casaco.

— Preciso ir para casa. Foi um dia terrível.

— Uma última pergunta antes de ir, Sra. Coyle — disse Jane.

— Sim?

— Onde a senhora e seu marido estavam na noite passada?

— Na noite passada? — Priscilla franziu a testa. — Por quê?

— Mais uma vez, é só uma pergunta de rotina.

Os lábios de Priscilla se contraíram.

— Tudo bem. Já que vocês acham que precisam perguntar, fico feliz em responder. Matthew e eu estávamos em casa. Preparei o jantar. Salmão e brócolis, se isso interessa. Depois vimos um filme na TV.

— Que filme?

— Ah, pelo amor de Deus! Um filme antigo nos Clássicos Turner. *Vampiros de almas.*

— E depois?

— Depois fomos para a cama.

— Você já assistiu a *Vampiros de almas*? — perguntou Frost enquanto ele e Jane devoravam sanduíches no refeitório do hospital. Àquela hora da noite, as únicas opções que restavam na máquina eram salada de atum e queijo com presunto. O sanduíche de atum de Jane estava completamente empapado, mas era melhor que nada, pois os dois não haviam jantado naquela noite.

— Não refilmaram esse filme várias vezes? — perguntou ela.

— Eu não estou falando dessas novas versões, mas do original em preto e branco, com Kevin McCarthy.

— Preto e branco? Isso deve ser de antes da nossa época, não?

— Sim, mas ele é um clássico. Alice costuma falar que é uma metáfora perfeita para a alienação. Ela diz que, quando alguém se transforma numa cópia, como no filme, é como quando um marido ou uma esposa se transforma num estranho, alguém que não te ama mais. Isso faz com que *Vampiros de almas* seja mais perturbador que um filme de terror médio, porque o medo que ele gera nos atinge nesse nível psicológico profundo.

— Espera aí. Desde quando você voltou a falar com a Alice?

— Desde... não sei. Algumas semanas atrás. Ontem à noite assistimos a *Vampiros de almas* juntos. Passou na TV às nove, então Priscilla Coyle estava falando a verdade.

— Você passou a noite com *Alice*?

— A gente só jantou junto e viu um pouco de TV. Depois eu fui para casa.

— Refresca a minha memória: o seu divórcio saiu tem quantos meses?

— Isso não quer dizer que a gente esteja voltando.

Jane suspirou e colocou o sanduíche de atum empapado na mesa. Por que todo mundo com quem ela se importava vinha tomando péssimas decisões na vida pessoal ultimamente? Primeiro Maura, indo visitar a psicopata da Amalthea Lank, e agora Frost, que ela via como um irmão caçula, voltando a se encontrar com a ex-esposa. Ela se lembrava das vezes em que Frost ligou chorando depois que Alice o deixou para ficar com um colega da faculdade de direito, das noites em que refletiu, agoniada, sobre confiscar a arma dele para que ele não fizesse nenhuma besteira. E pensou nos meses depois dessa época, ouvindo os relatos deprimentes das mulheres com quem ele saía que nunca eram bonitas ou inteligentes o bastante para substituir aquela vagabunda da Alice. Agora Jane via o ciclo trágico se repetindo: alegria e desilusão, alegria e desilusão. Frost merecia algo melhor que isso.

Estava na hora de mandar a real.

— Já que vocês dois voltaram a se falar, Alice chegou a mencionar como anda o namorado? Aquele carinha que ela conheceu na faculdade de direito?

— Ela terminou a faculdade. Já recebeu o diploma.

— Mais fácil para ferrar você no tribunal.

— Mas ela não me ferrou. Nosso divórcio foi civilizado.

— Provavelmente porque ela estava se sentindo culpada por ter trepado com o Sr. Aluno de Direito. Por favor, me diz que você vai tomar cuidado.

Frost também colocou o sanduíche na mesa e deu um suspiro profundo.

— Sabe, a vida não é preto no branco como você gosta de pensar que é. Existe um motivo para eu ter me casado com a Alice. Ela é esperta, bonita, engraçada...

– E tem um namorado.

— Não, isso já passou. Ele conseguiu um trabalho em Washington e os dois terminaram.

— Ah, então é por isso que ela está correndo para os seus velhos e confiáveis braços.

— Meu Deus, você não sabe como é ser solteiro hoje em dia. É como nadar num mar de tubarões. Eu saí com algumas mulheres e todas as noites foram um desastre. As mulheres não são mais como antes.

— Não, agora nós temos presas.

— E ninguém quer sair com um policial. Todas acham que a gente tem alguma neura com controle.

— Bem, definitivamente você tem. Fica deixando Alice *te* controlar.

— Não, eu não deixo.

— É provável que ela tenha voltado para você por isso, porque sabe que pode manipulá-lo. — Jane se inclinou para a frente, disposta a impedir Frost de cometer um erro que deixaria o coração dele em pedaços. — Você pode conseguir algo melhor, de verdade. Você é um cara legal; é inteligente. Vai receber uma *bela* aposentadoria.

— Para com isso. Você sempre acha que sabe de tudo. — Frost, normalmente tão pálido, havia adquirido um tom vermelho de indignação. — Aliás, por que estamos falando da Alice? O assunto principal era *Vampiros de almas*.

— Sim, sim. — Ela suspirou. — O filme.

— A questão é que o filme *passou* na TV ontem à noite, exatamente como a Sra. Coyle disse, então ela está falando a verdade. E por que ela mataria a enteada?

— Porque as duas se odiavam?

— Quando o marido acordar, ele vai confirmar o álibi dela.

— De volta a Alice. Lembra o quanto ela te magoou? Eu não quero ver isso se repetindo.

— Chega. Esse assunto está encerrado.

Frost amassou a embalagem do sanduíche e se levantou. De repente, olhou para cima quando o sistema de comunicação do hospital anunciou: "Código azul, quarto 715. Código azul, quarto 715."

Frost se virou para Jane.

— Sete um cinco? Não é...?

O quarto de Matthew Coyle.

Ela seguia Frost de perto quando ambos saíram correndo do refeitório. *Sete andares. Longe demais para subir de escada.* Apertou o botão do elevador uma, duas vezes. Quando a porta se abriu, Jane quase esbarrou numa enfermeira de saída.

— Eu achei que ele fosse ficar bem — comentou Frost enquanto o elevador subia para o sétimo andar.

— Ataques cardíacos são sempre complicados. E a gente não terminou o interrogatório com ele.

A porta se abriu, e uma jovem de uniforme hospitalar passou correndo a caminho do quarto 715. Jane não conseguia ver o paciente pela porta aberta, apenas o amontoado de funcionários em volta da cama, formando um muro impenetrável de uniformes azuis.

— A vasopressina não está funcionando — gritou uma mulher.

— Tudo bem, vamos tentar mais uma vez. Duzentos joules.

— Vou dar o choque no três. Todos pra longe! Um. Dois. *Três!*

Jane ouviu uma pancada. Segundos de tensão se passaram depois que todos os olhos se voltaram para o monitor cardíaco.

— Tudo bem, temos batimento! Taquicardia sinusal.

— E pressão noventa por sessenta.

— Com licença — disse uma voz atrás de Jane. — Vocês são parentes do paciente?

Jane se virou e se deparou com uma enfermeira os observando.

— Nós somos da Polícia de Boston. O paciente é testemunha num caso de homicídio.

— Por favor, saiam do quarto.

— O que aconteceu? — perguntou Jane.

— Deixem os médicos fazerem o trabalho deles.

Enquanto a enfermeira os conduzia de volta ao corredor, Jane avistou o pé descalço de Matthew Coyle. Em contraste com os lençóis brancos, era de um azul alarmante e cheio de manchas. Então a porta foi fechada, e aquele pé flácido desapareceu de vista.

— Ele vai ficar bem? — perguntou Frost.

A enfermeira olhou para a porta fechada e deu a única resposta que podia.

— Não sei.

7

Olhos Azuis ainda está dormindo quando deixo a cama dele na manhã seguinte. Nossas roupas estão espalhadas pelo chão, onde foram sendo tiradas: minha blusa e a camisa dele perto da porta, minha calça no meio do quarto, meu sutiã embolado como uma naja de renda cor-de-rosa na mesa de cabeceira. Pego minhas roupas e a bolsa e vou para o banheiro na ponta dos pés. Um típico banheiro projetado por um homem, com ladrilhos pretos e um boxe de vidro. Nenhuma banheira à vista; os homens não parecem dar valor a um bom e demorado banho de banheira. Faço xixi no vaso sanitário Numi lustroso e lavo o rosto e escovo os dentes na pia de ônix branco. Eu sempre carrego uma escova de dente na bolsa para esse tipo de noitada repentina, embora não me lembre da última vez que passei a noite toda na cama de um homem. Normalmente eu me levanto e vou embora antes do amanhecer. Devia estar cansada na noite passada.

Ou talvez tenham sido as duas garrafas de Rioja que a gente bebeu.

Vejo o resultado no espelho: as olheiras, o cabelo de espantalho. Molho os cabelos e os ajeito até ficarem parecidos com o penteado que eu costumo usar. Por mais descabelada que esteja, também pareço saciada e feliz, algo que não sinto há um bom tempo. *Obrigada, Olhos Azuis.*

Abro o armário de remédios e analiso o conteúdo dele. Band-Aids, aspirinas, protetor solar fator 30 e xarope para tosse. Há também dois frascos de remédios prescritos, que pego para uma inspeção mais minuciosa. Vicodin e Valium, ambos receitados para tratar dor nas costas. Os frascos têm dois anos, e cada um contém uns dez comprimidos, o que significa que ele não tem sentido dor nas costas ultimamente.

E que não vai dar falta de alguns comprimidos.

Pego quatro de cada e os coloco no bolso. Não sou viciada, mas, quando surge uma oportunidade, por que não me abastecer de remédios grátis que um dia podem ser úteis? Ele obviamente não está precisando. Fecho a tampa com proteção para crianças e vejo o nome nos frascos. *Everett J. Prescott*. Que nome mais brâmane! Com certeza se trata de alguém de uma linhagem longa e distinta. Na noite passada nem mesmo nos importamos em trocar os nossos nomes completos. Ele não faz a menor ideia do meu sobrenome, o que é bom, já que são grandes as chances de nunca nos reencontrarmos.

Eu me visto no banheiro e volto ao quarto na ponta dos pés para calçar os sapatos. Ele continua dormindo, com um braço nu jogado por cima da coberta. Paro por um momento para admirar o braço dele, de músculos esguios e definidos. Não são como os bíceps inchados dos ratos de academia; parecem músculos honestos, cultivados com esforço de verdade. Na noite passada ele me disse que era paisagista, e eu o imagino erguendo muros de pedra e arrastando montes de turfa, por mais que duvide que paisagistas façam esse tipo de coisa. É uma pena que eu nunca vou descobrir.

Já passou da minha hora de ir. Quero estar longe quando ele acordar. Foi assim que eu sempre lidei com a manhã seguinte, não sou fã de despedidas desconfortáveis e promessas mornas de um segundo encontro. Até mesmo porque eu normalmente não as cumpro. Por isso nunca levo homens para o meu apartamento. Se eles não sabem onde eu moro, não podem bater à minha porta.

Mas existe algo em Everett que me faz reconsiderar essa estratégia. Não é só o fato de ele ser extremamente atencioso, disposto a satisfazer cada capricho meu, ou de ser um colírio para os olhos e rir de todas as minhas piadas. Não, tem algo mais nele: uma profundidade, uma sinceridade que raramente encontro nas pessoas.

Ou talvez eu esteja apenas sentindo aquele velho pico de ocitocina que se sente depois de uma boa foda.

Do lado de fora, já na rua, olho para trás, para a casa de tijolos vermelhos. É uma bela construção, sem dúvida com valor histórico, numa área com um aluguel que eu não teria condições de pagar. Everett deve ter um excelente emprego, e por um momento reconsidero minha decisão de ir embora de forma tão precipitada. Talvez eu devesse ter ficado mais um tempo. Talvez devesse ter deixado o número do meu telefone ou pelo menos meu nome completo.

Então penso no lado negativo. A invasão da minha privacidade. As expectativas que ele inevitavelmente teria. As ligações, cada vez mais insistentes, o apego, o ciúme.

Não. É melhor simplesmente ir embora.

Mas, ao fazê-lo, guardo seu endereço na memória para que eu sempre saiba onde encontrá-lo. Nunca se sabe: um homem como Everett Prescott pode ser útil algum dia.

8

— Quanto tempo levaram para ressuscitá-lo? — perguntou Maura, cortando as costelas de Cassandra Coyle.

Jane estremecia ao som do estalo do alicate de ossos, que fazia *crec*, *crec*, *crec* à medida que Maura cortava, como um carpinteiro em sua oficina. A caixa torácica que havia protegido o coração e os pulmões de Cassandra era agora apenas uma paliçada óssea bloqueando a visão dos segredos lá dentro, e Maura trabalhava com rapidez e eficiência para desfazer a barreira de costelas e do esterno.

— Levaram uns quinze, vinte minutos — comentou Jane —, mas conseguiram fazer o coração do Sr. Coyle voltar a bater. Liguei para o hospital hoje de manhã e ele ainda está vivo. Por enquanto.

Maura cortou outra costela, e Jane viu Frost fazer cara de nojo diante do barulho do osso se rompendo. Ainda que a visão e o cheiro do necrotério fossem um território familiar para Maura, esse ambiente sempre seria estranho para Frost, cujo estômago delicado era lendário na Unidade de Homicídios. Cassandra Coyle era um dos cadáveres mais frescos com que haviam se deparado, com apenas um dia transcorrido desde a morte até o momento em que havia sido descoberto, mas um corpo morto à temperatura ambiente exala os odores muito rápido. Frost sentia o suficiente do cheiro para ficar de rosto pálido, por isso levantou o braço para bloquear o odor.

— As estatísticas indicam que existe cerca de quarenta por cento de chance de sobreviver a um ataque cardíaco no hospital. Uns vinte por cento de chance de chegar a deixar o hospital com vida — disse Maura, casualmente, citando estatísticas enquanto cortava as últimas costelas. — Ele já despertou?

— Não, continua em coma.

— Então receio que o prognóstico não seja favorável. Mesmo que sobreviva, o Sr. Coyle provavelmente sofreu dano cerebral anóxico.

— O que significa que ele pode se tornar um vegetal.

— Infelizmente, é bem possível.

Com as costelas enfim separadas, Maura levantou o esterno. Frost se afastava conforme o fedor dos fluidos corporais era emanado da cavidade exposta. Maura apenas se aproximou para observar os órgãos torácicos.

— Esses pulmões parecem ter edemas. Estão cheios de líquido — disse, pegando um bisturi.

— E o que isso significa? — perguntou Frost, com a voz abafada.

— Nada de específico. Pode significar um monte de coisa. — Maura ergueu o olhar e falou para seu assistente: — Yoshima, você pode ver se consegue apressar as triagens de remédios e drogas?

— Já providenciei isso — respondeu Yoshima, com aquela voz calma de quem é eficiente. — Pedi um AxSYM e um Toxi-Lab A, além de um GC-MS para quantificação. Isso deve cobrir praticamente todas as drogas conhecidas.

Escavando o tórax, Maura levantou os pulmões molhados.

— Com certeza eles estão mais pesados que o normal. Não vejo lesões evidentes, apenas algumas poucas petéquias. Outra descoberta pouco específica.

Ela colocou o coração cortado numa bandeja e passou os dedos enluvados pelas artérias coronárias.

— Interessante.

— Awn, você diz isso para todos os cadáveres — falou Jane.

— Porque todo cadáver conta uma história, mas esse não está revelando segredo nenhum. A dissecção do pescoço e os raios X foram normais. O osso hioide está intacto. E vejam como as coronárias estão limpas, sem nenhum sinal de trombose ou infarto. É um coração perfeitamente saudável no que parece ser uma jovem perfeitamente saudável.

Uma jovem que parecia esbelta, atlética e certamente capaz de enfrentar um agressor, pensou Jane. Mas Cassandra Coyle não tinha unhas quebradas, feridas nas mãos, nenhuma evidência que indicasse que havia oferecido qualquer resistência a quem quer que a tivesse atacado.

Maura seguiu para o abdômen. Fez incisões metódicas no fígado e no baço, no pâncreas e nos intestinos, apesar de estar mais interessada no estômago. Levantou-o com a mesma cautela que usaria no parto de um bebê e o colocou na bandeja de dissecção. Essa era a parte da necropsia que sempre deixava Jane apreensiva. O que quer que a vítima tivesse comido estaria ali havia dois dias, decomposto num guisado pútrido de ácido estomacal e alimento parcialmente digerido. Tanto ela quanto Frost deram alguns passos para trás quando Maura pegou o bisturi. Acima da máscara cirúrgica, os olhos de Frost se comprimiram, antecipando o fedor.

Mas, quando Maura abriu o estômago, tudo o que escorreu foi um líquido arroxeado.

— Estão sentindo o cheiro? — perguntou Maura.

— Prefiro não sentir — disse Jane.

— Acho que é vinho. Julgando pelo tom escuro, deve ser algo pesado, como um Cabernet ou Zinfandel.

— O quê? Não vai dizer a safra? E o rótulo? — debochou Jane. — Você está perdendo a mão, Maura.

Maura examinou a cavidade estomacal.

— Não vejo alimento algum aqui, o que significa que ela não comeu nada por pelo menos algumas horas antes de morrer. —

Maura ergueu a cabeça. — Vocês acharam garrafas de vinho abertas no apartamento?

— Não — respondeu Frost. — E não havia taças de vinho sujas na bancada nem na pia.

— Talvez ela tenha bebido em outro lugar — sugeriu Jane. — Você acha que ela se encontrou com o assassino num bar?

— Deve ter sido *pouco* antes de chegar em casa. Os líquidos vão bem rápido para o jejuno, mas o que ela tomou ainda está no estômago.

Frost falou:

— Ela saiu do estúdio por volta das seis da tarde. De lá até o apartamento são só dez minutos de caminhada. Vou checar os bares lá perto.

Maura esvaziou o conteúdo escasso do estômago numa jarra e partiu para a cabeça do cadáver. E parou, franzindo a testa para as cavidades oculares vazias de Cassandra Coyle. Já havia examinado os globos enucleados, que agora se encontravam imersos numa jarra de conservante como duas azeitonas grotescas flutuando no gim.

— Então ela parou em algum lugar para tomar uma taça de vinho — disse Jane, tentando conectar a sequência de eventos —, e em seguida levou o assassino para casa. Ou ele a seguiu até lá. Mas o que aconteceu em seguida? Como ele a matou?

Maura não respondeu. Em vez disso, pegou seu bisturi outra vez. Começando por trás de uma orelha, fez uma incisão no escalpo e seguiu cortando pelo topo da cabeça até chegar atrás da outra orelha.

Como era fácil apagar por completo o traço mais reconhecível de um ser humano, pensou Jane, observando Maura remover o escalpo até ele se tornar uma aba flácida. O belo rosto de Cassandra Coyle desabou como uma máscara de carne, os cabelos pretos jogados para a frente escondendo-o como uma cortina com franjas. O ruído da serra oscilante impedia qualquer diálogo, e Jane virou o rosto para longe do cheiro de poeira de osso. A caveira, pelo menos, era impessoal. Podia ser o crânio de qualquer um sendo serrado, o cérebro de qualquer um prestes a ser exposto.

Maura levantou o tampo craniano e revelou a superfície cintilante de matéria cinzenta. Ali estava o que fazia de Cassandra Coyle um ser humano único. Armazenado nesse órgão de menos de um quilo e meio estava cada lembrança, cada experiência, tudo o que Cassandra já havia sabido, sentido ou amado. Com delicadeza, Maura levantou os lóbulos e cortou nervos e artérias antes de retirar o cérebro de seu leito cranial.

— Nenhuma hemorragia óbvia — observou. — Nenhuma contusão. Nenhum edema.

— Parece normal, então? — perguntou Frost.

— Sim, parece. Pelo menos na superfície.

Maura colocou o órgão com cuidado num balde de formol.

— Essa é uma jovem com o coração, os pulmões e o cérebro aparentemente saudáveis. Não foi estrangulada. Não foi violentada. Não há feridas, marcas de seringa, nenhum trauma aparente sequer, exceto pelos olhos. Que foram removidos após a morte.

— Então o que aconteceu com ela? O que a matou? — indagou Jane.

Por um momento, Maura não respondeu. Seu olhar permaneceu no cérebro, submerso no balde de formol. Um cérebro que não oferecera respostas. Ela olhou para Jane e disse:

— Não sei.

O celular tocou no bolso de Jane. Ela tirou as luvas, vasculhou debaixo do traje de proteção para pegá-lo e viu um número que não reconheceu.

— Detetive Rizzoli — atendeu.

— Ei, desculpa por não ter retornado a ligação antes — disse um homem. — Mas acabei de chegar em casa voltando de Boca Raton e, cara, eu queria não ter voltado. O tempo aqui está horrível.

— Quem está falando?

— Benny Lima. Sabe, da Agência de Viagens Lima? Você deixou uma mensagem no meu telefone ontem à noite, perguntando sobre a minha câmera de segurança. A que fica apontada para a Utica Street.

— E a câmera funciona?

— Claro que sim. Ano passado a gente pegou um garoto jogando pedras pela janela.

A palavra "câmera" atraiu a atenção de Frost, que passou a acompanhar a conversa com súbito interesse.

— Precisamos de qualquer gravação da noite de segunda-feira — avisou Jane. — Você ainda tem as imagens?

— Está tudo bem aqui, esperando por você.

9

Caía uma chuva gelada com gotas que espetavam o rosto de Jane como agulhas depois que ela e Frost saíram do carro e correram até a Agência de Viagens Lima. Eles entraram de cabeça baixa e ouviram um sino anunciando sua chegada quando a porta se fechou.

— Olá? — gritou Jane. — Sr. Lima?

O escritório parecia deserto. A julgar pelo filodendro de plástico empoeirado e pelos pôsteres de transatlânticos desbotados, havia décadas que ninguém se preocupava em redecorar o lugar. No computador, o protetor de tela exibia fotos sedutoras de praias tropicais, o tipo de lugar onde todos os habitantes de Boston gostariam de estar naquele dia cinzento e desolador.

Em algum lugar nos fundos, uma descarga de privada foi acionada. Em seguida, um homem veio cambaleando do escritório. Não um simples homem: uma montanha de carne se arrastou com passos pesados até eles, com a mão molhada já estendida para cumprimentá-los.

— Vocês dois são da polícia de Boston, certo? — disse, oferecendo a Jane um aperto de mão molhado e empolgado. — Benny Lima. Eu teria retornado a ligação de vocês antes, mas, como falei pelo telefone, acabei de voltar de...

— Boca — completou Jane.

— Isso. Fui até lá para o velório do meu tio Carlo. Um evento daqueles, daqueles mesmo. Ele era quase uma celebridade naquela comunidade de aposentados. De qualquer forma, só ouvi a mensagem de vocês hoje cedo quando voltei ao escritório. Fico feliz em poder ajudar a polícia de Boston no que for possível.

— O senhor disse que guardava os vídeos de segurança, Sr. Lima? — perguntou Frost.

— É. Nosso sistema só arquiva quarenta e oito horas de gravação, mas, se vocês precisarem de alguma imagem nesse intervalo, ainda deve estar ali.

— Precisamos de tudo que tiver gravado na noite de segunda.

— Ainda deve estar lá. Venham comigo até os fundos, eu vou mostrar as nossas instalações.

Benny os conduziu em um passo enlouquecedoramente lento até o escritório nos fundos, que mal tinha espaço para os três. Frost se espremeu para passar pelo corpanzil volumoso de Benny e se sentou diante do computador.

— O sistema foi instalado há três anos, depois que o meu escritório foi invadido três vezes no mesmo mês. Não que tenha algum dinheiro por aqui, mas os desgraçados continuavam levando os nossos computadores. A câmera finalmente pegou um deles no flagra. Acreditam que o garoto morava bem ali na esquina? Aquele merdinha.

Frost digitou no teclado, e a gravação da câmera de segurança apareceu no monitor. Ela ficava apontada para a entrada da estreita Utica Street, localização da residência de Cassandra Coyle. Uma visão parcial e em baixa resolução, mas, de todas as câmeras de segurança da vizinhança, era a única que poderia ter filmado alguém entrando ou saindo pelo lado sul da rua. O vídeo que estavam vendo tinha sido gravado à luz do dia, e havia três pessoas na tela. Segundo o registro da hora, a cena fora gravada às dez da manhã da segunda.

Quando Cassandra Coyle ainda estava viva.

— Esse é bem o início da gravação — comentou Benny. — Assim que eu ouvi a mensagem de vocês, apertei o botão de parar para que não gravasse nada por cima do que vocês queriam.

Frost clicou no ícone para adiantar.

— Vamos passar para a noite de segunda.

Benny olhou para Jane.

— É sobre a garota que foi assassinada ali na rua? Eu vi a notícia na TV. Não é o tipo de coisa que acontece nessa vizinhança.

— Esse tipo de coisa poderia acontecer em qualquer vizinhança — retrucou Jane.

— Mas eu estou aqui há séculos. Meu tio abriu essa agência nos anos setenta, na época em que as pessoas apreciavam receber alguma orientação quando planejavam uma viagem. Como Chinatown fica aqui perto, a gente costumava vender um monte de pacote para Hong Kong e Taiwan. Agora todo mundo pesquisa na internet e aceita qualquer oferta ridícula que aparece no computador. Essa é uma região segura, e não me lembro de nenhum outro assassinato por aqui. Quero dizer, a não ser por aquele tiroteio do outro lado da rua, na Knapp Street. — Ele fez uma pausa. — E aquele cara que mataram no armazém. — Outra pausa. — Ah, sim, teve também aquela vez que...

— Aqui vamos nós — interrompeu Frost.

Jane se concentrou no monitor, com o registro da hora indicando cinco e cinco.

— Está vendo alguma coisa?

— Ainda não — respondeu Frost.

— Nesse exato momento eu estava em Boca Raton — disse Benny. — Tenho o recibo das passagens e tudo mais, se quiserem confirmar.

Jane não queria. Ela colocou uma cadeira perto de Frost e se sentou. Assistir a vídeos de câmeras de segurança era uma daquelas tarefas que pareciam deixar o cérebro dormente e prometiam horas de tédio, com a ocasional descarga de adrenalina de um *eureca*. Segundo os três colegas de Cassandra, a jovem tinha deixado o estúdio da Crazy Ruby Filmes por volta das seis da tarde, depois de passar o dia todo trabalhando na edição de *Sr. Símio*. A caminhada do estúdio até sua casa, na Utica Street, era de apenas dez minutos. Se ela entrasse na rua pela Beach Street, teria passado em frente àquela câmera.

Então onde ela estava?

Frost acelerou o vídeo e os minutos passaram no dobro da velocidade. Carros atravessavam o monitor. Pedestres entravam e saíam da tela com movimentos rápidos. Ninguém entrou na Utica Street.

— Seis e meia — avisou Frost.

— Então ela não foi direto do trabalho para casa.

— Ou nós a perdemos — sugeriu Benny, como se agora fizesse parte da equipe. Ele se avultava logo atrás de Jane, olhando por cima do ombro da detetive. — Ela pode ter vindo pelo outro lado, pela Kneeland Street. Nesse caso, minha câmera não captaria nenhuma imagem dela.

Não era isso que Jane queria ouvir, mas Benny tinha razão: Cassandra podia ter entrado na Utica Street sem que aquela nem qualquer outra câmera a visse.

Benny estava respirando perto do seu pescoço, e suas fungadas a faziam pensar nos vírus comuns no inverno. Jane tentou ignorá-lo e se manter concentrada no vídeo. Tinha feito muito frio na noite de segunda, chegando a nove graus negativos, e as pessoas que passavam pela câmera estavam bastante agasalhadas, com casacos pesados, cachecóis e gorros. Se um dos transeuntes fosse Cassandra, será que sequer conseguiriam reconhecê-la? Quando Jane se inclinou para se aproximar do monitor, Benny fez o mesmo, expelindo germes na sua nuca cada vez que respirava.

— Sr. Lima, o senhor poderia nos fazer um *grande* favor? — perguntou ela.

— Sim, claro!

— Eu percebi que tem um café descendo a rua. Meu parceiro e eu ficaríamos muito contentes com um pouco de café agora.

— O que vocês querem? Um *latte*? Cappuccino? Eles fazem de tudo.

Ela tirou uma nota de vinte da bolsa e lhe entregou.

— Café com açúcar. Para nós dois.

— Pode deixar.

Benny colocou um casaco de penas tão grande que ficou parecendo uma nuvem indo até a porta.

— Fico feliz em ser útil à polícia de Boston!

Não precisa ter pressa, pensou ela quando a porta se fechou depois que ele saiu.

No monitor, o registro da hora avançou para oito e dez, e o desfile de pedestres foi escasseando devagar. A essa altura, Cassandra já devia ter voltado para casa, o que significava que ela havia entrado na Utica Street pelo outro lado. *Droga, nós a perdemos.*

— Bingo! — disse Frost de repente.

Jane voltou a prestar atenção no monitor. Frost havia parado o vídeo.

Duas figuras estavam fundidas numa única silhueta, flagradas no momento exato em que entravam na Utica Street. Embora Jane não conseguisse ver o rosto deles, estava claro pela estatura e pela largura dos ombros que o mais alto era um homem. A figura menor parecia estar se inclinando para perto dele, repousando a cabeça em seu ombro. Jane observou a figura de duas cabeças, tentando identificar alguma característica particular, mas os rostos estavam cobertos pela escuridão.

— Cassandra tinha um metro e sessenta e sete. Se essa é ela, então o homem deve ter pelo menos um metro e oitenta — arriscou Jane.

— Isso foi às oito e quinze — disse Frost. — Se ela deixou o estúdio às seis, por onde andou? Onde ela encontrou esse cara?

Jane se concentrou no que estava pendurado no ombro do sujeito: uma mochila. Pensou no que ele poderia estar carregando. Luvas de látex. Instrumentos cirúrgicos. Tudo que um assassino bem preparado poderia precisar para executar seu ritual *post mortem*.

O toque da mão de Benny em seu ombro quase a fez dar um pulo da cadeira.

— Ei, sou só eu! Trouxe os cafés. — E entregou um copo a Jane.

Ela se ajeitou na cadeira com o coração a mil e tomou um gole de café, tão quente que queimou sua língua. *Vá com calma. Leve o tempo que precisar.*

— Aquele ali é ele? — quis saber Benny.

Jane se virou e o viu olhando fixamente para o monitor. Benny, pelo menos, podia ser excluído como suspeito. Casaco nenhum conseguiria esconder um homem enorme como ele.

— Vamos dizer apenas que é uma pessoa que nos interessa.

— E vocês o viram na minha câmera de segurança! Maneiro.

Mas aquele vislumbre era breve demais, apenas a sombra de duas pessoas passando rapidamente pela tela.

— Avance — pediu Jane. — Vamos ver se a gente consegue pegá-lo na hora que ele vai embora.

O registro da hora seguiu adiante — nove horas, dez horas.

Às onze e dez, Frost parou o vídeo.

— E aí está você — disse Jane em voz baixa.

O rosto do sujeito estava encoberto pela sombra do capuz, impedindo a identificação das feições dele. Novamente estava com a mochila pendurada no ombro.

— Ele entra na Utica Street com a vítima às oito e quinze — disse Frost. — Vai embora às onze e dez. Três horas depois.

O que lhe dava tempo mais que suficiente para matar e mutilar. *O que mais você andou fazendo no apartamento dela durante essas três horas? Ficou aproveitando a vista?* Jane pensou em Cassandra Coyle, numa posição tão serena na cama, a causa da morte ainda desconhecida. Uma droga, uma toxina? Como convencer uma vítima a engolir veneno? Será que Cassandra sabia que estavam lhe oferecendo a morte?

— O rosto dele não aparece em nenhum momento — comentou Frost. — Não dá para dizer sua idade ou raça. Tudo o que podemos supor é que se trata de um homem. Ou de uma mulher *bem* alta.

— Tem mais uma coisa que a gente sabe — acrescentou Jane.

— O quê?

— Não era um estranho. — E olhou para Frost. — Ela foi para casa com ele.

10

O velório de Cassandra Coyle parecia uma zona de guerra.

De seu assento na sexta fila da Igreja de St. Ann, Jane observava os olhares venenosos serem lançados de um lado para o outro como flechas entre os campos inimigos da ex-esposa de Matthew Coyle, Elaine, e da atual, Priscilla. Na fila atrás de Jane, algumas mulheres fofocavam sobre a segunda esposa de forma pouco discreta.

— Olha só para ela. Fingindo que realmente se importava com a pobre menina.

— O que será que Matthew viu nela?

— O dinheiro, é claro. O que mais? Ela é toda plastificada, do rosto aos cartões de crédito.

— Pobre Elaine. Ter que estar na mesma igreja que ela num dia terrível como esse.

Jane olhou de relance para trás e viu duas mulheres com seus 50 anos, as cabeças próximas, unidas em desaprovação. Assim como a primeira esposa de Matthew Coyle, Elaine, ambas pertenciam à irmandade de esposas que ao mesmo tempo temiam e desprezavam mulheres como Priscilla, que apareciam do nada e tomavam delas os maridos de cabeça fraca. Essa irmandade havia comparecido ao velório em massa, e algumas delas encararam Priscilla abertamente quando ela se levantou para se dirigir ao grupo ali presente. Priscilla não havia poupado gastos no velório, e o caixão de sua enteada era feito de jacarandá reluzente e enfeitado com uma suntuosa coroa de gladíolos brancos. Ela parou para tocar o caixão fechado, uma pausa teatral que fez até Jane torcer o nariz, antes de seguir em direção ao microfone.

— A maioria de vocês provavelmente soube que Matthew não pôde estar aqui conosco hoje — começou Priscilla. — Eu sei que ele gostaria de estar, mas se encontra no hospital, se recuperando do choque da perda de sua filha maravilhosa. Então cabe a mim falar em nome de nós dois. Nós perdemos... O mundo perdeu uma jovem bonita e talentosa. E os nossos corações estão devastados.

Alguém bufou atrás de Jane, um som alto o bastante para ser ouvido do outro lado da igreja, onde Frost estava sentado entre os membros do Time Priscilla. Ela viu Frost balançar a cabeça, incrédulo, e tentou imaginar os comentários que ele estava ouvindo dos aliados de Priscilla, agora ocupados em lançar olhares raivosos para a mulher que tinha acabado de bufar.

— Conheci Cassie quando ela tinha só 6 anos. Ela era uma menina tímida e magricela, de pernas e cabelos compridos — continuou Priscilla. Se havia percebido o clima de desaprovação no ambiente, ela o ignorava por completo. Também evitava olhar para a fileira da frente, onde sua rival, Elaine, estava sentada. — Por mais que mal nos conhecêssemos, Cassie me envolveu com seus bracinhos e disse: "Agora eu tenho outra mamãe." Foi nesse momento que percebi que seríamos uma família de verdade.

— Porra nenhuma — murmurou a mulher atrás de Jane.

Uma jovem jazia morta no caixão, o pai dela estava em estado grave no hospital, e era assim que a família Coyle demonstrava seu luto: com ressentimento e raiva. Jane já havia presenciado tudo isso antes, em funerais de outras vítimas. Um assassino age de repente, impedindo que desavenças sejam resolvidas e que despedidas sejam feitas, e conversas inacabadas assim o permanecem para sempre. Ali estava o resultado: uma família dividida pela perda.

Priscilla se sentou, e um trio familiar se levantou para falar em seguida. Os colegas cineastas de Cassandra haviam conseguido dar um trato razoável no visual. Os dois rapazes usavam de terno e gravata escuros. Embora Amber estivesse sóbria em um vestido preto, a argola dourada no nariz dela reluzia intensamente sob as luzes do altar. Os três pareciam exploradores confusos que de alguma maneira tinham acabado no meio da multidão e não sabiam muito bem como se misturar.

Amber claramente estava abalada demais para dizer qualquer coisa, enquanto Ben se limitava a encarar os próprios pés. Foi Travis Chang quem falou por todos, piscando de nervosismo sob o holofote.

— Nós éramos os Quatro Mosqueteiros, e a Cassie era o nosso D'Artagnan — começou Travis. — Ela era uma guerreira, uma líder. Uma narradora que conseguia transformar traumas de infância em ouro. Essa era a nossa Cassandra. Nós quatro nos conhecemos numa aula de cinema na NYU, onde aprendemos que as histórias mais poderosas emergem dos episódios mais dolorosos da vida. Estávamos em meio ao processo de transformar uma dessas histórias em filme quando a perdemos.

Nesse momento, a voz de Travis vacilou. Enquanto ele fazia uma pausa para se recuperar, Amber pegou sua mão e Ben baixou a cabeça ainda mais.

— Se o que aprendemos naquela aula for verdade — prosseguiu Travis —, se a dor é o que traz à tona as melhores histórias, então disso aqui sairá uma história do cacete. A dor da perda da Cassie é maior do que nós três sabemos lidar. Mas juramos terminar o que você começou, Cass. Esse filme é a sua história e o seu filho. Não vamos decepcioná-la.

Eles deixaram o altar e voltaram ao banco. Por um momento, ninguém se levantou para falar.

Sob o silêncio prolongado, o rangido súbito do banco pareceu ainda mais alto quando Elaine Coyle se levantou. A mãe de Cassandra parecia ainda mais formidável do que quatro dias atrás, quando tinha sido interrogada por Jane e Frost e o choque da morte da filha mal a permitira falar. Agora ela caminhava com determinação até o altar. Quando chegou lá, parou por um instante, observando o público. Diferentemente de Priscilla, cujo rosto tinha sido esticado para formar uma versão lisa, mas plastificada, de juventude eterna, Elaine ostentava a idade sem nenhum sinal de vergonha, o que a tornava ainda mais impressionante. O penteado alto tinha mechas grisalhas, e o rosto trazia marcas da passagem de 58 anos. No entanto, aquela mulher irradiava força.

E amargura.

— Minha filha não suportava estupidez. Ela escolhia como amigos somente as pessoas em quem acreditava e retribuía a lealdade delas multiplicada por mil. — Ela olhou para os três jovens cineastas. — Obrigada, Travis, Ben e Amber, por serem amigos da minha filha. Vocês conhecem os obstáculos que a Cassie superou. Quando as coisas ficaram feias, *vocês* continuaram do lado dela. Diferentemente de algumas pessoas que não têm senso de lealdade algum, que fogem da responsabilidade ao primeiro sinal de tentação.

O olhar de Elaine se voltou para Priscilla e endureceu.

Atrás de Jane, o Time Elaine soltou murmúrios de aprovação.

— Se Cassie estivesse aqui, ela diria a vocês o que é o amor de verdade, diria que é não dar as costas a uma criança de apenas 6 anos. Não se pode compensar essa traição cobrindo-a de dinheiro e presentes. A criança sempre sabe. A criança nunca esquece.

— Meu Deus, será que alguém não pode acabar com isso? — sussurrou um homem.

Priscilla se levantou e se retirou da igreja.

Foi o padre quem delicadamente assumiu o controle da situação. Ele foi até o altar e o microfone aberto capturou seus cochichos.

— Vamos passar para o próximo orador, minha querida?

— Não. Eu ainda tenho algo a dizer — insistiu Elaine.

— Mas talvez seja melhor fazer isso em algum outro momento. Por favor, me permita acompanhar a senhora de volta ao assento.

— Não, eu...

Elaine cambaleou repentinamente. Seu rosto ficou lívido, e ela esticou o braço para se agarrar ao altar.

— Alguém pode me ajudar? — implorou o padre, tentando segurá-la pelos braços. Ele ainda a estava segurando quando Elaine escorregou e desabou no chão.

Elaine estava sentada na sacristia, bebericando uma xícara de chá com bastante açúcar. Havia recuperado a cor, assim como a determinação; recusara a ambulância e descartara com firmeza todas as sugestões de que fosse levada para a emergência de um hospital. Em vez disso, ficou ali sentada, de cara fechada, enquanto o padre se apressava em reabastecer sua xícara com água quente. Atrás dela se avultava uma estante de livros repleta de volumes sobre compaixão, fé e caridade, coisas que não podiam ser vistas nos olhos de Elaine.

— Já faz uma semana agora — disse ela, olhando para Jane e Frost. — E vocês ainda não têm ideia de quem matou a minha filha?

— Estamos seguindo todas as pistas, senhora — explicou Jane.

— E o que descobriram?

— Bem, descobrimos que a senhora tem uma família bastante complicada.

E não há nada como vê-la em toda sua glória. Jane puxou uma cadeira e se sentou para encarar Elaine.

— Tenho que dizer que a senhora pegou pesado com Priscilla.

— Ela merece. O que mais se pode dizer de uma mulher que rouba um marido?

— Eu diria que o marido tem algo a ver com isso.

— Ah, os dois tiveram. Sabe como aconteceu?

Não sei se quero saber.

— Matthew era o contador dela. Cuidava dos impostos, ficava de olho nas diversas contas que ela tem. Sabia o quanto valia. Sabia que ela podia garantir a ele uma vida boa. Quando Matthew começou a sair da cidade em voos para viagens de negócios, eu não fazia ideia de que estava *com ela*. E lá estava eu, em casa, com a pobrezinha da Cassie, numa época horrível para sermos deixadas sozinhas. Uma garotinha tinha acabado de ser sequestrada no nosso bairro, e todas as famílias estavam inquietas, mas você acha que ele se importou? Não. Estava ocupado demais correndo atrás daquela riquinha.

O padre congelou, com a chaleira fumegante posicionada sobre a xícara. Corado, ele se virou.

Elaine olhou para Jane.

— Você falou com ela. Aposto que ela contou uma versão completamente diferente da história.

— Priscilla disse que o casamento de vocês já estava com problemas — disse Jane.

— É claro que ela diria algo assim. É o que essas destruidoras de lares sempre fazem.

Jane suspirou.

— Nós não somos psicólogos familiares, senhora. Estamos apenas tentando descobrir a identidade do assassino da sua filha. A senhora acha que a morte de Cassie pode ter algo a ver com os diversos conflitos na família?

— Eu sei que elas se odiavam.

— Sua filha odiava Priscilla?

— Outra mulher aparece do nada e rouba o seu pai. Tente imaginar como ela se sentiu. *Você* não a odiaria?

Não foi difícil imaginar. Jane pensou no próprio pai, que havia tido um breve caso com uma mulher à qual agora eles se referiam como Perua. Pensou em como isso tinha transformado o coração de Angela em pedaços. Agora que o casinho de Frank tinha chegado ao fim, e ele, voltado para casa, será que algum dia os pedaços poderiam ser reunidos novamente?

— Se estão procurando uma suspeita que odiava a minha filha — disse Elaine —, vocês deveriam dar uma boa olhada em Priscilla.

— Existe mais alguém em quem deveríamos nos concentrar? — perguntou Frost. — Um monte de gente veio ao velório hoje. A senhora reconheceu a maioria?

— Por que a pergunta?

— Porque às vezes um assassino pode se insinuar no meio da investigação. Ele vai ao velório para ver o efeito sobre a família da vítima. Faz uma série de perguntas para descobrir se a polícia está no caminho certo.

O padre encarou Frost.

— O senhor acha que o assassino pode ter vindo *aqui*? Na minha igreja?

— É sempre uma possibilidade, senhor. Por isso colocamos a câmera de vigilância na entrada, para ter uma imagem do rosto de todo mundo que entrou na igreja. Se o assassino tiver passado por aqui, ele pode estar nesse vídeo. — Frost olhou para Elaine. — A senhora viu alguém que parecia deslocado?

— Além daquele pessoal horrível da Priscilla? — Elaine meneou a cabeça. — Eu conheço a maioria das pessoas. Os colegas de escola da Cassie. Alguns velhos amigos de Brookline, onde ela cresceu. Muitas pessoas a amavam e vieram prestar suas homenagens.

Ela baixou o olhar para o chá frio, franzindo a testa de desgosto.

— Graças a Deus eu não precisei olhar para *ele*.

— Quem?

— Matthew. Ouvi dizer que ele está em coma e que o prognóstico não é bom. — Ela colocou a xícara na mesa, com um estrépito triunfal. — Se ele morrer, está aí um velório ao qual eu *não* vou comparecer.

— Nada é tão lindo quanto uma família grande e feliz, não é, Frost? — disse Jane no caminho de volta para o Departamento de Polícia de Boston, atrás do volante. — A filha foi assassinada, o ex-marido está sendo mantido vivo por aparelhos e ela não consegue parar de censurar a segunda esposa malvada. Eu achava que Priscilla era uma pessoa difícil, mas essa mulher?

— É, ela está em *outro* nível. Como alguém pode guardar rancor de um ex por tanto tempo? Quero dizer, quanto tempo já se passou? Foram dezenove anos desde o divórcio.

Jane parou num sinal vermelho e olhou para Frost, que havia sofrido no doloroso divórcio e mesmo assim nunca se mostrara rancoroso. E agora ele tinha voltado a ver filmes e comer pizza com a ex. Se existia alguém que não tinha o gene de guardar mágoas, esse alguém era Frost, cuja simpatia lendária servia apenas para queimar o filme de Jane. O problema de ser simpático é que as pessoas pisam em você. Crescer ao lado de dois irmãos havia ensinado a Jane que um chute de surpresa na canela normalmente era mais eficiente do que pedir *por favorzinho*.

— Você não sente raiva da Alice? — perguntou ela.

— Por que a gente está voltando a falar da Alice?

— Já que o assunto é uma ex com raiva...

— Bem, eu *sinto* raiva dela — admitiu ele. — Um pouco.

— Um pouco?

— Mas de que adianta ficar com raiva pelo resto da vida? Não é saudável. É preciso perdoar e seguir em frente, como a sua mãe fez. Ela não deu a volta por cima?

— É. O problema é que o meu pai também deu a volta por cima. Deu a volta por cima e foi parar direto na vida dela novamente.

— Isso não é bom, ver os dois juntos outra vez?

— Apareça no jantar de Natal dos Rizzoli. Você vai poder ver com os próprios olhos o quanto as coisas vêm funcionando bem entre os dois.

— Isso é uma ameaça ou um convite?

— Minha mãe vive perguntando quando você vai jantar lá de novo. Você é como o filho *bonzinho* que ela nunca teve, e ela sempre vai sentir um carinho especial por você depois de ter trocado o pneu furado dela. E você pode muito bem aparecer, porque vai ter muita comida. Eu estou falando de uma quantidade *insana* de comida.

— Nossa, eu bem que gostaria de ir, mas já tenho planos para o Natal.

— Não me diga. — Jane olhou para Frost. — Alice?

— Isso.

Jane suspirou.

— Tudo bem. Acho que você pode levá-la.

— Está vendo? É por *isso* que eu não posso levar a Alice. Ela fica bastante chateada com a sua atitude em relação a ela.

— Eu sou assim com a Alice por causa do que ela fez com você. Odeio quando alguém deixa você magoado. E se Alice fizer isso outra vez eu vou dar um chute nela.

— E é por *isso* que eu não vou levá-la para o jantar. Mas dê um abraço na sua mãe por mim. Ela é uma senhora simpática.

Jane parou no estacionamento do departamento e desligou o motor.

— Eu queria encontrar uma desculpa para não ir. Do jeito que as coisas estão entre a minha mãe e o meu pai, não vai ser uma noite muito divertida.

— Bem, você não tem escolha. Estamos falando da sua família e do Natal.

— Pois é. — Jane bufou. — Ho-ho-ho.

11

— Mas e aí, o que aconteceu com a garota que teve os olhos arrancados?

Do outro lado da mesa de jantar, Jane franziu a testa para o irmão, Frankie, que cortava uma generosa fatia de paleta de cordeiro assada. A mãe deles havia passado o dia todo na cozinha, trabalhando duro na refeição agora disposta no auge de sua glória sobre a mesa da família Rizzoli. A paleta de cordeiro tinha sido decorada com dentes de alho e assada à perfeição até ficar ao ponto para mal-passada. Ao redor dela havia tigelas de batatas assadas com alecrim, vagem com amêndoas, três saladas diferentes e pãezinhos caseiros. Angela estava sentada à cabeceira, com o rosto brilhando por causa do suor da cozinha, esperando receber algum elogio da família pelo banquete magnífico que havia preparado.

Mas não, Frankie tinha que puxar *esse* assunto, partir direto para o assassinato, e o fez enquanto cortava carne, liberando um rio de líquido cor de sangue.

— Não é hora nem lugar para isso, Frankie — murmurou Jane.

— Angela, a comida está incrível — elogiou Gabriel, como sempre o genro atencioso. — Você se supera a cada Natal!

— Faz mais de uma semana — continuou Frankie, sem se deixar abalar. — Já estamos muito além das primeiras quarenta e oito horas. — Virando-se para o pai, Frank, disse com ar de autoridade: — Caso não saiba disso, pai, as primeiras quarenta e oito horas depois de um homicídio são o período em que é mais provável solucionar o crime. E parece que a polícia de Boston ainda não tem nem mesmo um suspeito.

De cara fechada, Jane cortou batatas e vagens para a filha de 3 anos, Regina.

— Você sabe que eu não posso falar do caso.

— Claro que pode. Somos todos da mesma família aqui. Além do mais, os jornais só falam do que o criminoso fez com essa garota.

— Em primeiro lugar, esse detalhe em particular sobre os olhos não deveria ter vindo a público. Alguém vazou a informação e eu estou tentando descobrir quem foi. Segundo, ela não era uma *garota*. Ela tinha 26 anos, o que fazia dela uma mulher.

— Claro, claro. Você não para de brigar comigo por causa disso.

— E você continua me ignorando. — Jane se virou para Angela. — Mãe, o cordeiro assado ficou perfeito. Como você conseguiu deixar a carne tão macia?

— O marinado é tudo, Janezinha. Eu te dei a receita no ano passado, lembra?

— Tenho que procurar. Mas nunca vai ficar tão bom quanto o seu.

— Arrancar os olhos de uma garota, isso deve ter algum significado psicológico profundo — comentou Frankie, a autoridade onisciente sobre tudo. — Faz a gente pensar em qual seria o simbolismo. Esse cara deve ter algum problema com o jeito como as garotas... perdão, as *mulheres* olham para ele.

Jane caiu na risada.

— Então você acha que pode traçar o perfil de criminosos agora?

— Jane — disse Frank —, o seu irmão tem todo o direito de expressar a opinião dele.

— Sobre uma coisa que ele não sabe?

— Eu sei o que ouvi dizer — retrucou Frankie.

— Que seria...?

— Que os olhos da vítima foram removidos e que o criminoso os deixou na mão dela.

Angela baixou a faca e o garfo na mesa.

— É Natal. A gente precisa falar dessas coisas horríveis?

— É o trabalho deles — tentou justificar o pai de Jane, enfiando batatas na boca. — Temos que aprender a lidar com isso.

— Desde quando esse é o trabalho do Frankie? — questionou Jane.

— Desde que ele começou a frequentar todos aqueles cursos de criminologia em Bunker Hill. Você é a irmã dele, deveria encorajá-lo. Pode dar uma mãozinha quando ele for tentar arrumar uma vaga na polícia.

— Mas eu não vou me candidatar a um cargo na polícia de Boston — retrucou Frankie com um tom de arrogância de tirar do sério. — Já estou no estágio três do SSAE. As perspectivas são boas, muito boas.

Jane franziu a testa.

— O que é o SSAE?

— Seu maridinho sabe. — Frankie olhou de relance para Gabriel.

Até o momento, Gabriel se ocupara em cortar a carne para Regina. Com um olhar de resignação, ele respondeu:

— É o Sistema de Seleção de Agentes Especiais.

— Bacana, não é? — disse Frank, dando tapinhas nas costas do filho. — Nosso Frankie aqui vai virar agente do FBI.

— Espera aí, pai — disse Frankie, erguendo modestamente as mãos em sinal de protesto. — Ainda está no início do processo. Eu passei no primeiro exame. Agora vou para as apresentações. É nessa hora que ter um cunhado que trabalha na agência vai me beneficiar. Certo, Gabe?

— Mal não vai fazer — foi a resposta prudente de Gabriel. Ele se virou para Angela. — A senhora pode me passar um pouco de vagem? A Regina está devorando tudo.

— É por isso que eu quero me manter atualizado sobre as investigações em andamento — justificou Frankie. — Como essa garota que teve os olhos arrancados. Eu quero ver como o caso é tratado em nível local.

— Bem, Frankie — disse Jane —, acho que eu não tenho muito a ensinar a você, já que só trabalho em nível *local.*

— Que jeito é esse de falar com o seu irmão? — estourou o pai. — Frankie não é bom o bastante para fazer parte do seu clube?

— Não é uma questão de ser *bom o bastante*, pai. Trata-se de uma investigação em andamento. Eu não posso falar dela.

— A sua amiga maluca fez a necropsia? — perguntou Frankie.

— O quê?

— Ouvi dizer que os policiais a chamam de Rainha dos Mortos.

— Quem disse isso?

— Eu tenho minhas fontes. — Frankie sorriu para o pai. — Eu não me importaria em passar uma noite no necrotério com *ela.*

Angela afastou a cadeira da mesa e se levantou.

— Nem sei por que eu ainda me dou ao trabalho de cozinhar. Da próxima vez vou só pedir pizza. — E foi para a cozinha.

— Não se preocupem com ela. Ela vai ficar bem — disse Frank. — Só precisa de alguns minutos para esfriar a cabeça.

Jane baixou o garfo com força na mesa.

— Meus parabéns, vocês dois.

— O quê? — disse o pai.

— Você e a minha mãe acabaram de voltar. E é assim que você a trata?

— Qual o problema? — perguntou o irmão. — Eles sempre foram assim.

— E isso faz com que não tenha problema nenhum? — Jane largou o guardanapo e se levantou.

— Você também vai deixar a mesa? — perguntou o pai.

— Alguém precisa ajudar a minha mãe a envenenar a sobremesa.

Na cozinha, Jane encontrou Angela parada ao lado da pia, servindo-se de uma generosa taça de vinho.

— Quer dividir a garrafa? — perguntou Jane.

— Não. Acho que eu mereço tudo sozinha. — Angela tomou um gole desesperado. — Tudo voltou a ser como antes, Jane. Nada mudou.

Você mudou. A velha Angela iria fingir que não ouviu os comentários inconsequentes do marido e se manteria firme até o fim do jantar. Mas, para esta nova Angela, os comentários deviam ter sido como mil pequenos cortes na alma. E ali estava ela, tentando remediar a dor com Chianti.

— Tem certeza de que quer beber sozinha? — questionou Jane.

— Ah, tudo bem. Venha, pode se juntar a mim — cedeu Angela, servindo uma taça para a filha.

Ambas tomaram um gole e suspiraram.

— Você preparou uma refeição maravilhosa, mãe.

— Eu sei.

— Meu pai também sabe. Ele só não sabe expressar isso.

As duas tomaram mais um gole, então Angela perguntou em voz baixa:

— Você tem visto o Vince ultimamente?

Jane parou, surpresa diante da menção a Vince Korsak, o policial aposentado que por um breve momento tinha feito de Angela uma mulher extremamente feliz. Até Frank voltar para reivindicar a esposa, até a culpa católica de Angela e seu senso de dever a forçarem a terminar o caso com Korsak.

Franzindo a testa para o vinho, Jane respondeu:

— Sim, eu esbarro com ele de vez em quando. Normalmente quando almoço no Doyle's.

— Como ele está?

— Na mesma — mentiu. A verdade era que Vince Korsak andava arrasado. Parecia um homem decidido a se encher de comida e bebida até morrer.

— Ele está... saindo com alguém?

— Eu não sei, mãe. Vince e eu não tivemos chance de conversar.

— Eu não o culparia se estivesse. Ele tem o direito de seguir em frente, mas... — Angela colocou a taça na bancada. — Ah, meu Deus, acho que eu cometi um erro. Eu não devia ter me separado dele, mas agora é tarde demais.

A porta da cozinha foi aberta, e o irmão de Jane entrou com passos arrastados.

— Ei, meu pai quer saber o que tem de sobremesa.

— Sobremesa? — Angela esfregou os olhos e se virou para a geladeira. Pegou um pote de sorvete de dentro dela e o entregou a Frankie. — Pronto.

— Só isso?

— Por que? Você esperava profiteroles?

— Tudo bem, tudo bem. Eu só queria saber.

— Tem calda de chocolate também. Vá lá e sirva todo mundo.

Quando Frankie estava quase saindo da cozinha, ele se virou para Angela.

— Mãe, é muito bom que tudo tenha voltado ao normal. Entre você e o meu pai, quero dizer. É como as coisas devem ser.

— Claro, Frankie. — Angela suspirou. — Como as coisas devem ser.

O celular de Jane tocou. Ela o pescou do bolso, deu uma olhada no número e atendeu.

— Detetive Rizzoli.

Para o desconforto de Jane, Frankie ficou acompanhando a conversa com olhos de águia, o Sr. Aspirante a Agente Especial, pronto para se insinuar no caso.

— Já, já estou aí — avisou, desligando. Ela olhou para Angela. — Eu sinto muito, mãe. Preciso ir.

— Você pegou outro caso? — quis saber Frankie. — Do que se trata?

— Você quer mesmo saber?
— É claro!
— Leia o jornal de amanhã.

— É impressão minha ou parece que sempre nos dão os casos mais esquisitos? — disse Frost.

Eles estavam parados, tremendo de frio, no píer de Jeffries Point. Jane sentia como se seu rosto estivesse sendo perfurado por diversas lanças de gelo com o vento que soprava pelo ancoradouro interno. Ela levantou o cachecol para cobrir o nariz já dormente. Apenas quatro dias tinham se passado desde o início oficial do inverno, mas já havia placas de gelo finas flutuando no porto. Ali perto, no Aeroporto Logan, um avião decolou, o rugido das turbinas abafando brevemente o som rítmico da água batendo nas estacas.

— Todos os homicídios são esquisitos a seu próprio modo — retrucou Jane.

— Não era assim que eu queria passar o Natal. Tive que deixar Alice justamente quando as coisas estavam começando a ficar aconchegantes. — Frost olhou para baixo, para o motivo pelo qual ele e Jane tinham sido arrancados de seus jantares para se encontrar naquele ponto deserto. — Pelo menos não deve ser difícil descobrir a causa da morte nesse caso.

Sob a luz das lanternas havia um homem jovem, branco, de peito nu, exposto ao vento invernal. Afora isso, ele estava bem-vestido, com calça de lã, um cinto de couro de avestruz e sapatos de couro escoceses. Um sujeito bem-apessoado, talvez na casa dos 25 anos, pensou Jane. De barba feita e arrumado, um corte de cabelo moderno, uma franja loira penteada para cima. Não tinha sujeira sob as unhas nem calos nas mãos. Alguém que poderia ser encontrado trabalhando num escritório no centro da cidade.

Não caído num píer sem camisa, em meio a um vento intenso, com três flechas enfiadas no peito.

A aproximação de faróis fez Jane se virar e ver um Lexus parando atrás da viatura. Maura Isles saiu do carro, com o longo sobretudo esvoaçante feito uma capa ao vento. Estava toda vestida de preto invernal: botas, calça, blusa de gola rulê. Trajes adequados para a Rainha dos Mortos de Boston.

— Feliz Natal — disse Jane. — Eu tenho um presente especial para você.

Maura não respondeu; sua atenção estava focalizada no jovem aos pés deles. Ela tirou as luvas de lã e as enfiou no bolso. As luvas roxas de látex que colocou em seguida não a protegeriam naquele frio, por isso, antes que perdesse a sensibilidade dos dedos, ela se agachou e analisou as flechas. Todas as três tinham entrado pelo peito, duas do lado esquerdo do esterno, uma do direito. Todas as três haviam perfurado de tal maneira que apenas metade das flechas podia ser vista.

— Parece que alguém ganhou um arco e flecha novinho em folha de Natal — comentou Jane. — E resolveu praticar nesse pobre coitado.

— O que aconteceu aqui? — perguntou Maura.

— O vigia estava fazendo a ronda quando encontrou a vítima. Ele jura que o corpo não estava aqui três horas atrás, quando passou por aqui pela última vez. É um ponto remoto, então nada de câmeras de segurança por perto. Acho que vamos ter dificuldade para encontrar testemunhas, especialmente na noite de Natal.

— Parecem flechas de alumínio normais, todas com as mesmas plumas laranja. Provavelmente podem ser encontradas em qualquer loja de esportes — sugeriu Maura. — Elas entraram em ângulos levemente diferentes. Não vejo nenhum outro ferimento...

— E isso me parece estranho — acrescentou Frost.

Jane riu.

— Essa é a única coisa que parece estranha para você?

— O cara leva três flechadas, todas no peito. Colocar a flecha no arco leva um ou dois segundos. Nesse meio-tempo, vocês não acham que o cara ia se virar e sair correndo? É como se ele simplesmente tivesse ficado parado e deixado alguém disparar três vezes no peito.

— Eu não acho que tenham sido essas flechas a causa da morte — arriscou Maura.

— Pelo menos uma delas deve ter atravessado o pulmão ou algo assim.

— Com certeza, baseando-se nas localizações, mas vejam como tem pouco sangue saindo desses ferimentos. Apontem as lanternas para cá. — Quando Jane e Frost voltaram suas lanternas para o corpo, Maura colocou a mão na axila direita do sujeito e pressionou a pele com os dedos enluvados. — Já existe certa lividez na axila direita, e parece estabelecida.

Ela deu a volta no corpo para examinar a outra axila.

— Mas não há lividez na esquerda. Me ajudem a virá-lo de lado. Quero dar uma olhada melhor nas costas.

Jane e Frost se agacharam ao lado do corpo. Tomando cuidado para não desalojar nenhuma das flechas, posicionaram o cadáver sobre o lado direito. O frio da pele atravessava as luvas de látex de Jane, como carne refrigerada tirada da geladeira. Com os olhos aguilhoados pelo vento, ela se concentrou nas costas expostas, agora iluminadas pela lanterna de Maura.

— O corpo foi deslocado depois que o encontraram? — perguntou a legista.

— O vigia disse que nem tocou nele. Por quê?

— Estão vendo como a lividez atingiu apenas o lado direito do corpo? A gravidade fez o sangue se acumular ali, porque ele ficou deitado sobre o lado direito durante pelo menos algumas horas após a morte. Mas aqui está ele, deitado em posição supina.

— Então a vítima foi morta em outro lugar. Talvez trazida para cá no porta-malas de um carro.

— É o que o padrão do *livor mortis* sugere. — Maura estendeu a mão para flexionar o braço do cadáver. — O *rigor mortis* está começando a atingir os membros. Eu estimaria que a morte ocorreu de duas a seis horas atrás.

— Então ele foi trazido para cá e deixado de barriga para cima.

Jane fitou as três flechas, cujas plumas laranja tremiam com o vento.

— Qual o sentido de perfurá-lo com flechas se ele já estava morto? É algum simbolismo esquisito?

— Pode ter sido um ataque de fúria — sugeriu Maura. — O criminoso não conseguiu liberar todas as emoções quando matou esse homem. Por isso o matou outra vez, e mais uma, atravessando-o com flechas.

— Ou talvez as flechas *signifiquem* algo — apontou Frost. — Sabem no que isso me faz pensar? Em Robin Hood. Roubava dos ricos para dar aos pobres. O cinto dele é feito de couro de avestruz, o que não é barato. O cara parece ter bastante dinheiro.

— Mesmo assim acaba morto e sem camisa num píer — disse Jane. Ela se virou para Maura. — Se não foram as flechas, o que o matou?

Nesse momento, outro avião ganhou os céus partindo do Aeroporto Logan. Maura ficou em silêncio, com as luzes da viatura lançando um brilho azul e branco em seu rosto, enquanto esperava o barulho da aeronave sumir.

— Eu não sei.

12

Maura não conseguia se lembrar de uma manhã de Natal tão fria quanto aquela. Parada perto da janela da cozinha, com uma xícara de café aninhada nas mãos, olhava para o gelo que cobria seu quintal. O termômetro externo marcava quatorze graus negativos, sem contar a sensação térmica causada pelo vento, e o pátio de lajotas naquele momento estava tão escorregadio quanto um rinque. Mais cedo, ao sair para pegar o jornal, ela havia escorregado e quase caído na calçada, e os músculos das costas ainda doíam por ter se retorcido para se manter de pé. Era um dia propício a ficar em casa, e ela estava feliz por não ter de sair. Hoje seu colega Abe Bristol estava de plantão no Instituto Médico-Legal e ela podia passar um tempo ocioso colocando a leitura em dia, para à noite desfrutar de uma refeição tranquila sozinha. Uma paleta de cordeiro já descongelava em cima da pia e uma garrafa de Amarone esperava para ser aberta.

Reabasteceu a xícara de café e se sentou à mesa da cozinha para ler o *Boston Globe*. A edição de Natal era tão fina que quase não valia a pena folheá-la, mas aquele era seu ritual matinal sempre que tinha um dia de folga: duas xícaras de café, um muffin inglês e o jornal. Um jornal de verdade, não pixels brilhando no laptop. Ela ignorou o gato malhado miando e se esfregando em seus tornozelos em busca de um segundo café da manhã. Maura havia adotado o animal guloso depois de tê-lo encontrado perambulando na cena de um crime no mês anterior, mas nem um dia se passara sem que ela se arrependesse de ter levado a Fera para casa. Agora era tarde demais; o gato pertencia a ela. Ou ela pertencia ao gato. Às vezes era difícil dizer quem era o dono de quem.

Empurrou a Fera com o pé para longe e abriu uma nova página do *Globe*. A descoberta do corpo no píer na noite anterior ainda não havia chegado ao jornal, mas ela viu uma nova nota sobre o assassinato de Cassandra Coyle.

Causa da morte de jovem continua desconhecida

A morte de uma jovem encontrada na última terça-feira foi definida como "suspeita" pelos investigadores. Cassandra Coyle, 26 anos, foi encontrada em casa pelo pai após não comparecer a um almoço. A necropsia foi realizada na quarta-feira, mas o Instituto Médico-Legal ainda não determinou a causa da morte...

O gato pulou para a mesa e se sentou em cima do jornal, firmando as ancas sobre o artigo.

— Obrigada pelo comentário — disse Maura, colocando a Fera de volta no chão.

Despedindo-se, o animal lhe lançou um olhar de desdém e saiu da cozinha com o andar empertigado. A que ponto chegamos, pensou ela. Agora eu estou falando com o meu gato. Quando foi que ela havia se transformado em mais uma maluca dos gatos solitária, dominada por um felino? Não precisava passar o Natal sozinha. Podia ter ido ao Maine e visitado seu tutelado, Julian, de 17 anos, no colégio interno. Podia ter dado uma festa de fim de ano para os vizinhos ou feito trabalho voluntário em um sopão ou aceitado algum dos muitos convites para jantar.

Eu podia ter ligado para o Daniel.

Pensou na noite anterior, quando havia ficado tão desesperada para vê-lo um pouquinho, nem que fosse de longe, que se infiltrara num banco nos fundos da igreja de Daniel para ouvi-lo celebrar a Missa do Galo. Ela, uma descrente, tinha ouvido as palavras de Daniel sobre Deus, amor e esperança, mas o amor que ambos sentiam um pelo outro só os havia feito sofrer. Nessa manhã de Natal, parado diante de sua congregação, será que Daniel havia esquadrinhado os bancos na esperança de vê-la outra vez? Ou será que envelheceriam paralelamente, sem que suas vidas voltassem a se cruzar?

A campainha tocou.

Maura se empertigou na cadeira, assustada pelo barulho. Estivera tão concentrada nos devaneios sobre Daniel que foi nele que pensou imediatamente, esperando para vê-la. Quem mais tocaria sua campainha na manhã de Natal? *Olá, Tentação. Eu vou ter coragem de abrir?*

Foi até o vestíbulo, respirou fundo e abriu a porta.

Não era Daniel quem estava parado na varanda, e sim uma mulher de meia-idade segurando uma grande caixa de papelão. A mulher estava embrulhada num volumoso casaco de penas e usava um cachecol de lã e um gorro de tricô que cobria suas sobrancelhas, deixando apenas parte do rosto à mostra. Maura viu olhos castanhos cansados e bochechas rachadas pelo vento. Alguns tufos de cabelos loiros escapavam do gorro e balançavam ao vento.

— A senhora é a Dra. Maura Isles? — perguntou a mulher.

— Sou, sim.

— Ela me pediu para trazer isso para a senhora.

A mulher entregou a caixa a Maura. Não era pesada, mas o que quer que estivesse lá dentro chacoalhou.

— O que é isso?

— Não sei, só me pediram para entregar na sua casa. Feliz Natal, senhora!

A mulher deu meia-volta e desceu os degraus até a calçada coberta de gelo.

— Espera! *Quem* pediu a você que me entregasse isso? — gritou Maura.

A mulher não respondeu. Ela foi até um furgão branco estacionado no meio-fio. Perplexa, Maura a observou entrar no veículo e ir embora.

O frio inclemente fez Maura voltar para dentro de casa, e, ao fechar a porta com o pé, sentiu o conteúdo da caixa balançar e chacoalhar. Levou-a para a sala de estar e a colocou sobre a mesa de centro. A caixa estava lacrada com uma fita adesiva desgastada e não havia nenhuma etiqueta nem nada que identificasse a quem aquilo pertencia ou o que poderia conter.

Maura foi até a cozinha buscar uma tesoura e, quando voltou, viu que o gato tinha subido na mesa de centro e estava dando patadas na caixa lacrada, louco para se enfiar dentro dela.

Maura cortou a fita e a abriu.

Dentro havia itens aleatórios que podiam ter vindo da promoção de um brechó: um relógio de pulso para mulheres mais velhas, com os ponteiros parados às quatro e quinze, um saco plástico com bijuterias, uma bolsa de mão de couro envernizado, rachada e descamada. Mais ao fundo havia várias fotos de pessoas que ela não reconheceu, posando em muitos lugares. Viu uma velha fazenda, a rua de uma cidade pequena, um piquenique sob uma árvore. A julgar pelas roupas e pelos cortes de cabelo, aquelas fotos pareciam ter sido tiradas nos anos quarenta ou cinquenta. Por que alguém enviaria estas coisas para sua casa?

Indo mais fundo, encontrou um envelope contendo mais fotos soltas. Maura foi passando as imagens até que de repente se deparou com um rosto familiar. Um rosto que fez os pelos de sua nuca ficarem arrepiados. Ela deixou as fotos caírem no chão, onde permaneceram, como uma cobra venenosa aos seus pés.

Maura correu para a cozinha e ligou para Jane.

— Você conseguiu ver a placa? — perguntou a amiga. — Pode me dizer *qualquer coisa* que ajude a rastrear o veículo?

— Era um furgão branco — respondeu Maura, andando pela sala de estar. — Isso é tudo o que lembro.

— Novo? Velho? Ford? Chevrolet?

— Você sabe que eu não sei a diferença! Todos os carros parecem iguais para mim! — Maura bufou e afundou no sofá. — Me desculpa, eu não devia ter ligado para você no Natal, mas é que surtei um pouco. Deve ter sido exagero meu.

— Exagero? — Jane deu uma risada incrédula. — Você acabou de receber na porta de casa um presente de Natal assustador enviado por uma serial killer que *supostamente* está trancafiada numa prisão de segurança máxima. Isso devia deixar você preocupada pra cacete. *Eu* estou preocupada. A questão é: o que Amalthea quer de você?

Maura encarou a foto que tanto havia mexido com ela. Era de uma mulher de cabelos escuros, parada sob um carvalho frondoso, cujos olhos encaravam a câmera com uma franqueza inflexível. Usava um vestido branco de tecido bem fino, marcando a cintura delgada e os braços esguios. Se a foto fosse de uma estranha, Maura a consideraria encantadora, tirada numa bela estrada no campo. Mas ela sabia quem era aquela jovem. Envolvendo-se com os braços, disse em voz baixa:

— Ela se parecia tanto comigo...

Enquanto Jane passava as fotos, Maura permaneceu sentada em silêncio, concentrando-se na árvore de Natal que decorara sem muito entusiasmo na semana anterior. Ainda não havia aberto os presentes que estavam debaixo da árvore, a maioria vindo dos colegas do IML. O presente de Jane, embrulhado num papel roxo e prateado espalhafatoso, estava bem na frente, no centro. Tinha planejado abrir todos nesta manhã, mas a chegada da caixa de papelão afastara qualquer espírito de Natal daquela casa. Será que a intenção da caixa era oferecer uma espécie de trégua? Talvez Amalthea, usando sua própria lógica deturpada, tenha pensado que Maura gostaria daquelas lembranças de sua família biológica. Uma família sobre a qual ela desejava nunca ter ouvido falar. Uma família de monstros.

O último daqueles monstros estava morrendo de uma forma lenta e dolorosa de câncer. Quando Amalthea se for, será que finalmente vou estar livre deles?, perguntou-se Maura. Será que vou poder voltar a pensar em mim como Maura Isles, filha dos respeitáveis Sr. e Sra. Isles, de São Francisco?

— Meu Deus! Dá uma olhada nessa família feliz — disse Jane, analisando uma foto de Amalthea com o marido e o filho. — A mamãe, o papai e o pequeno Ted Bundy. O menino definitivamente se parecia com ela.

O menino. Meu irmão assassino, pensou Maura. A primeira vez em que havia colocado os olhos nele fora ao examinar seu cadáver. Ali naquela foto estava sua linhagem, uma família cujo ofício havia sido matar por dinheiro. Será que Amalthea tinha lhe enviado essas lembranças para recordá-la de que não podia fugir de quem realmente era?

— Ela só está fazendo um dos seus joguinhos de novo — comentou Jane, deixando as fotos de lado. — Amalthea deve ter escondido essa caixa em algum lugar, talvez num depósito. Depois fez aquela mulher entregá-la a você. No Natal, ainda por cima. É uma pena que você não consiga me dar mais detalhes do furgão. Me ajudaria a descobrir quem era a mulher.

— Mesmo que você descobrisse quem ela é, o que poderia fazer? Entregar uma caixa de fotos não é ilegal.

— Isso se trata de intimidação. Amalthea está perseguindo você.

— Do leito no hospital?

— Maura, isso *deve* ter perturbado você; caso contrário, não teria me ligado.

— Eu não sabia para quem mais ligar.

— Como se eu fosse a sua última opção? Meu Deus, eu sou a *primeira* pessoa para quem você tem que ligar. Você não deveria estar enfrentando tudo isso sozinha. E o que é isso, passar o Natal sem ninguém, só você e o maldito gato? Eu juro que no ano que vem vou *arrastar você* para jantar na casa da minha mãe.

— Nossa, parece divertido.

Jane suspirou.

— Me diz o que você quer que eu faça com essa caixa.

Maura olhou para baixo, para o gato que se esfregava na sua perna, fingindo afeto na esperança de ganhar outra refeição.

— Não sei.

— Bom, vou dizer o que *eu* vou fazer. Eu vou me certificar de que Amalthea não possa voltar a fazer isso. Obviamente ela tem pessoas do lado de fora fazendo serviços para ela. Vou trancafiar aquela mulher de tal maneira que ela nunca mais vai conseguir chegar até você.

Um pensamento repentino fez Maura congelar, um pensamento tão inquietante que sentiu um calafrio subir pelo seu pescoço. Até mesmo o gato pareceu sentir a inquietação e a observou com um novo estado de alerta.

— E se não tiver sido Amalthea quem mandou a caixa?

— Quem mais poderia mandar isso? O marido dela está morto. O filho dela está morto. Não tem mais ninguém vivo na família.

Maura se virou para Jane.

— A gente tem certeza disso?

13

A semana entre o Natal e o ano-novo não é oficialmente um período de férias, mas dá na mesma caso você trabalhe no meio de relações públicas como eu. Ninguém responde minhas ligações nem meus e-mails. Nenhum dos meus contatos habituais nos jornais quer saber da nova e escandalosa autobiografia de uma celebridade da TV que por acaso é uma abominável cliente minha. Essa última semana de dezembro é uma zona morta no que diz respeito a vender ou arrumar matérias sobre livros, mas acontece que é a semana de lançamento do livro de memórias da Srta. Victoria Avalon, estrela de um *reality show*. É óbvio que a Srta. Avalon não escreveu o livro de verdade, afinal, ela é semianalfabeta. Uma *ghost-writer* de confiança foi contratada para essa missão, uma mulher chamada Beth, que entrega um texto limpo, ainda que pouco inspirado, e sempre cumpre prazos. Beth odeia Victoria, ou pelo menos é o que dizem os boatos. Como assessora, fico sabendo de um monte de fofoca, e essa joia em particular quase com certeza é verdadeira, pois Victoria é detestável. Eu também a odeio. Mas ao mesmo tempo a admiro por sua atitude de quem-se-importa-com-o-que-você-pensa, pois esse tipo de atitude é exatamente o que é preciso para vencer na vida. Em relação a isso, Victoria e eu somos iguais. Eu também não dou a mínima; só consigo escondê-lo melhor.

Na verdade, eu sou fantástica em esconder isso tudo.

E assim me sento à mesa de trabalho, com um sorriso no rosto, e explico a Victoria pelo telefone por que nenhuma das esperadas entrevistas que pleiteamos em rádios e na TV aconteceu. *É que o Natal acabou de passar*, digo, *e todo mundo se empanturrou de peru e álcool demais para retornar as minhas ligações. Sim, Victoria, é um ultraje. Sim, Victoria, todo mundo sabe o quanto você é importante. (Seus peitos apareceram na* Esquire*! Você foi casada com um* tight end *do New England Patriots por oito meses* inteiros*!)* Victoria acha que a culpa é minha por não ter nenhuma publicidade batendo à sua porta, que a culpa é minha pelas pilhas e pilhas do livro dela (na verdade, de Beth) não estarem diminuindo na Barnes & Noble.

Continuo sorrindo mesmo quando ela começa a gritar comigo. É importante sorrir mesmo ao telefone, pois as pessoas podem *ouvir* o sorriso na sua voz. E também é importante porque meu chefe, Mark, está me observando de sua mesa e não posso deixar que ele perceba que a nossa cliente está indo à loucura e provavelmente vai dispensar os serviços de assessoria de imprensa da Booksmart Media. Estou sorrindo quando ela me chama de *Barbiezinha idiota*. Estou sorrindo até mesmo quando ela bate o telefone.

Mark pergunta:

— Ela está chateada?

— Sim. Ela queria estar na lista de mais vendidos.

Ele bufa.

— É o que todo mundo quer. Você lidou bem com ela.

Não sei se ele está me bajulando ou se acredita no que diz. Nós dois sabemos que Victoria Avalon nunca vai estar em nenhuma lista de mais vendidos. E nós dois sabemos que eu vou levar a culpa por isso.

Preciso emplacar alguma matéria sobre esse livro idiota o mais rápido possível. Recorro ao computador para ver se o nome de Victoria apareceu em algum lugar na mídia. Até mesmo uma coluna de fofocas serviria. Mexo o mouse para ativar o monitor e a página do *Boston Globe* se ilumina. É então que vejo as últimas notícias: não sobre Victoria, a quem subitamente não dou mais a mínima. Não, estou falando de uma matéria de capa sobre o rapaz morto no píer em Jeffries Point algumas noites atrás. Ontem, na televisão, disseram que a vítima tinha levado flechadas. A polícia agora sabe o nome do sujeito.

— Talvez a gente devesse empurrar o livro dela para o Arthur outra vez — diz Mark. — Acho que ele só precisa de um cutucão. A autobiografia dela é *de certa forma* relacionada a futebol americano, e consigo vê-la aparecendo na coluna de esportes do Arthur.

Ergo o olhar para Mike.

— O quê?

— Victoria foi casada com aquele jogador de futebol americano. Você não acha que é um gancho para um colunista esportivo?

— Me desculpa. — Pego minha bolsa e me levanto. — Eu preciso dar uma escapada.

— Tudo bem. Parece que não tem nada acontecendo hoje mesmo. Mas se tiver tempo para conferir aquele kit que a gente vai mandar para a imprensa sobre o livro da Alison Reeve...

Não ouço o restante do que ele diz, pois já estou correndo porta afora.

14

Agora sabiam o nome do sujeito morto. Estirado sobre a mesa de necropsia estava Timothy McDougal, 25 anos, contador, solteiro, morador do North End, de Boston. As pontas das flechas ainda estavam encravadas no peito dele, mas Yoshima havia secionado a parte das plumas com um cortador de metais, deixando apenas os tocos de metal despontando da carne. Mesmo assim, fazer a incisão em Y se mostrou um desafio, e o bisturi de Maura desenhou uma linha torta ao descer pelo peito, evitando passar sobre as perfurações. O ângulo de penetração de cada flecha já havia sido capturado numa radiografia, quando tinha ficado óbvio que uma delas penetrara na aorta descendente, o que certamente poderia ter sido classificado como uma ferida fatal.

Se não fosse o fato de que o homem já estava morto quando a flecha atravessou seu peito.

A porta do necrotério se abriu, e Jane entrou, colocando a máscara cirúrgica.

— Frost não vem. Ele está visitando a irmã da vítima outra vez. Ela tem tido muita dificuldade para lidar com essa situação. O pior Natal que ela já teve.

Maura olhou para o corpo de Timothy McDougal, visto com vida pela última vez na tarde de 24 de dezembro, quando deu um aceno animado para o vizinho ao sair de seu prédio. Era esperado na manhã seguinte na casa da irmã mais nova em Brookline para o *brunch* de Natal. Não apareceu lá. Àquela altura, a informação sobre o corpo de um rapaz encontrado em Jeffries Point já estava nos jornais, e, temendo o pior, a irmã ligou para a polícia.

— Os pais já estão mortos e ele era o único irmão dela — disse Jane. — Imagine ter apenas 22 anos e não ter mais família.

Maura deixou o bisturi na mesa e pegou o aparador.

— O que descobriram com a irmã? Alguma pista?

— Ela insiste que Tim não tinha inimigos e nunca se meteu em confusão. Era o melhor irmão mais velho do mundo. Todos o amavam.

— Exceto quem disparou essas flechas contra ele — comentou Yoshima.

Maura terminou de cortar as costelas e levantou o esterno. Franzindo a testa para a cavidade exposta, perguntou:

— Algum histórico de uso de drogas?

— A irmã diz que não, sem sombra de dúvida. Ele era uma dessas pessoas loucas por alimentação saudável.

— Encontraram alguma droga na residência?

— Frost e eu reviramos o apartamento de cima a baixo. É só um estúdio, então não havia muito para ser revistado. Não encontramos nada de drogas, nenhuma parafernália para usar o que quer que fosse, nem mesmo um saquinho de maconha. Só um pouco de vinho na geladeira e uma garrafa de tequila no armário. O sujeito era completamente limpo.

— Ou é o que todo mundo acha.

— Pois é. — Jane deu de ombros. — Nunca dá para ter certeza.

Todo ser humano tem seus segredos, e muitas vezes era Maura quem os descobria: o cidadão exemplar encontrado morto com pornografia infantil agarrada em sua mão inerte; a esposa perfeita da alta classe com uma agulha de heroína ainda presa no braço. Era quase certo que Timothy McDougal também tinha seus segredos, e agora cabia a Maura descobrir o mais desconcertante de todos.

O que o matou?

Encarando o tórax aberto, ainda não conseguia encontrar uma resposta, embora a causa da morte *tivesse parecido* evidente, a julgar pelos exames de raios X. Agora ela conseguia ver a flecha em si, podia sentir a ponta de aço atravessando a parede da aorta. A aorta descendente é a principal via do sangue destinado à parte inferior do corpo. Uma vez rompida, o sangue começa a pulsar como um canhão, propelido por cada batida do coração. Se a causa da morte desse homem fosse uma hemorragia interna, ela estaria olhando para uma cavidade cheia de sangue, mas não havia o bastante acumulado ali. Isso lhe indicava que, no momento em que a flecha havia penetrado a aorta, o coração já havia parado de bater.

— Posso ver no seu rosto que tem algum problema — comentou Jane.

A resposta de Maura foi pegar o bisturi. Ela não gostava de incertezas e começou a cortar com uma urgência renovada. De dentro saíram o coração e os pulmões de um homem saudável. Ela não viu nenhuma doença coronária, nenhum enfisema nem sinal de que algum dia ele tivesse abusado do cigarro. O fígado e o baço também não tinham nenhum dano, enquanto o pâncreas lhe forneceria insulina para uma vida inteira.

Maura colocou o estômago na bandeja de dissecção e o abriu. Dele saiu um líquido marrom com forte cheiro de álcool. Ela parou, segurando o bisturi acima da bandeja, tomada subitamente pela lembrança de outro estômago aberto, outro odor de álcool.

— Uísque — declarou ela.

— Então ele estava bebendo antes de morrer.

Maura olhou para Jane.

— Isso lembra outra vítima?

— Você está pensando em Cassandra Coyle.

— O estômago dela continha vinho. Também não consegui determinar a causa da morte de Cassandra. Será que o álcool é um denominador comum aqui? Algo ingerido com a bebida.

— Fomos a todos os bares da vizinhança de Cassandra. Todos os estabelecimentos à distância de uma caminhada.

— E ninguém se lembra de tê-la visto?

— Uma garçonete disse que a foto de Cassandra parecia familiar, mas ela falou que a mulher que pensou que fosse Cassandra estava bebendo com outra mulher. A garçonete não se lembrava de nenhum homem com ela.

— As duas vítimas se conheciam?

Jane refletiu.

— Não sei de conexão nenhuma. Moravam em vizinhanças diferentes, trabalhavam em áreas completamente distintas. — Ela pegou o celular. — Frost ainda deve estar com a irmã de Tim. Vamos ver se ela conhecia Cassandra.

Enquanto Jane falava com Frost, Maura abriu bem o estômago, onde não encontrou nenhum traço de comida não digerida. A vítima tinha sido vista pela última vez na tarde de um feriado, ocasião em que um jovem solteiro poderia muito bem se encontrar com os amigos para beber antes do jantar. O estômago de Cassandra Coyle também estava em condição pré-prandial, contendo apenas traços de vinho. Seria *uma bebida com os amigos* o fator comum?

Ela olhou para Yoshima.

— Já nos mandaram o exame toxicológico de Cassandra Coyle?

— Ainda não se passaram duas semanas, mas eu marquei como "urgente". Vou verificar — avisou ele, indo até o computador.

Jane desligou o telefone.

— A irmã de Timothy disse que nunca ouviu falar de uma Cassandra Coyle. E eu não consigo pensar de fato numa conexão entre as duas vítimas, exceto pelo fato de que ambas eram jovens, saudáveis e tomaram bebidas alcoólicas antes de morrer.

— E ambas foram mutiladas após a morte.

Jane fez uma pausa.

— É, tem isso também.

— Está aqui — avisou Yoshima, levantando a voz. — A triagem toxicológica de Cassandra Coyle deu positivo para álcool. E para cetamina.

— Cetamina? — Maura foi até o computador e analisou o laudo. — Nível de álcool no sangue, zero ponto zero quatro. O de cetamina é de dois miligramas por litro.

— Essa droga não é usada no Boa Noite, Cinderela? — perguntou Jane.

— Na verdade é um anestésico, usado às vezes para drogar a vítima antes de estuprá-la. Mas não encontrei nenhum sinal de que Cassandra tenha sido estuprada.

— Então agora sabemos o que a matou — concluiu Jane.

— Não, não sabemos. — Maura olhou para o computador. — Ela não morreu por causa da cetamina. Esse nível de substância no sangue está no limite terapêutico para anestesia. É o suficiente para incapacitar, mas não para matar uma jovem saudável.

— Talvez tenham dado alguma droga que você não testou.

— Eu testei tudo em que consegui pensar.

— Então como ela morreu, Maura?

— Eu não sei.

Maura voltou para a mesa e estudou Timothy McDougal.

— E também não sei o que matou esse homem. Temos agora duas vítimas jovens sem nenhuma causa de morte aparente. — Maura balançou a cabeça. — Estou deixando alguma coisa passar.

— Você nunca deixa nada passar.

— Se o nosso assassino usa álcool e cetamina para incapacitar as vítimas, o que ele faz em seguida? Elas estão inconscientes e vulneráveis. Como será que ele as mata sem deixar nenhum traço de... — Então ela se virou de repente para Yoshima. — Vamos pegar o CrimeScope. Antes de continuar com a dissecção, quero examinar o rosto dele.

— O que você acha que vai encontrar? — perguntou Jane.

— Coloque os óculos de proteção e vamos descobrir.

Detalhes invisíveis ao olho nu sob a luz normal às vezes podiam se tornar magicamente visíveis sob os comprimentos de onda de uma fonte de luz forense. Fibras e fluidos corporais se tornam fluorescentes, e, tendo como pano de fundo uma pele lívida, resíduos e tons até então invisíveis aparecem como manchas escuras. A busca não seria totalmente ao acaso; Maura já sabia o que estava procurando.

E onde o encontraria.

— Apague a luz — pediu ela para Yoshima, que apertou o interruptor.

O ambiente ficou escuro. Sob o brilho do CrimeScope, uma série de novos detalhes repentinamente se tornou visível conforme Maura ajustava o instrumento, alterando o comprimento de onda. Fios de cabelo brilharam no chão, os detritos deixados pelos diversos policiais e funcionários do IML. Luvas, trajes e protetores de sapato não eram cem por cento eficientes em evitar que pelos e fibras se espalhassem, e ali estava a prova.

Maura apontou o feixe para o rosto de Timothy McDougal.

— A Unidade de Resposta Rápida a Homicídios já examinou o cadáver em busca de vestígios — avisou Jane.

— Eu sei, mas estou procurando outra coisa. Algo que nem mesmo sei se vai aparecer.

Não encontrou o que queria no rosto, então baixou o feixe para o pescoço e mais uma vez ajustou os diferentes comprimentos de onda, ignorando os pequenos pontos escuros do sangue que havia se espalhado durante a incisão em Y. Ela estava em busca de algo menos aleatório, algo geométrico.

E ali, bem acima da superfície da cartilagem da tireoide, Maura o avistou. Uma faixa tênue que circulava a garganta e se estendia até a nuca, onde desaparecia.

— O que é isso? — perguntou Jane. — A marca de alguma corda ou fio?

— Não. Eu já examinei o pescoço e não há lesões, nenhuma impressão na pele em si. E o osso hioide apareceu intacto na radiografia.

— O que provocou essa marca então?

— Eu acho que é residual. Os fabricantes de adesivos às vezes acrescentam materiais como dióxido de titânio ou óxido de ferro aos seus produtos. Eu esperava que isso fosse aparecer com o CrimeScope e aqui está.

— Adesivos? Você está falando de fita adesiva?

— Possivelmente, mas essa fita não foi usada para restringir os movimentos dele. Você percebeu que a marca só se estende na parte da frente do pescoço? A fita foi usada para segurar alguma coisa no lugar, mas não foi colocada apertado o suficiente para deixar marcas de lesão. Se a triagem toxicológica desse homem deu positivo para cetamina, então eu já tenho uma boa ideia do que aconteceu com ele. E com Cassandra Coyle. Yoshima, acenda a luz.

Jane tirou os óculos de proteção e franziu a testa para Maura.

— Você acha que os dois foram mortos pelo mesmo criminoso?

Maura assentiu.

— E sei como ele fez isso.

15

Olhos Azuis parece surpreso em me ver parada a sua porta. Faz quase duas semanas que dormimos juntos, duas semanas que escapuli feito uma ladra de seu quarto. Não tentei entrar em contato com ele, nem uma só vez, porque às vezes uma garota não precisa de mais obrigações na vida. Tentar fazer um homem feliz dá muito trabalho, e tenho minhas próprias necessidades para atender.

Por que estou parada na entrada de sua casa agora? Porque eu preciso dele. Não *dele*, especificamente, apenas de alguém que faça com que eu me sinta segura novamente depois da notícia preocupante que li no *Boston Globe*. Talvez porque meu instinto me diz que ele é confiável e totalmente inofensivo, alguém que eu acredito que não vai me apunhalar pelas costas. Talvez por ele ser um relativo estranho, que não vai saber a diferença entre a verdade e a ficção que invento de vez em quando. Tudo o que sei é que, pela primeira vez que consigo lembrar, estou ávida por alguma conexão humana. Acho que ele também está.

Mas ele não parece ter pressa alguma em me convidar a entrar. Apenas franze a testa para mim como se eu fosse a evangélica chata da vizinhança de quem adoraria se livrar.

— Está frio aqui fora. Posso entrar?

— Você nem se deu ao trabalho de se despedir.

— Foi babaquice da minha parte. Me desculpa. Eu estava passando por uma fase difícil no trabalho e não estava sendo eu mesma. E aquela noite que passei com você meio que foi demais para mim. Eu precisava de tempo para pensar no que aconteceu entre nós, no que significou aquilo tudo.

Ele dá um suspiro resignado.

— Tudo bem, Holly, entra. Está uns doze graus abaixo de zero lá fora e eu não quero que você pegue uma pneumonia.

Não me dou ao trabalho de corrigi-lo dizendo que não se pega pneumonia com o frio e apenas o sigo para dentro. Mais uma vez fico impressionada com a casa, que parece um palácio em comparação ao meu apartamentinho. Everett é o que a minha falecida mãe chamaria de um *bom partido*, um namorado digno de ser cultivado. Receio já ter estragado as coisas entre nós e que ele seja só um sujeito bom demais para me dispensar assim tão rápido. Ele usando jeans e uma camisa de flanela velha, então deve estar de folga, o que me dá tempo para consertar as coisas entre nós. Ficamos parados por um momento com um silêncio constrangedor entre nós, olhando um para o outro. Fico hipnotizada pelo azul dos olhos dele. Seus cabelos estão despenteados e falta um botão na camisa, mas esses detalhes só o tornam mais genuíno para mim. Um homem com o qual não preciso ter cautela, para variar.

— Eu quero explicar por que fui embora sem me despedir. Na noite em que a gente se conheceu, você... bem, você me deixou sem fôlego. Não consegui me segurar. Eu fui para a cama com você rápido demais. E de manhã eu me senti... envergonhada.

O olhar dele se abranda na mesma hora.

— Por quê?

— Porque eu não sou esse tipo de garota.

Na verdade, eu *sou* esse tipo de garota, mas ele não precisa saber disso.

— Quando eu acordei, sabia o que provavelmente estava pensando de mim e não consegui encarar você. Eu estava com muita vergonha. Por isso me levantei da cama, coloquei a roupa e...

Deixo minha voz arrefecer e me afundo no sofá. É um belo sofá de couro preto, bastante confortável e certamente caro. Não é algo que eu possa comprar algum dia.

Mais um ponto a favor dele.

Ele se senta ao meu lado e pega a minha mão.

— Holly, eu entendo perfeitamente o que você quer dizer — fala com a voz baixa. — Eu posso ser homem, mas me senti da mesma forma, indo para a cama com você tão rápido. Fiquei com medo de que achasse que eu só estava te usando. Não quero que ache que eu sou um babaca. Porque eu não sou.

— Eu jamais achei isso.

Ele respira fundo e sorri.

— Tudo bem, o que acha de a gente recomeçar do zero? — Ele estende a mão. — Olá, meu nome é Everett Prescott. É um prazer te conhecer.

Trocamos um aperto de mãos e um sorriso. Imediatamente, tudo fica bem entre nós. Sinto um calor percorrer meu corpo, dessa vez não uma descarga sexual, mas algo mais profundo, algo que me pega de surpresa. Uma conexão. Será que isso é se apaixonar?

— Me diz uma coisa então: por que você voltou? — pergunta ele. — Por que hoje?

Olho para nossas mãos, unidas, e decido contar a verdade.

— Aconteceu uma coisa horrível. Eu vi no jornal hoje de manhã.

— O que aconteceu?

— Um homem foi assassinado na véspera do Natal. Encontraram o corpo dele no píer de Jeffries Point.

— Sim, eu fiquei sabendo.

— A questão é que eu *conhecia* esse homem.

Everett me olha sem piscar.

— Meu Deus, eu sinto muito. Era algum amigo próximo?

— Não, a gente só estudou junto em Brookline há muito tempo. Mas a notícia me abalou, sabe? Me fez pensar em como qualquer coisa pode acontecer com a gente. A qualquer momento.

Ele me abraça e me puxa para perto. Aperto a bochecha contra sua camisa de flanela macia e sinto o perfume do sabão em pó e da loção pós-barba. São cheiros reconfortantes que fazem com que eu me sinta novamente como uma garotinha, em segurança nos braços do papai.

— Não vai acontecer nada com você, Holly — sussurra ele.

Meu pai sempre diz isso, e eu também não acredito nele.

Suspiro colada em sua camisa.

— Ninguém pode prometer isso.

— Bem, eu prometi.

Everett coloca a mão sob o meu queixo e levanta meu olhar para que eu olhe nos seus olhos. Ele está me analisando, tentando entender o que me deixou tão abalada. Contei a ele sobre Tim, mas isso é só parte da história. Everett não precisa saber do resto.

Ele não precisa saber dos outros que morreram.

— O que eu posso fazer para que você se sinta em segurança? — pergunta ele.

— Apenas seja meu amigo. — Respiro fundo. — Eu estou precisando disso nesse momento. Alguém com quem eu possa contar.

Alguém que não vai fazer perguntas demais.

— Quer que eu vá ao velório com você?

— O quê?

— Do seu amigo. Se está assim tão chateada com a morte dele, você *deveria* ir. É importante reconhecer o luto, Holly. Isso vai dar a você uma sensação de encerramento, e eu vou estar do seu lado.

Pode haver certas vantagens em tê-lo como companhia no velório de Tim. Seria um par a mais de ouvidos para escutar as fofocas, para recolher informações sobre como Tim morreu e o que a polícia está pensando. Mas também haveria perigos. No velório de Sarah Byrne, eu fui embora rápido. No de Cassie Coyle, consegui me passar por uma colega de faculdade chamada Sasha, porque ninguém me reconheceu. Mas Everett sabe que meu nome é Holly. Ele sabe um pouco da verdade, não toda, e isso é o bastante para complicar qualquer mentira que eu precise contar. Existe um velho poema que diz: *Ah, que teia enrolada nos colocamos a fiar quando começamos a ludibriar*; mas ele inverte a situação toda. Os problemas reais não vêm da mentira; eles vêm da verdade.

— Eu posso ser a sua rocha, Holly, se você quiser que eu seja — oferece ele.

Olho nos olhos de Everett e vejo o brilho decidido da paixão. Sim, ele pode ser útil, de maneiras que só agora estou levando em conta.

— O que acha?

Abro um sorriso.

— Acho que eu gostaria muito disso.

Mas, quando nossos lábios se encontram num beijo, subitamente me vem à mente que uma rocha não é apenas algo em que se apoiar, algo para se manter em segurança. Também é algo que pode puxá-la para baixo, submergi-la sob as ondas.

16

— Esse é o único mecanismo de morte que faz sentido para mim — concluiu Maura. — O problema é que é quase impossível de ser provado.

O olhar de Maura atravessou a mesa de conferências do Departamento de Polícia de Boston para chegar ao Dr. Lawrence Zucker, psicólogo forense, cuja expressão não demonstrava se havia sido convencido ou não. Tanto Jane quanto Frost tinham até então se mantido em silêncio, deixando que Maura apresentasse sua teoria sem interrupções. Agora ela precisava defendê-la diante de um homem cujo rosto jamais conseguira decifrar. Visitante frequente da Unidade de Homicídios, o Dr. Zucker era o psicólogo que o Departamento de Polícia de Boston consultava quando precisava de ajuda para compreender o comportamento de algum criminoso. Ainda que Maura o respeitasse como colega de profissão, ela jamais teve simpatia por ele, o que não era de se espantar. Com seu olhar frio e inquisitivo, o sujeito mais parecia um androide que um ser humano, uma máquina projetada para escavar de maneira profunda e desapaixonada a mente de quem quer que se sentasse diante dele.

E aquele olhar agora estava voltado para Maura.

— A senhora tem alguma prova que sustente o seu suposto mecanismo de morte? — perguntou o Dr. Zucker, sem piscar os olhos pálidos.

— O material recolhido no pescoço da vítima continha sinais de polisopreno e de um componente de hidrocarboneto C5 — respondeu Maura. — Os dois são comumente usados em fitas adesivas. Materiais inorgânicos também são componentes comuns, e foi isso que tornou o resíduo visível com o CrimeScope.

— O senhor pode ver o contorno residual nas fotos do pescoço — acrescentou Jane, virando o laptop para ele.

Zucker semicerrou os olhos diante da imagem.

— É bem sutil.

— Mas definitivamente está lá. Sinais de fita adesiva na pele.

— Talvez a fita tenha sido usada para amarrá-lo.

— O pescoço não mostrava lesões nem arranhões — retrucou Maura. — Não havia nada em suas mãos que indicasse que a vítima tinha tentado resistir. Acredito que ela já estivesse inconsciente quando foi morta. O laboratório confirmou que havia álcool e cetamina no sangue, assim como no caso de Cassandra Coyle. Mas a quantidade não era alta o bastante para matar. Apenas para incapacitar.

— Então para que servia a fita no pescoço, se não para amarrar o sujeito?

— Eu acredito que tenha sido usada para manter algo em contato com a pele. Algo que precisava ser selado hermeticamente. Quando percebi que havia resíduo de fita adesiva no pescoço da vítima, pensei imediatamente no Heaven's Gate.

Ela fez uma pausa, esperando para ver se Zucker fisgava a referência.

— Presumo que esteja falando do culto em San Diego — arriscou o psicólogo.

Maura assentiu e olhou para Frost.

— Aconteceu em 1997. O Heaven's Gate era um culto de esquisitões *New Age* liderados por um homem chamado Marshall Applewhite, que acreditava ser descendente de Jesus Cristo. Ele disse aos seus seguidores que o mundo estava prestes a ser destruído por alienígenas e que o único jeito de sobreviver era deixar o planeta. Na época, o cometa Hale-Bopp estava se aproximando da Terra, e Applewhite acreditava que na cauda dele havia uma nave alienígena, esperando para levar suas almas a bordo. Mas, para embarcar nessa nave, eles teriam antes que abandonar seus corpos terrenos. — Ela fez uma pausa. — Acho que vocês podem imaginar no que isso deu.

— Em suicídio — concluiu Frost.

— Trinta e nove membros do culto se vestiram com roupas pretas idênticas: camisas, calças de moletom e tênis Nike. Depois, ingeriram fenobarbital e vodca o suficiente para se doparem de modo a não sentir nenhuma inquietação ou pânico. Em seguida, colocaram um saco plástico na cabeça. Morreram por asfixia.

— Nesse caso, a causa da morte era óbvia — comentou Zucker.

— É claro. Quando uma vítima é encontrada com um saco plástico na cabeça, o mecanismo de morte é evidente, e foi isso que encontraram no suicídio em massa do Heaven's Gate. Mas e se alguém remover o saco plástico *depois* que a vítima tiver morrido? É muito difícil provar que houve um homicídio, porque essa forma de asfixia não deixa nenhuma alteração patológica específica. Quando fiz as necropsias de Cassandra Coyle e Timothy McDougal, tudo o que encontrei foi um edema pulmonar de menor grau e petéquias espalhadas pelo pulmão. Se não fosse pelo fato de que os dois acabaram mutilados após a morte, eu teria bastante dificuldade em classificar ambos os casos como homicídio.

— Deixe-me ver se entendi bem — disse Zucker. — Alguém comete crimes perfeitos e depois mutila os cadáveres para se certificar de que *saibamos* que se trata de homicídios?

— Sim.

O Dr. Zucker chegou para a frente na cadeira, seus olhos frios iluminados de interesse.

— Isso é fascinante.

— É doentio, isso sim — disse Jane.

— Pense na mensagem que esse assassino está tentando transmitir — prosseguiu Zucker. — Ele está dizendo ao mundo o quanto é inteligente, falando: "Se eu quiser, posso matar e sair impune. Mas quero que saibam o que fiz."

— Então ele está se vangloriando — sugeriu Jane.

— Sim, mas se vangloriando para quem?

— Para nós, é claro. Ele está provocando a polícia, dizendo que é esperto demais para ser apanhado.

— Tem certeza de que é *conosco* que ele está tentando se comunicar? A máfia também deixa cartões de visita com a intenção de intimidar.

— Não encontramos nenhuma conexão das vítimas com a máfia — disse Jane.

— Então a mensagem pode ser para alguma pessoa completamente diferente. Alguém que entende o simbolismo por trás de se retirarem os olhos ou enfiar flechas em alguém. Me conte mais sobre a segunda vítima, o rapaz. Você falou que ele foi encontrado no píer, mas onde foi morto?

— Não sabemos. Foi visto pela última vez deixando o prédio onde morava em North End por volta das quatro da tarde, cinco horas antes de o corpo ser encontrado. As fibras azul-escuras recolhidas de suas calças são consistentes com os tapetes normalmente usados em automóveis, então, depois de ser morto, o corpo provavelmente foi transportado de carro até o píer.

Zucker se recostou, unindo a ponta dos dedos e semicerrando os olhos, pensativo.

— Nosso assassino fez questão de colocar a vítima num lugar público. Ele podia ter jogado o corpo no porto ou o escondido numa floresta. Mas não, ele queria que fosse encontrado, queria publicidade. Definitivamente é algum tipo de mensagem.

— Foi por isso que eu pedi à Dra. Isles que apresentasse a teoria dela ao senhor — disse Jane. — Eu acho que estamos mexendo com alguma merda psicológica profunda nesse caso. Nós queremos a sua opinião sobre com que tipo de maluco estamos lidando.

Este era exatamente o tipo de caso com o qual Zucker se deleitava, e Maura viu a empolgação nos olhos dele ao refletir sobre a questão. Ela se perguntou que espécie de homem escolhia mergulhar com tanto entusiasmo na escuridão. Para entender a mente de um assassino seria preciso alguém com a mente igualmente deturpada? *O que isso diz sobre mim?*

— Por que vocês acreditam que as duas vítimas foram mortas pelo mesmo criminoso? — perguntou Zucker a Maura.

— Parece bem claro para mim. Ambos tinham cetamina e álcool no sangue. Nenhum dos dois apresentava uma causa de morte aparente. Ambos foram mutilados após a morte.

— Remover os olhos tem um simbolismo completamente diferente de encravar flechas no peito.

— Em ambos os casos é preciso algum maluco para isso — argumentou Jane.

— A simples presença de cetamina na triagem toxicológica não é tão rara assim — comentou Zucker. — É uma droga encontrada com frequência em boates. Segundo um estudo recente, até mesmo alunos de ensino médio têm consumido.

— Sim — concedeu Maura. — É comum o bastante, mas...

— Depois, há o fato de que a primeira vítima é uma mulher, e a segunda, um homem — disse Zucker. — Eles estão relacionados de alguma forma? — Ele olhou para Jane. — Os dois se conheciam? Têm amigos ou empregos em comum?

— Até onde identificamos, não — admitiu Jane. — Bairros diferentes, círculos de amigos diferentes, colegas diferentes, empregos diferentes.

— Conexões na internet? Redes sociais?

— Tim McDougal não tinha perfil no Facebook nem no Twitter, então não podemos relacioná-los por esses meios.

— Eu também examinei as faturas dos cartões de crédito — disse Frost. — Nos últimos seis meses, os dois não frequentaram os mesmos restaurantes, bares nem mesmo supermercados. A irmã mais nova de Timothy não reconheceu o nome de Cassandra. E a madrasta de Cassandra nunca ouviu falar de Timothy McDougal.

— Então como e por que o assassino escolheu *essas* duas pessoas em particular?

Fez-se um longo silêncio. Ninguém tinha a resposta.

— Havia álcool no estômago de ambos — disse Maura.

O Dr. Zucker, que até então vinha fazendo anotações em silêncio, ergueu o olhar de seu bloco amarelo.

— Colocar uma pitada de cetamina numa bebida parece um prelúdio comum para um estupro.

— Nenhuma vítima sofreu abuso sexual.

— Tem certeza?

Maura o encarou.

— Foram recolhidas amostras de todos os orifícios. As roupas foram examinadas em busca de traços de sêmen. Não havia nenhuma prova física de abuso sexual.

— Mas isso não descarta uma motivação sexual.

— Eu não tenho como comentar sobre a motivação, Dr. Zucker, apenas sobre as provas.

Os lábios de Zucker se retorceram num sorriso discreto. Havia algo de muito inquietante neste homem, como se conhecesse detalhes sobre Maura que ela mesma não soubesse. Com certeza ele sabia de Amalthea. Todos na polícia de Boston conheciam o doloroso fato de que Maura tinha uma mãe que cumpria prisão perpétua por múltiplos homicídios. Será que ele enxergava algum traço de Amalthea no rosto dela, em sua personalidade? Seria aquele um sorriso de reconhecimento que acabara de dar para ela?

— Eu não quis ofender, Dra. Isles. Estou ciente de que provas são suas ferramentas de trabalho — desculpou-se Zucker. — Mas meu papel é o de compreender por que o assassino escolheu essas duas vítimas em particular, caso de fato *se trate* do mesmo assassino. Existem diferenças significativas entre as vítimas. Gênero. Círculo de amizades. Bairros. Método de mutilação *post mortem*. Umas duas semanas atrás, quando os detetives Frost e Rizzoli pediram minha opinião sobre Cassandra Coyle, estávamos trabalhando com uma teoria psicológica completamente diferente sobre o motivo pelo qual ela teve os olhos retirados. — Ele olhou para Jane. — Você o chamou de "não vejo o mal".

— O senhor concordou na ocasião — disse Jane.

— Porque remover os olhos é um ato que traz um poderoso simbolismo. Também é bastante específico. Um assassino escolhe os olhos porque representam algo para ele, porque ele se sente sexualmente excitado ao arrancá-los. Estou tentando entender por que em seguida ele atacou uma vítima do sexo masculino e usou um método de mutilação completamente diferente.

— Então o senhor não acha que esses casos estejam relacionados — disse Jane.

— Eu preciso de mais antes de me convencer disso. — Zucker fechou seu caderno e olhou para Maura. — Me avise quando tiver.

Enquanto o Dr. Zucker deixava a sala, Maura permaneceu na cadeira, encarando, resignada, os documentos espalhados pela mesa.

— Foi mais difícil vender a ideia do que eu imaginava — comentou Jane.

— Mas ele está certo — admitiu Maura. — Não temos provas o suficiente para determinar que se trata do mesmo assassino.

— Mas *você* vê uma conexão, e isso basta para mim.

— Não sei por quê.

Jane se inclinou para a frente.

— Porque você normalmente não acredita em pressentimentos. Sempre insiste em ir atrás daquela coisa chata chamada prova. Eu não acreditei na última vez em que teve um pressentimento, mas no fim você tinha razão. Viu a conexão que ninguém mais tinha visto, inclusive eu. Então, dessa vez, Maura, vou dar ouvidos a você.

— Não estou bem certa se você deveria.

— Não me diga que está duvidando de si mesma agora.

Maura empilhou as folhas.

— Precisamos encontrar algo que essas vítimas tinham em comum. Algo que colocasse as duas em contato com o assassino.

Ela guardou as fotos da cena do crime de Timothy McDougal em uma pasta e estava prestes a fechá-la quando parou, analisando a imagem. Uma lembrança subitamente veio à tona, uma lembrança da luz do sol brilhando através de vitrais.

— O que foi? — quis saber Jane.

Maura não respondeu. Ela pegou uma foto do cadáver de Cassandra Coyle e a colocou ao lado da foto da cena do crime de Timothy McDougal. Duas vítimas diferentes, uma um homem, a outra uma mulher. O homem perfurado por diversas flechas, a mulher com os olhos removidos.

— Não acredito que não vi isso antes — disse ela.

— Você quer me dizer no que está pensando? — inquiriu Jane.

— Ainda não. Não até ter pesquisado mais. — Maura guardou as fotos na pasta e foi em direção à porta. — Preciso consultar uma pessoa.

— Quem?

Maura parou diante da porta.

— Prefiro não dizer — falou, deixando a sala.

17

Campo neutro. Foi esse o acordo, um lugar público onde ambos seriam obrigados a se portar como profissionais. Certamente não se encontrariam na casa dela, onde tantas vezes se encontraram e onde a tentação sussurraria do quarto. Tampouco poderiam se encontrar na Nossa Senhora da Divina Luz, onde os funcionários da igreja ou os paroquianos poderiam vê-los juntos outra vez e ficar intrigados. Não, aquele café na Huntington Avenue era um território muito mais seguro e, às três da tarde, calmo o suficiente para que passassem um tempo sem que fossem percebidos ou perturbados.

Ela chegou primeiro e escolheu um assento nos fundos do café. Sentou-se de costas para a parede, como um pistoleiro à espera do inimigo, embora o verdadeiro inimigo não fosse Daniel, mas seu próprio coração. Pediu um café. Antes mesmo do primeiro gole de cafeína sua pulsação já estava acelerada. Tentou se distrair pegando os arquivos dos casos e revendo as fotos das cenas dos crimes. Perceber que cenas de violência e morte a acalmavam era perturbador. Os mortos eram sempre uma boa companhia. Não faziam exigências, não esperavam favores.

Não despertavam desejos.

Ouviu a porta abrir e seu olhar se ergueu de súbito quando ele entrou no café. Embrulhado como estava num casaco e de cachecol, podia muito bem ser apenas mais um cliente fugindo do frio para se aquecer com café, mas Daniel Brophy não era um homem qualquer. A garçonete parou de dispor os talheres para observá-lo passar, o que não era motivo de espanto. Com seus cabelos escuros e o longo sobretudo preto, parecia um Heathcliff soturno chegando a passos largos vindo do brejo. Daniel não percebeu o olhar demorado da garçonete; ele tinha visto Maura, e sua atenção estava toda voltada para ela conforme caminhava rumo ao reservado.

— Já faz muito tempo — comentou ele em voz baixa.

— Nem tanto. Foi em abril, eu acho. — Na verdade, Maura se lembrava da data, da hora e das circunstâncias exatas em que se encontraram pela última vez. Assim como ele.

— Roxbury Crossing — disse Daniel. — Na noite em que aquele policial aposentado foi morto.

Cenas de crime eram agora os únicos locais onde os dois se encontravam. Enquanto ela se ocupava dos mortos, o papel do padre Daniel Brophy como capelão do Departamento de Polícia de Boston era cuidar dos vivos, daqueles tomados pelo luto ou traumatizados, que tantas vezes eram deixados no rastro de um crime violento. Os dois tinham seus deveres individuais e nenhum motivo para conversar na cena dos crimes, mas Maura estava constantemente ciente da presença dele. Mesmo sem precisarem trocar um olhar sequer, ela sabia quando Daniel estava por perto e sentia uma perturbação no seu universo organizado.

Agora tal universo parecia girar ao seu redor.

Ele tirou o casaco com um movimento dos ombros e desenrolou o cachecol, expondo o colarinho de padre em volta do pescoço. Aquela tira branca implacável era apenas um tecido engomado, mas tinha o poder de manter separadas duas pessoas que se amavam.

Maura evitou olhar para o colarinho quando perguntou:

— Você renunciou ao cargo de capelão da polícia? Não tenho visto você na cena dos crimes.

— Passei os últimos seis meses no Canadá. Voltei para cá faz poucas semanas.

— Canadá? Por quê?

— Para um retiro espiritual. Fui eu quem pedi. Eu precisava sair de Boston por um tempo.

Maura não perguntou o motivo pelo qual ele precisara passar um tempo longe. Via as rugas mais profundas em seu rosto, as novas mechas grisalhas em seus cabelos escuros. Não fora de Boston que ele havia fugido; fora dela.

— Fiquei surpreso quando recebi sua ligação hoje — continuou Daniel. — Na última vez em que nos falamos, você me pediu para nunca mais entrar em contato novamente. Não foi fácil, mas só quero o que for melhor para você, Maura. Foi tudo o que eu sempre quis.

— Daniel, não se trata de nós. Trata-se de...

— O senhor já decidiu o que vai querer?

Os dois ergueram o olhar para a garçonete parada ao lado da mesa, de caneta e bloquinho na mão.

— Só um café, por favor — respondeu Daniel.

Ambos ficaram em silêncio enquanto a garçonete enchia a xícara dele e completava a de Maura. Estaria a mulher estranhando aquele casal esquisito sentado no reservado num silêncio tão sorumbático? Teria imaginado que se tratava apenas de uma sessão de aconselhamento, que Maura estava em busca de algum conforto com um padre? Ou teria ela visto algo mais, entendido algo mais?

Só depois que a garçonete se afastou é que Maura disse a Daniel:

— Eu liguei porque surgiu uma coisa numa investigação. Preciso da sua opinião.

— Sobre o quê?

— Pode dar uma olhada aqui? Me diga o que vem de imediato à sua mente. — Maura deslizou a foto de uma cena de crime para ele, do outro lado da mesa.

Daniel franziu a testa olhando para a imagem.

— Por que você está me mostrando isso?

— O nome da vítima é Timothy McDougal. Ele foi encontrado num píer em Jeffries Point na véspera do Natal. Até agora a polícia não tem nenhuma pista ou suspeito.

— Não sei como posso ajudar você.

— Apenas fique com essa imagem na mente. Agora veja essa outra.

Ela deslizou a foto do cadáver de Cassandra Coyle. Era um close do rosto, com dois buracos escancarados onde antes ficavam os olhos. Enquanto ele analisava a foto, ela se manteve em silêncio, esperando para ver se Daniel seria atingido pela mesma revelação. Quando por fim voltou a olhar para ela, havia espanto em sua expressão.

— Santa Luzia.

Maura fez que sim com a cabeça.

— Foi exatamente em quem pensei.

— Você não frequenta a igreja, mas ainda assim reconhece esse simbolismo?

— Meus pais eram católicos, e... — Ela hesitou, relutante em confessar seu segredo. — Você não sabe, mas eu costumava ir a sua igreja, só para meditar. Às vezes eu era a única lá. À esquerda, na última fileira: é onde eu sempre me sentava.

— Por que você faz isso, se não acredita?

— Eu queria me sentir perto de você. Mesmo quando você não estava lá.

Ele estendeu o braço sobre a mesa para tocar a mão dela.

— Maura.

— Perto do banco onde eu ficava, ao longo da parede da esquerda, havia belos vitrais com imagens de santos. Eu costumava observar aqueles vitrais, pensando na vida daquelas figuras. Nas agonias que sofreram como mártires. Por mais estranho que possa parecer, eu achava isso reconfortante, porque a dor deles me fazia pensar nas minhas bênçãos. Eu me lembro de um vitral em particular. É a imagem de um homem com os braços amarrados a um poste, e ele está olhando para cima, para o Céu. Um homem alvejado com flechas.

Ele assentiu.

— São Sebastião, padroeiro dos arqueiros e dos policiais. Um dos mártires mais representados na arte medieval. Era um oficial romano que se converteu ao cristianismo e, quando se recusou a honrar os antigos deuses, foi amarrado a um poste e executado. — Daniel bateu com os dedos na foto de Timothy McDougal. — Você acha que isso é uma recriação do martírio de são Sebastião?

Maura assentiu.

— Fico feliz por você também enxergar esse simbolismo.

Ele apontou para a foto de Cassandra Coyle.

— Me fale dessa vítima.

— Uma mulher de 26 anos, encontrada morta no quarto de casa. Os olhos foram removidos cirurgicamente após a morte. Os globos oculares foram colocados na palma de sua mão aberta.

— A clássica imagem de santa Luzia, padroeira dos cegos. Era uma virgem que se dedicou a Cristo e, ao se recusar a se casar, o homem a quem estava prometida fez com que a jogassem na prisão e a torturassem. O torturador arrancou os olhos dela.

— Uma vez que o reconhece, o simbolismo é gritante. Uma vítima recebeu flechadas, como são Sebastião. Outra vítima teve os olhos arrancados, como santa Luzia.

— O que a polícia de Boston pensa sobre isso?

— Ainda não mencionei isso para ninguém. Eu queria ouvir a sua opinião antes. Você conhece a história dos santos, então teria as respostas.

— Eu conheço o calendário litúrgico e tenho familiaridade com a vida da maioria dos santos, mas não sou um especialista.

— Não? Eu me lembro de você explicando com riqueza de detalhes a iconografia da arte sacra. Você me disse que, quando vemos um velho segurando chaves, quase certamente se trata de uma representação de são Pedro, segurando as chaves do céu. Que uma mulher com um pote de unguento é Maria Madalena, e um homem com roupas rasgadas e um cordeiro é João Batista.

— Qualquer pessoa que estudou história da arte pode dizer isso.

— Mas quantos deles são tão bem versados em simbolismo religioso quanto você? Talvez você possa nos ajudar a identificar outras vítimas desse assassino.

— Existem outras vítimas?

— Não sei. Talvez não as tenhamos reconhecido ainda. E é aí que a gente precisa da sua ajuda.

Por um momento Daniel não disse nada. Maura sabia por que ele estava hesitando. Era por causa do passado amoroso entre os dois. Cada um tinha seguido seu próprio caminho no ano anterior, e a ferida dessa separação ainda não estava cicatrizada. Continuava aberta, continuava dolorosa. Ela esperava, mas ao mesmo tempo temia, que ele aceitasse seu pedido de ajuda.

Calmamente, Daniel pegou o casaco e o cachecol. Então essa é a resposta dele, pensou Maura; uma decisão sábia, obviamente. Era muito melhor que fosse embora agora, mas ela sentiu um aperto no coração quando ele se levantou. Será que chegaria o dia em que olharia para Daniel Brophy e não sentiria nada? Com certeza não era hoje.

— Vamos agora — chamou ele. — Encontro você na igreja.

Ela franziu a testa.

— Na igreja?

— Se eu vou assessorá-la, devemos começar com o básico. Vejo você lá.

Quantas vezes ela havia se aconchegado num banco da Nossa Senhora da Divina Luz, chafurdando na própria tristeza? Não acreditava, mas ainda assim ansiava pela orientação de alguma autoridade superior e encontrava conforto nos símbolos familiares que via por todo canto daquela construção: as velas votivas, bruxuleando nas sombras; o altar, decorado com um veludo vermelho luxuoso; a imagem em pedra de Nossa Senhora, com seu olhar benevolente voltado para baixo de seu trono na alcova. Quantas vezes havia analisado as figuras dos santos nos vitrais e ponderado sobre seus tormentos? Hoje, a luz que cintilava por aquelas janelas lançava um brilho frio e invernal no rosto de Daniel.

— Não dediquei tempo o bastante para estudar realmente todas as obras nesses vitrais, mas são lindos, não acha? — comentou ele, admirando, ao lado de Maura, a primeira janela. Em cada um dos quatro cantos havia a figura de um santo diferente. — Me disseram que não são muito antigos. Devem ter apenas uns cem anos, não muito mais que isso. Foram feitos na França, seguindo o estilo tradicional, similar ao que se pode encontrar em igrejas medievais por toda a Europa.

Ela apontou para o canto superior esquerdo.

— São Sebastião.

— Sim — disse Daniel. — É uma imagem fácil de ser identificada por causa de seu martírio. Normalmente ele é retratado amarrado a um poste, com o corpo perfurado por flechas.

— E o homem no canto superior direito? Que santo é?

— Aquele é são Bartolomeu, santo padroeiro da Armênia. Está vendo a faca na mão dele? É o símbolo do martírio.

— Ele foi esfaqueado?

— Não, sua morte foi muito pior. São Bartolomeu foi esfolado vivo como punição por ter convertido o rei da Armênia ao cristianismo. Em algumas pinturas, ele é retratado com a própria pele extirpada pendendo do braço como um manto sangrento. — Daniel abriu um sorriso pesaroso para ela. — Não é de surpreender que ele seja o santo padroeiro dos açougueiros e dos curtidores.

— Quem é a santa no canto inferior esquerdo?

— Aquela é santa Ágata, outra mártir.

— O que é aquilo no prato que ela carrega? Parecem pedaços de pão.

— Não são bem, hum, pedaços de pão. — Daniel parou, seu desconforto tão evidente que Maura franziu a testa.

— Como foi o martírio dela?

— Sua morte foi particularmente brutal. Ao se recusar a honrar os antigos deuses romanos, acabou sendo torturada. Ela foi forçada a caminhar sobre cacos de vidro e queimada com carvão em brasa. Por fim, arrancaram seus seios com alicates.

Maura analisou os objetos que repousavam sobre o prato, que agora sabia não se tratarem de pedaços de pão, mas dos seios arrancados de uma mulher mutilada. Ela balançou a cabeça.

— Meu Deus, que histórias!

— São assustadoras, sim. Mas elas não devem ser completamente desconhecidas para você, já que seus pais adotivos eram católicos.

— Eu só tinha ouvido falar. O máximo que os dois faziam era comparecer à missa no Natal, e aos 12 anos parei de ir à igreja por completo. Só voltei a colocar os pés dentro de uma depois... — Ela parou. — Depois de ter conhecido você.

Os dois ficaram em silêncio por um momento, evitando o olhar um do outro, ambos concentrados na janela, como se todas as respostas, o remédio para a dor que sentiam, tudo estivesse gravado no vitral.

— Eu nunca deixei de te amar — disse ele com a voz baixa. — Nunca vou deixar.

— E mesmo assim não estamos juntos.

Daniel olhou para ela.

— Não fui eu quem disse adeus.

— Que escolha eu tinha quando você acredita tanto *nisso*? — Maura indicou com a cabeça o vitral de santos, o altar e os bancos. — Algo em que não consigo acreditar, em que não vou acreditar.

— A ciência não tem todas as respostas, Maura.

— Não, com certeza não — disse ela com um tom de amargura. A ciência não explicava por que algumas pessoas escolhiam ser infelizes no amor.

— Existem mais coisas a serem consideradas que a nossa felicidade — prosseguiu ele. — Existem pessoas nessa paróquia que dependem de mim, pessoas que vivem num sofrimento profundo que precisam da minha ajuda. E tem a minha irmã. Ela ainda está viva, e continua saudável depois de todos esses anos. Sei que você não acredita em milagres, mas eu sim.

— A leucemia foi curada pela ciência médica, não por um milagre.

— E se você estiver errada? Se eu voltar atrás na minha palavra, deixar a Igreja e minha irmã adoecer outra vez...

Ele nunca vai se perdoar, pensou Maura. Nunca vai me perdoar.

Ela suspirou.

— Eu não vim aqui para falar de nós.

— Não, claro que não. — Daniel olhou para o vitral no alto. — Está aqui para falar de assassinatos.

Ela voltou a se concentrar na imagem, na quarta santa no vitral, mais uma mulher que havia escolhido a infelicidade. Não precisava de ajuda para identificar esta santa. Já sabia seu nome.

— Santa Luzia — disse Maura.

Ele assentiu.

— Carregando um prato com os olhos em cima. Os olhos arrancados por seus torturadores.

Do lado de fora, a luz do sol irrompeu subitamente através das nuvens e iluminou o vitral, cobrindo o vidro com cores tão intensas quanto joias. Maura franziu a testa para as quatro figuras que a encaravam da janela.

— Os dois estão aqui, na mesma janela. São Sebastião e santa Luzia. Será que ele esteve nessa igreja, parado bem aqui?

— O assassino?

— É como se estivéssemos olhando para o roteiro dele, e aqui estão duas de suas vítimas. Um homem atravessado por flechas. Uma mulher com os olhos arrancados.

— Essa imagem não é única, Maura. Esses quatro santos aparecem em todo lugar, e você provavelmente consegue encontrar essas imagens em igrejas católicas do mundo inteiro. E olha, tem várias imagens de outros santos aqui.

Ele foi até o vitral seguinte.

— Esse é santo Antônio de Pádua, segurando pão e lírio. São Lucas Evangelista com seu boi. São Francisco com seus pássaros. E aquela é a mártir santa Inês com seu cordeiro.

— Como foi o martírio dela?

— Assim como santa Luzia, Inês era uma bela menina que escolheu Cristo, se recusou a casar com um pretendente e sofreu por isso. O homem rejeitado era filho de um governador romano e se sentiu tão ultrajado que fez com que a degolassem. Nas pinturas, ela normalmente é retratada segurando um cordeiro, assim como o icônico ramo de palmeira.

— O que o ramo de palmeira significa?

— Certas plantas e árvores têm um simbolismo especial na Igreja. O cedro, por exemplo, é um símbolo de Cristo. O trevo é a Trindade, e a hera representa a imortalidade. O ramo de palmeira é o símbolo do martírio.

Maura foi até o terceiro vitral, onde havia a figura de duas mulheres lado a lado, ambas segurando ramos de palmeira.

— Então essas santas no canto superior direito também são mártires?

– Sim. Como morreram juntas, normalmente são representadas em dupla. Ambas foram executadas depois de se converterem ao cristianismo. Está vendo como santa Fosca segura uma espada? Esse foi o instrumento de suas mortes. Ambas foram apunhaladas e decapitadas.

— Eram irmãs?

— Não, a mulher à direita era a cuidadora de santa Fosca, santa...

Daniel parou. Relutantemente, virou-se e olhou para ela.

— Santa Maura.

18

Jane colocou uma pilha de papéis na mesa de pau-rosa de Maura, assustadoramente arrumada como sempre. A mesa de Jane parecia o lugar onde o trabalho da Unidade de Homicídios era realmente feito, pois cada centímetro quadrado era coberto por arquivos e Post-its. A de Maura era toda arrumadinha, perfeita demais para ser de verdade, sem um só clipe de papel largado ou um grão de poeira à vista. Naquela superfície impecável, os papéis de Jane repousavam numa pilha desorganizada, clamando para ser arrumada.

— Estamos trabalhando na sua teoria, acredite em mim, Maura — avisou Jane. — Frost e eu temos lido sobre os santos mártires e, cara, estamos falando de sangue e vísceras a dar com pau.

Ela apontou para os papéis que levara para Maura.

— É um material bem perturbador, para falar a verdade. Eu devia ter prestado mais atenção na aula de catecismo.

Maura pegou a folha no topo.

— "Santa Apolônia, virgem e mártir" — leu. — "Santa padroeira dos dentistas e das pessoas com dor de dente"?

— Ah, sim, *essa* foi uma morte terrível. Quebraram todos os dentes dela e nas pinturas ela normalmente é retratada segurando um boticão. — Jane indicou com a cabeça as outras folhas na pilha. — Ali você vai encontrar decapitações, esfaqueamentos, apedrejamentos, crucificações, afogamentos, fogueiras e espancamento. Ah, e a minha preferida: ter os intestinos puxados com um sarilho. Se você pensar em algum modo horrível de matar alguém, provavelmente esse método foi aplicado em algum santo, em algum lugar. E esse é o nosso problema.

— Problema? — Maura ergueu o olhar da página sobre santa Apolônia.

— Talvez esse criminoso já tenha matado antes, mas não sabemos que método de mutilação escolheu. Não podemos fazer uma triagem por gênero, já que ele vem matando tanto homens quanto mulheres. Podemos acabar perdendo bastante tempo revendo todos os casos de espancamento, esfaqueamento e decapitação não resolvidos.

— Nós sabemos de algo bem mais específico que isso, Jane. Sabemos que ele usa cetamina para subjugar as vítimas e que as mata por sufocamento. Sabemos que as mutilações acontecem após a morte.

— Certo, e essas foram as primeiras coisas que procuramos no banco de dados do nosso sistema: qualquer vítima com cetamina no sangue que tivesse sido mutilada após a morte.

Jane balançou a cabeça.

— Nada?

— Nada.

Maura se reclinou na cadeira de couro e bateu com a caneta cromada na mesa. Na parede às suas costas estava pendurada uma grotesca máscara africana, que parecia espelhar sua frustração. Certa vez Jane havia perguntado a Maura por que ela colocava tantos artefatos assustadores no escritório e acabara recebendo um sermão sobre a beleza e o simbolismo das máscaras cerimoniais de Mali. Mas tudo o que Jane viu, ao olhar para aquela máscara, foi um monstro pronto para atacar.

— Talvez ele não tenha matado antes — sugeriu a legista. — Ou talvez os detalhes que buscamos tenham passado despercebidos na necropsia. Nem sempre fazemos uma triagem toxicológica extensiva nas vítimas. E às vezes é impossível determinar uma morte por sufocamento. Até mesmo eu deixei passar isso na primeira vez, com Cassandra Coyle. Eu podia me castigar por isso.

— Na verdade, é um alívio ouvir isso — disse Jane.

— Um alívio?

— É bom saber que você não é perfeita.

— Eu nunca falei que era.

Maura se inclinou para a frente na cadeira e franziu a testa para a pilha de papel que Jane havia trazido, dezenas de páginas repletas de alguns dos episódios mais horrendos da história da Igreja.

— Nossas duas vítimas tinham alguma conexão religiosa?

— Também fomos atrás disso. Tanto Cassandra quanto Timothy foram criados em lares católicos, mas não eram praticantes. A irmã mais nova de Timothy não conseguia se lembrar da última vez que o irmão foi à missa. E os colegas de Cassandra no estúdio disseram que ela desprezava a religião organizada, o que combinava com toda a *vibe* gótica dela. Duvido que qualquer uma dessas vítimas tenha conhecido o assassino na igreja.

— Ainda assim, existe *algo* aqui, Jane. Algo relacionado a santos e mártires.

— Talvez você esteja enxergando um simbolismo que na verdade não existe. Talvez não tenha nada a ver com a Igreja e seja apenas algum maluco que gosta de mutilar corpos ao acaso.

— Não, eu sinto que estou certa em relação a isso. E não sou a única.

Jane analisou o rosto corado de Maura e percebeu um brilho em seu olhar, um brilho novo e intenso.

— Suponho que Daniel concorde com você.

— Ele reconheceu as imagens na hora. Daniel é bem versado nos simbolismos religiosos e pode nos ajudar a entrar na mente desse assassino.

— Foi realmente por isso que você foi atrás dele? Ou existe algum outro motivo para trazê-lo para esse caso?

— Você acha que eu estou *procurando* uma desculpa para me envolver com ele de novo? — questionou Maura.

— Você podia ter consultado um professor de história da arte em Harvard. Podia ter perguntado a alguma freira ou procurado na Wikipédia. Mas não, você ligou para Daniel Brophy.

— Ele trabalhou com a polícia de Boston por anos. É discreto e você sabe que podemos confiar nele.

— Quanto a essa investigação, sem dúvida. Mas será que podemos confiar nele em relação a *você*?

— Já deixamos isso para trás. Nossa relação é puramente profissional.

— Se está dizendo... Mas como foi para você? — perguntou Jane em voz baixa. — Ver Daniel novamente.

A resposta de Maura foi se esquivar do olhar de Jane. Sim, isso era típico de Maura: evitar o conflito, como sempre — abster-se de qualquer conversa que pudesse despertar emoções desconfortáveis. As duas eram colegas de trabalho e amigas havia anos, tinham até mesmo encarado a morte juntas, mas ainda assim Maura jamais havia permitido de fato que Jane visse qualquer fraqueza sua. Ela nunca baixava a guarda, sempre mantinha uma distância.

— Foi doloroso — admitiu, enfim, Maura. — Por todos esses meses eu me esforcei para não pegar o telefone e ligar para ele. — Deu uma risada irônica. — E então hoje descobri que ele sequer estava em Boston nos últimos meses. Esteve num retiro no Canadá.

— É, acho que eu devia ter contado sobre isso.

Maura franziu a testa para ela.

— Você sabia que ele não estava na cidade?

— Daniel pediu para que eu não contasse. Como ficaria isolado, de qualquer forma você não conseguiria entrar em contato. Achei que ele havia tomado uma decisão sábia, indo embora. E, para dizer a verdade, eu esperava que você tocasse o barco, que encontrasse outra pessoa, alguém que pudesse fazer você feliz. — Jane parou. — Mas a coisa entre vocês dois não acabou, não é?

Maura abaixou o olhar para as folhas.

— Acabou. *Acabou* — repetiu, como se tentasse se convencer.

Não, não acabou, pensou Jane, vendo o conflito no rosto de Maura. Não acabou para nenhum dos dois.

Jane olhou para baixo quando o celular tocou ao som de "Frosty the Snowman".

— Ei — disse ao atender. — Ainda estou com a Maura. Novidades?

— Às vezes o sujeito se dá bem — disse Frost.

Jane bufou.

— Certo, e qual é o nome dela?

— Não sei. Mas estou começando a achar que o nosso assassino pode não ser um homem.

— Eu não estava nem mesmo procurando por uma mulher. Foi por isso que não percebi a presença dela na primeira vez que assisti aos vídeos das câmeras de segurança. Naquela ocasião, a gente não fazia ideia de que os dois casos poderiam estar relacionados, por isso não pensei em vê-los um logo depois do outro. Mas, depois que Maura apareceu com essa teoria, voltei aos vídeos para ver se encontrava alguém que tivesse comparecido aos dois funerais. — Ele virou o laptop sobre a mesa para que ficasse de frente para Jane. — E olha só o que eu achei.

Ela se inclinou para analisar a imagem congelada no monitor de Frost. Exibia algumas pessoas enfileiradas e voltadas para a câmera, todas com expressões de pesar e roupas de um preto sóbrio.

— Esse é o vídeo do velório de Cassandra Coyle — avisou Frost. — A câmera foi posicionada no alto da entrada da igreja, de modo que capturasse todos que passassem pela porta. — Ele apontou para a tela do laptop. — Você se lembra dessas duas mulheres, não?

— Como eu poderia me esquecer? Do Time Elaine. Estavam sentadas bem atrás de mim, fazendo comentários maldosos sobre Priscilla Coyle durante a missa inteira.

— E desses três. — Frost apontou para um trio familiar logo atrás das duas mulheres mais velhas. — Os colegas de trabalho de Cassandra no estúdio.

— Não dá para confundi-los. Ninguém mais lá tinha cabelo violeta.

— Veja agora essa jovem aqui, atrás do trio, um pouco à esquerda deles. Você se lembra de vê-la na missa?

Jane analisou o rosto da mulher. Parecia ter a idade de Cassandra, talvez na casa dos 25 anos, uma jovem morena, magra e atraente com uma franja reta.

— Vagamente. Talvez eu a tenha visto na multidão, mas havia duzentas pessoas naquela igreja. Por que você está se concentrando nela?

— Acontece que eu não me concentrei nela. Não de início. Quando assisti a esse vídeo e ao do velório de Timothy McDougal, procurei me concentrar nos homens. Não prestei muita atenção nas mulheres. Depois acabei parando a imagem bem nesse ponto. Essa é a única visão clara que temos do rosto da mulher, espiando por sobre os ombros de Travis Chang. Não dá para vê-la depois disso, porque ela abaixa a cabeça depois desse instante. Guarde o rosto dela na memória.

Frost minimizou a imagem e abriu outra, diferente. Era outra tela congelada, mostrando várias pessoas, mais uma vez usando roupas escuras, mais uma vez com expressões pesarosas.

— Outra igreja — disse Jane.

— Isso mesmo. É o vídeo do velório de Timothy McDougal. Assista agora às pessoas que entram na igreja.

Frost acelerou o vídeo frame a frame e parou.

— Olha quem também apareceu nessa missa.

Jane fitou o cabelo escuro da mulher, seu rosto em forma de coração.

— Tem certeza de que é a mesma mulher?

— Parece muito com ela. Mesmo corte de cabelo, mesmo rosto. E olhe com mais atenção para o cachecol xadrez. As mesmas cores, a mesma estampa. É ela, com certeza; mas parece que ela levou alguém como companhia dessa vez.

Frost apontou para um homem loiro, parado ao lado da mulher. Estavam de mãos dadas.

— Você viu esse homem em algum lugar no vídeo de Cassandra Coyle?

— Não, só no velório de Timothy.

— Então finalmente temos uma ligação entre os dois assassinatos — comentou Jane em voz baixa. Perplexa, ela se virou para Frost. — E é uma mulher.

19

Everett está se transformando num problema.

Eu sabia que isso ia acontecer. Ele é o tipo de homem que anseia por compromissos profundos, que realmente gosta de acordar na cama com a mulher com quem fodeu na noite anterior. Pela minha experiência, noventa por cento dos homens da minha idade não querem acordar com uma mulher. Eles preferem se engraçar com alguma garota que conheceram no Tinder, desfrutar de uma rapidinha e seguir seu caminho feliz. Nada de jantar, nada de encontro, nada de forçar seus pobres cerebrozinhos em busca de temas para uma conversa. Somos todos como bolas de bilhar hoje em dia, esbarrando brevemente um no outro e depois rolando para longe. Na maior parte do tempo, também é assim que gosto de fazer. Sem complicações e sem amarras. *Vem, querido, acaba comigo. Agora dá o fora.*

Não é isso que Everett quer. Ele está parado na porta do meu apartamento, segurando uma garrafa de vinho tinto, com um sorriso hesitante no rosto.

— Você não retornou as minhas ligações nos últimos dias — diz ele. — Achei que talvez se viesse aqui a gente poderia passar a noite conversando. Ou sair para jantar. Ou simplesmente tomar uma taça de vinho.

— Me desculpa, mas a minha vida anda uma loucura nesse exato momento. E estou saindo agora.

Ele olha para o meu casaco, que já estou abotoando, e suspira.

— Claro. Você tem lugares para ir.

— Na verdade, eu preciso ir para o trabalho.

— Às seis da tarde?

— Não começa, Everett. Eu não devia ter que te dar explicação.

— Desculpa, desculpa! É só que eu realmente *senti* algo entre nós. E agora você começou a ficar irrequieta de novo. Eu fiz alguma coisa? Falei algo de errado?

Aceito a garrafa de vinho que ele trouxe, coloco-a na mesinha perto da porta e vou para o corredor.

— Eu preciso de um pouco de espaço para respirar nesse momento, só isso.

Tranco a porta ao sair.

— Eu entendo. Você é independente; você já me disse isso. Eu também gosto da minha independência.

Claro que gosta. É por isso que está parado à minha porta, olhando para mim como um cachorrinho carente. Não que isso seja ruim. É sempre útil para uma garota um cãozinho leal, alguém que a adore e ignore seus defeitos e a faça feliz na cama. Um homem que lhe empreste dinheiro e traga tigelas de canja de galinha quando ela estiver doente. Um homem que faria qualquer coisa que ela lhe pedisse.

Até mesmo coisas que ele não deveria fazer.

— Ah, olha só a hora. Eu preciso mesmo ir — aviso a ele. — Tenho que estar na Coop de Harvard em meia hora.

— O que está acontecendo na Coop?

— Uma das minhas clientes está autografando um livro e parte do meu trabalho é garantir que tudo transcorra sem problemas. Você é bem-vindo para aparecer por lá, mas não pode ser como meu acompanhante. Você vai ter que agir como se fosse outro dos fãs dela.

— Eu posso fazer isso. Quem é a autora?

— Victoria Avalon.

Ele me lança um olhar inexpressivo, o que faz com que ganhe pontos comigo. Qualquer um que reconheça o nome de Victoria Avalon é, na minha opinião, um palerma.

— É a estrela de um *reality show* — explico. — Foi casada por um breve tempo com Luke Jelco. — Ele me lança outro olhar inexpressivo. — Você sabe, o jogador? Do New England Patriots?

— Ah, futebol americano. Certo. Então a sua cliente escreveu um livro?

— Pelo menos o nome dela está na capa. No mundo literário, isso já é o suficiente.

— Quer saber de uma coisa? Eu adoraria ir. Faz tempo que não vou a uma sessão de autógrafos na Coop. No ano passado eu conheci uma mulher que escreveu a biografia definitiva de Bulfinch, o arquiteto. Foi um pouco triste, só três pessoas apareceram.

Para uma biografia de Charles Bulfinch, três pessoas são uma multidão.

— Eu peço a Deus que apareçam mais de três pessoas hoje à noite — digo a ele enquanto saímos do prédio. — Senão eu vou perder o emprego.

Nem mesmo os alunos esnobes de Harvard são imunes ao canto da sereia dos peitos e da bunda de uma celebridade. Eles compareceram em massa, ocupando todos os assentos na pequena área reservada para apresentações no terceiro andar da livraria, amontoados nos corredores dos livros de ciência e tecnologia e chegando a se acomodar na escada em caracol. Centenas de nerds, os futuros líderes do mundo livre, aqui para venerar os pés de Victoria Avalon, que, juro, certa vez me perguntou:

— Como se soletra QI?

O público considerável deixou Victoria bastante feliz hoje à noite. Não faz nem uma semana que ela estava gritando comigo pelo telefone por eu não ser capaz de atrair cobertura suficiente da mídia para seu novo livro de memórias. Hoje ela está empregando o máximo de sua sedução, reluzindo, insinuando-se e tocando o braço de todo fã que se aproxima para pegar um autógrafo. Sejam homens ou mulheres, todos estão enfeitiçados. As mulheres querem ser como ela, e os homens querem... bem, sabemos exatamente o que eles querem.

Fico à esquerda de Victoria, fazendo as coisas fluírem, abrindo os livros na folha de rosto e colocando-os diante dela, que faz um floreio na hora de assinar, um *VA* grande e cheio de curvas em tinta roxa. Os homens a devoram com os olhos (e há muito para ser visto, já que o decote do bustiê de Victoria parece estar prestes a explodir), e as mulheres ficam para falar, falar e falar. É meu trabalho encerrar as conversas e cutucar os outros fãs para que sigam em frente; caso contrário, vamos passar a noite inteira nessa livraria. Victoria provavelmente não se importaria, afinal, ela se alimenta de adoração feito um vampiro, mas eu estou ansiosa para encerrar logo a noite. Embora não consiga ver Everett no meio da multidão, sei que ele está esperando pacientemente que eu termine o evento, então sinto um formigamento de expectativa no meio das pernas que conheço muito bem. Talvez tenha sido bom ele ter aparecido para me ver hoje à noite. Sexo é tudo que preciso para relaxar depois de uma noite tomando conta dessa vagabunda exigente.

Victoria leva duas horas e meia para cumprimentar todos os fãs. Ela autografou cento e oitenta e três livros, num ritmo de quase um por minuto, mas, quando encerramos, ainda há uma pilha de sessenta exemplares não vendidos. Isso, obviamente, a deixa descontente. Ela não seria quem é se estivesse, em algum momento da vida, satisfeita com alguma coisa. Enquanto assina as cópias que não foram vendidas, reclama do lugar ("teria vindo mais gente se não tivessem que dirigir até Cambridge"), do tempo ("está frio demais essa noite") e da data ("todo mundo sabe que hoje é o dia do último episódio de *Dancing with the Stars!*"). Deixo suas reclamações entrarem por um ouvido e saírem pelo outro à medida que vou passando os livros para que os autografe. De canto de olho, vejo Everett me observando com um sorriso de compaixão. *Sim, é isso que eu faço da vida. Agora você entende por que estou louca para beber aquela garrafa de vinho que você trouxe.*

Enquanto Victoria assina o último livro, noto um funcionário da loja vindo até nós carregando um buquê de flores.

— Srta. Avalon, fico feliz que ainda não tenha deixado a livraria. Isso acabou de chegar para a senhorita!

Diante da visão do buquê, Victoria transforma seu beicinho de insatisfação num sorriso radiante. É por isso que ela é uma celebridade; Victoria consegue ligar e desligar como um interruptor. Tudo que precisa é de uma bela dose de adoração e lá está ela, na forma de um maço de rosas embrulhado em plástico.

— Ah, que lindo! — Victoria se anima. — Quem enviou?

— O entregador não falou. Mas tem um cartão.

Victoria abre o envelope e franze a testa para a mensagem escrita à mão que encontra no interior.

— Bem, isso é meio estranho — fala.

— O que diz? — pergunto.

— "Lembra de mim?" É tudo o que diz. E não está assinado.

Ela me passa o cartão, mas mal o vejo. Meu olhar repentinamente se fixa no buquê em si. Na folhagem colocada entre as rosas. Não são as habituais folhas de samambaia ou de aspidistra, utilizadas normalmente em buquês. Por mais que essa folha não represente nada para Victoria, que não saberia a diferença entre uma hortênsia e uma horta, uma folha de palmeira diz, sim, algo para mim.

O símbolo de um mártir.

O cartão escorrega dos meus dedos e vai parar no chão.

— Deve ser um dos meus admiradores antigos — comenta Victoria. — Que estranho não ter assinado. Enfim. — Ela abre um sorriso. — Uma garota ama um pouco de mistério em sua vida. Ele podia ter vindo para dar um oi. Será que ele está aqui nesse momento?

Dou uma olhada aflita na livraria. Vejo mulheres esquadrinhando as estantes e três rapazes com aparência de estudiosos curvados sobre seus livros didáticos. E Everett. Ele percebe que estou abalada e franze a testa enquanto caminha até mim.

— Holly? Qual o problema?

— Eu preciso ir para casa. — Pego o casaco. Minhas mãos estão tremendo. — Ligo para você depois.

20

Através da porta fechada do estúdio da Crazy Ruby Filmes, Jane e Frost ouviram os gritos aterrorizados de uma mulher. Jane bufou.

— Se esses garotos querem pesadelos de verdade, deviam passar uma noite com a gente.

Quando a porta se abriu, um Travis Chang de olhar atordoado os fitou do outro lado, parado no lugar. Estava com a camiseta surrada do Screamfest Film Festival que usava na primeira visita da polícia, e o cabelo sujo estava com tufos pretos para cima como os chifres ensebados de um demônio.

— Ah. Ei, vocês voltaram.

— Sim, voltamos — disse Jane. — Precisamos mostrar uma coisa para vocês.

— Hum, estamos bem no meio do trabalho de edição.

— Não vai demorar.

Travis lançou um olhar constrangido para trás.

— Só quero avisar a vocês que a coisa aqui está feia. Vocês sabem como fica a situação quando a cabeça entra no automático e você vai para outro mundo.

A julgar pela condição do estúdio, Jane jamais gostaria de ir para outro mundo. O ambiente estava ainda mais nojento do que na outra vez — as lixeiras estavam transbordando de caixas de pizza e latas de Red Bull e tudo estava coberto por guardanapos amassados, canetas, blocos e aparelhos eletrônicos. O ar cheirava a pipoca queimada e meias sujas.

Os colegas de Travis, Ben e Amber, estavam largados no sofá e, a julgar pelos rostos pálidos, não deviam sair do prédio havia dias. Sequer chegaram a olhar para as visitas: simplesmente mantiveram os olhos fixos na TV de tela grande, onde uma loira rechonchuda com uma camiseta decotada tentava bloquear desesperadamente uma porta enquanto algo tentava entrar à força dando pancadas. A lâmina de um machado estilhaçou a madeira. A loira berrou.

Travis deu pausa o vídeo, congelando o rosto da loira no meio do grito.

— O que você está fazendo, cara? — protestou Ben. — A gente está correndo contra o tempo aqui.

— A gente está tentando finalizar antes que acabe o prazo de inscrição nos festivais de terror — explicou Travis a Jane e Frost. — *Sr. Símio* precisa ser enviado em três semanas.

— Quando vamos poder assistir a esse filme? — perguntou Jane.

— Por enquanto ainda não. Estamos editando, e a trilha sonora está em andamento. Além disso, ainda temos alguns efeitos especiais para ajustar.

— Eu pensei que o dinheiro de vocês tinha acabado.

Os três cineastas se entreolharam. Amber suspirou.

— Nosso dinheiro acabou *completamente* — explicou ela. — Por isso nós três pegamos empréstimos. E Ben vendeu o carro.

— Vocês vão mesmo apostar tudo nisso, meninos?

— No que mais podemos apostar, se não na nossa própria criação?

Eles provavelmente iam acabar perdendo até as camisetas imundas, mas Jane tinha que admirar aquela confiança.

— Eu assisti a *Estou vendo você* — avisou Frost. — Não é ruim. Devia ter feito algum dinheiro.

Travis se animou.

— Você acha mesmo?

— É melhor que muito filme de terror que eu já vi.

— Exatamente! A gente sabe que pode fazer um filme tão bom quanto o de qualquer grande estúdio. Só precisamos segurar as pontas e continuar contando boas histórias. Mesmo que isso signifique arriscar tudo.

Jane apontou para a loira na televisão.

— Acho que já vi essa atriz antes. O que mais ela fez?

— Até onde eu sei, esse foi o primeiro papel dela — respondeu Ben. — Ela só tem um desses rostos universais.

— Mais uma loira gostosa com dentes perfeitos — observou Jane.

— Sim. Elas dão as melhores vítimas. — Ben fez uma pausa. — Me desculpem. Acho que foi uma observação de mau gosto, levando-se em consideração...

— Você disse que queria mostrar alguma coisa para a gente — interrompeu Travis.

— Sim. Queremos que vejam uma foto. — Jane olhou ao redor em busca de algum lugar livre onde colocar seu laptop.

Travis limpou os restos de pizza da mesa de centro.

— Aqui.

Evitando um pedaço de queijo que havia se solidificado na mesa, Jane posicionou o laptop e abriu o arquivo com a foto.

— Essas imagens foram capturadas no velório de Cassandra. Colocamos uma câmera de vigilância na entrada da igreja para gravar o rosto de todos os presentes.

— Vocês gravaram a coisa toda? — perguntou Amber. — Isso é bem bizarro, gravar as pessoas sem que elas saibam. É como se o Grande Irmão estivesse nos vigiando.

— É como uma investigação de homicídio. — Jane virou a tela para eles. — Reconhecem essa mulher?

Quando os três cineastas se amontoaram em volta do laptop, Jane sentiu um cheiro forte de mau hálito e roupa suja, um fedor que a transportou de volta ao tempo em que seus irmãos convidavam os amigos para dormir em casa e cada centímetro quadrado do carpete ficava coberto por sacos de dormir e adolescentes.

Por trás dos óculos de aro preto, Amber semicerrou os olhos.

— Não me lembro de vê-la por lá, mas tinha um monte de gente no velório. Além disso, eu estava me sentindo esquisita por estar numa igreja.

— Por quê? — perguntou Frost.

Amber pareceu surpresa.

— Eu sempre fico com medo de fazer algo errado e Deus me atingir com um raio.

— Ei, acho que eu me lembro dessa mulher — disse Ben. Ele se inclinou para a frente, passando a mão distraidamente na barba rala de uma semana. — Ela estava sentada do outro lado do corredor. Dei uma longa olhada nela.

Amber deu um soco no braço dele.

— Típico.

— Não, não, foi porque ela tem um rosto interessante. Eu tenho olho para quem se destacaria diante da câmera, e olhem só para ela. Tem bons malares, um rosto amplo, fácil de iluminar. E tem uma cabeça grande.

— Isso é bom ou ruim? — perguntou Jane. — Ter a cabeça grande.

— Ah, é bom. Uma cabeça grande preenche a tela, chama atenção. Puxa, será que ela sabe atuar?

— Sequer sabemos quem ela é — disse Jane. — Tínhamos esperança de que um de vocês pudesse reconhecê-la.

— Essa foi a única vez que eu vi a moça — disse Ben. — No velório da Cassie.

— Tem certeza de que não a viu em algum outro lugar? Se alguma vez passou aqui no estúdio, se costumava sair com Cassandra?

— Não. — Ben deu uma olhada nos colegas, que balançaram a cabeça em resposta.

— O que tem essa mulher? — indagou Travis.

— Estamos tentando descobrir a conexão dela com Cassandra e por que ela foi à igreja. A madrasta de Cassandra não a conhece. Nem os vizinhos.

— E daí? Não é crime ir ao velório de uma estranha — comentou Amber.

— Não, mas é estranho.

— Tinha um monte de gente naquela missa. Por que vocês estão perguntando sobre essa mulher em particular?

— Porque ela apareceu em outro lugar.

Jane mexeu no laptop, e a segunda imagem da mulher misteriosa apareceu na tela. Era uma foto mal-iluminada, tirada sob a luz fria de uma manhã de inverno.

— É ela de novo — disse Amber.

— Mas o fundo é diferente, a luz é diferente. O dia é diferente — observou Ben.

— Exato — confirmou Jane. — Essa imagem vem de um vídeo de vigilância de outro velório. Percebam que tem um homem de mãos dadas com a nossa mulher misteriosa. Vocês o reconhecem?

Todos os três cineastas menearam a cabeça.

— Qual é a dessa mulher? Ela gosta de comparecer a velórios aleatórios? — perguntou Ben.

— Não acredito que ela escolha de forma aleatória. Esse segundo velório era para outra vítima de um homicídio.

— Ah, uau. Ela é viciada em assassinatos? — Ben olhou para os colegas. — Parece saído de *Mate-a outra vez, Sam*.

— O quê? — perguntou Frost.

— É um filme no qual a gente trabalhou alguns anos atrás, produzido por um camarada nosso de Los Angeles. É sobre uma menina gótica que vai a velórios aleatórios e acaba chamando a atenção de um assassino.

— Cassandra também trabalhou nesse filme?

— Todos nós trabalhamos, mas éramos apenas parte da equipe técnica. Não é como se o roteiro fosse original ou algo assim. Existem mesmo pessoas que vão ao velório de estranhos. Elas se alimentam do luto. Ou querem fazer parte de uma comunidade. Ou são obcecadas pela morte. Talvez ela seja assim. Uma esquisitona que sequer conhecia a Cassie.

Jane olhou para a jovem capturada no vídeo. Cabelos escuros, bonita, sem nome.

— Eu me pergunto quais os motivos *dela* para estar lá.

— Vai saber. É por isso que a gente adora fazer filme de terror, detetive — disse Travis. — As possibilidades são infinitas.

21

Amarrado a uma estaca, são Policarpo, o mártir, olhava serenamente para o céu enquanto as chamas o engoliam, chamuscando sua pele e consumindo sua carne. O homem na ilustração colorida não implorava ou berrava enquanto era queimado vivo na fogueira; não, ele parecia aceitar o sofrimento que o levaria direto aos braços de seu Salvador. Ao estudar a imagem da morte de são Policarpo, Jane pensou em quando sofreu um acidente com gordura quente enquanto fritava um frango e imaginou a dor daquela queimadura ampliada mil vezes, as chamas iluminando suas roupas, seus cabelos. Diferentemente de são Policarpo, ela não estaria olhando para o céu com um olhar de êxtase. Estaria se esgoelando.

Chega. Jane virou a página seguinte do livro, só para dar de cara com outro mártir, outra imagem de sofrimento. A ilustração colorida retratava a morte de santo Erasmo de Formia, em toda a sua glória sangrenta, com o santo deitado sobre uma mesa enquanto seus torturadores abriam sua barriga e enrolavam suas entranhas num guincho.

As risadas de Regina vinham do quarto dela, que ouvia uma história de ninar que Gabriel lhe contava, ruídos alegres que tornavam as imagens de *O livro dos mártires* parecerem ainda mais grotescas.

A campainha tocou.

Aliviada por colocar de lado as ilustrações repulsivas, deixou a cozinha para receber a visita.

O padre Daniel Brophy parecia mais magro e cansado do que na última vez que o vira, apenas sete meses antes. Seu rosto fazia com que ela se lembrasse dos mártires que vinha estudando, um homem resignado aos seus infortúnios.

— Obrigada por vir, Daniel — disse Jane.

— Não sei se posso oferecer muita ajuda, mas fico feliz em tentar.

Enquanto ele pendurava o casaco, uma risada pueril irrompeu do quarto de Regina.

— Gabriel está colocando a Regina para dormir — explicou Jane. — Vamos conversar na cozinha.

— Maura também vem?

— Não. Somos só eu e você.

Seria aquilo decepção ou alívio que despontou nos olhos dele? Ela o levou à cozinha, onde Daniel inspecionou com olhar os livros e os documentos espalhados pela mesa.

— Tenho lido sobre a história dos santos — comentou ela. — Sim, eu sei que já devia saber tudo isso, mas o que posso dizer? Eu fugi das aulas de catecismo.

— Pensei que a teoria de Maura não tivesse convencido você.

— Ainda não tenho certeza se acredito, mas aprendi que não é muito inteligente ignorar as teorias de Maura. Na maioria das vezes ela acaba acertando. — Jane indicou com a cabeça os arquivos de Cassandra Coyle e Timothy McDougal na mesa. — O problema é que eu não consegui encontrar nada que relacionasse as duas vítimas, exceto por uma mulher misteriosa que esteve em ambos os velórios. Os dois não tinham amigos em comum, viviam em bairros diferentes, trabalhavam em áreas diferentes e estudaram em universidades diferentes. Mas ambos foram drogados com cetamina e álcool, ambos foram mutilados após a morte. Com base nessas mutilações, Maura acredita que o assassino seja obcecado por histórias católicas. É aí que você entra.

— Porque eu sou um especialista em santos e mártires?

— E também porque tem conhecimento sobre a simbologia religiosa na arte. Foi o que Maura me disse.

— Eu passei a maior parte da minha vida cercado por arte sacra. Tenho certa familiaridade com a iconografia.

— Será que você poderia dar mais uma olhada nessas fotos das cenas dos crimes? — Jane passou o laptop para ele, do outro lado da mesa. — Me avise se perceber algo novo. Algo que possa nos dar uma ideia sobre como funciona a mente desse assassino.

— Maura e eu já discutimos essas fotos a fundo. Ela não devia participar dessa conversa?

— Não, eu prefiro ouvir de você separadamente. — Então acrescentou em voz baixa: — E seria menos complicado para vocês, não acha?

Jane percebeu um lampejo de dor nos olhos de Daniel, tão forte quanto se tivesse estocado um punhal em seu peito. Ele afundou na cadeira e assentiu.

— Quando ela me ligou, pensei que estivesse pronto para lidar com a situação. Achei que pudéssemos seguir em frente como amigos.

— Ir para aquele retiro no Canadá não ajudou a mudar as coisas?

— Não. O retiro foi mais como uma anestesia. Um longo e profundo coma. Por seis meses consegui não sentir nada. E então, quando ela me ligou, quando a vi novamente, foi como acordar subitamente do coma. E a dor voltou. Tão forte quanto sempre foi.

— Eu lamento ouvir isso, Daniel. Lamento por vocês dois.

Do quarto ouviu-se a voz de Regina, gritando: "Boa noite, papai!" Jane viu Daniel estremecer e se perguntou se ele se arrepende por não ter casado, por não ter filhos? Será que sofre pela vida que podia ter levado se nunca tivesse colocado o colarinho de padre?

— Eu quero que ela seja feliz — comentou ele. — Nada é mais importante para mim do que isso.

— Nada, a não ser os seus votos.

Daniel se virou para ela com um olhar assustado.

— Eu fiz uma promessa a Deus quando tinha 14 anos. Eu prometi que...

— Sim, Maura me falou da sua irmã. Ela teve leucemia infantil, não foi?

Ele assentiu.

— Os médicos nos disseram que era uma doença terminal. Ela tinha só 6 anos, e tudo o que pude fazer foi rezar. Deus respondeu às minhas preces, e hoje Sophie está viva e com saúde. E tem dois lindos filhos adotados.

— E você acredita de verdade que sua irmã só está viva por causa desse pacto com Deus?

— Você não tem como entender. Você não acredita.

— Eu acredito que cada um de nós é responsável por suas próprias escolhas na vida. Você fez a sua, por motivos que pareciam certos quando tinha 14 anos. Mas agora? — Ela balançou a cabeça. — Será que Deus seria assim tão cruel?

As palavras devem ter surtido efeito, pois ele ficou sem resposta. Continuou sentado em silêncio, com as mãos sobre o livro com ilustrações de santos e mártires. Daniel também era um mártir, um homem que aceitara a própria sina de maneira tão decidida quanto são Policarpo, sacrificado nas chamas.

Em meio àquele silêncio chegou Gabriel, que entrou na cozinha, viu o visitante afundado com uma expressão de derrota na cadeira e lançou um olhar inquisitório para Jane. Como investigador veterano, Gabriel era bom em avaliar um cenário, entendendo imediatamente que o assunto na cozinha não girava apenas em torno dos assassinatos.

— Tudo bem por aqui? — perguntou.

Daniel olhou para cima, assustado ao ver que Gabriel havia se juntado a eles.

— Acho que não tenho muito para contribuir.

— Mas é uma teoria intrigante, não acha? Um assassino obcecado pela iconografia religiosa.

— O FBI está participando das investigações?

— Não, nesse caso sou apenas o marido interessado. Jane não me poupou de nenhum detalhe.

Jane caiu na risada.

— Se um casal não pode compartilhar um assassinato, qual o sentido de se casar?

Gabriel indicou o laptop com a cabeça.

— O que você acha, Daniel? A polícia de Boston deixou escapar alguma coisa?

— O simbolismo parece evidente — disse o padre, clicando, desanimado, nas fotos das cenas dos crimes. — A mutilação da jovem certamente parece feita para representar santa Luzia.

Ele parou numa foto tirada na cozinha de Cassandra, onde se via um vaso de flores sobre a bancada.

— E, se vocês estão procurando por símbolos religiosos, vão encontrar um monte nesse buquê. Lírios brancos representam a pureza e a virgindade. Rosas vermelhas simbolizam o martírio.

Ele parou.

— De onde vieram essas flores? É possível que o assassino...

— Não, esse buquê foi um presente de aniversário do pai dela. Então qualquer simbolismo que enxergar aí é pura coincidência.

— Ela foi assassinada no dia do aniversário?

— Três dias depois. Em 16 de dezembro.

Daniel analisou as flores de aniversário por um momento, enviadas para uma garota que viveria por apenas mais dois dias.

— Quando a segunda vítima foi morta? — perguntou ele. — O rapaz.

— No dia 24 de dezembro. Por quê?

— E quando era o aniversário dele?

Daniel ergueu o olhar para ela, que viu uma faísca de animação nos olhos do padre. Gabriel também percebeu a nova tensão no ar e se juntou a eles na mesa, com o olhar fixo em Daniel.

— Me deixe encontrar a ficha da necropsia — disse Jane, procurando nos arquivos. — Aqui está. Timothy McDougal. Sua data de nascimento era...

— Dia 20 de janeiro?

Ela olhou para Daniel, espantada. E então disse, em voz baixa:

— Sim, 20 de janeiro.

— Como você sabia a data de aniversário dele? — perguntou Gabriel.

— Pelo calendário litúrgico. Cada santo é celebrado num dia em particular. Em 20 de janeiro, honramos são Sebastião, que é retratado na arte com o corpo perfurado por flechas.

— E santa Luzia? Qual o dia dela? — quis saber Jane.

— É 13 de dezembro.

— O dia do aniversário de Cassandra Coyle.

Perplexa, Jane se virou para Gabriel.

— É isso! O assassino escolhe a forma de mutilação de acordo com o *aniversário* da vítima! Mas como ele saberia o aniversário delas?

— Pela carteira de motorista — sugeriu Gabriel. — Os jovens quase sempre precisam mostrar alguma identificação nos bares. E ambas as vítimas tinham álcool no estômago. Estamos falando aqui de barmen. Garçons...

— Tim McDougal foi perfurado por flechas — disse Jane. — Será que o assassino tinha um estoque escondido de flechas à mão, caso *acontecesse* de esbarrar com alguém nascido em 20 de janeiro? Teria que ser um assassino muito bem equipado. Pensem em todos os modos como os mártires foram mortos, com pedras e espadas, machadinhas e alicates. Teve um cara que foi espancado até a morte com sapatos de madeira.

— São Vigílio de Trento, celebrado em 26 de junho — complementou Daniel. — Normalmente retratado com o tamanco que o matou.

— Tá, olha, eu duvido que o nosso assassino carregue um sapato de madeira no porta-malas do carro para o caso de esbarrar com alguém que faça aniversário no dia 26 de junho. Não, o nosso criminoso escolhe suas vítimas com antecedência e só *então* vai atrás das ferramentas. O que significa que ele tem acesso às datas de nascimento.

Gabriel balançou a cabeça.

— Vocês vão precisar lançar uma rede bem grande para apanhá-lo. É fácil conseguir datas de nascimento. Em fichas de funcionários, registros médicos. No Facebook.

— Mas pelo menos encontramos o padrão! Mutilações que correspondem *à data de nascimento* das vítimas. Se o criminoso já matou antes, agora podemos rastreá-lo no nosso sistema.

Ela abriu um novo arquivo no laptop e virou a tela para Daniel.

— Certo, eu tenho um novo trabalho para você.

— O que significa esse arquivo que eu estou vendo?

— Uma compilação de todos os homicídios não resolvidos na Nova Inglaterra no ano passado. Frost e eu fizemos uma lista de cada vítima que sofreu ferimentos após a morte. Depois de eliminarmos mortes por armas de fogo, conseguimos reduzi-la a essas trinta e duas vítimas.

— Tem a data de nascimento delas? — perguntou Daniel.

Jane assentiu.

— Estão nas fichas de necropsia anexadas. Você conhece o calendário litúrgico. Me diga se algum dos ferimentos das vítimas corresponde ao dos santos celebrados nas datas de nascimento.

Enquanto Daniel analisava lentamente a lista, Jane se levantou para preparar um bule de café. Essa poderia ser uma longa noite, mas mesmo sem uma nova infusão de cafeína seus nervos já estavam à flor da pele. Encontramos a chave para identificar as primeiras vítimas do assassino, pensou ela. Cada novo nome, cada nova informação, aumentava as chances que tinham de achar algum elo crucial entre as vítimas e o assassino. Ela encheu a xícara de todos e se sentou para observar Daniel analisando os arquivos.

Uma hora depois, o padre suspirou e balançou a cabeça.

— Nada bate.

— Você conferiu todos?

— Todos os trinta e dois casos. Nenhum desses ferimentos corresponde às datas de nascimento das vítimas. — Ele olhou para Jane. — Talvez esses dois casos sejam os primeiros. Talvez não haja outras vítimas, por enquanto.

— Ou então não procuramos direito — retrucou Jane. — Talvez a gente devesse voltar aos últimos dois anos, até mesmo três. Expandir a área geográfica para além da Nova Inglaterra.

— Não sei, Jane — disse Gabriel. — E se a Maura estiver errada e você estiver procurando conexões que não existem? Isso pode acabar se revelando como apenas uma grande distração.

Ela franziu a testa para o livro dos santos, sobre o qual havia passado a noite debruçada, até subitamente se concentrar na imagem de capa, são Policarpo tendo a carne consumida pelas chamas. *Fogo. Fogo destrói tudo. Corpos. Provas.*

Jane pegou o celular. Enquanto Gabriel e Daniel a observavam com espanto no olhar, ela ligou para Frost.

— Você ainda tem aquela lista de mortes relacionadas a incêndios? — perguntou.

— Sim, por quê?

— Me envie por e-mail. Incluindo todos os casos que foram classificados como acidentais.

— Nós excluímos os acidentais.

— Eu estou incluindo de novo. Quero todas as mortes causadas por incêndios envolvendo uma única vítima adulta.

— Tudo bem, deixa comigo. Verifique sua caixa de entrada.

— Mortes acidentais causadas por incêndio? — disse Gabriel quando ela desligou.

— O fogo destrói as provas. E nem sempre é feita uma triagem toxicológica em vítimas de incêndio. Estou pensando se alguma dessas mortes acidentais na verdade não foi acidente coisa nenhuma.

O laptop emitiu um barulho quando o e-mail de Frost chegou. Ela abriu o arquivo anexado e se deparou com uma nova lista de casos. Ali estavam as vinte e poucas vítimas que tinham morrido em incêndios acidentais na Nova Inglaterra no ano anterior.

— Dê uma olhada — pediu ela, virando o laptop para Daniel.

— A determinação de morte acidental em incêndio normalmente significa que foram encontrados sinais de inalação de fumaça na necropsia — explicou Gabriel. — Isso não bate com o padrão do seu criminoso. Não se ele sufoca as vítimas com um saco plástico.

— Se a vítima estiver inconsciente, você pode deixar o fogo fazer o trabalho. Não precisa sufocá-la.

— Mesmo assim é um padrão diferente, Jane.

— Ainda não estou disposta a abrir mão dessa teoria. Talvez o sufocamento seja uma técnica nova para ele. Talvez esteja refinando o seu...

— Sarah Basterash, 26 anos — declarou Daniel. Ele ergueu o olhar do laptop. — Morreu num incêndio em casa em Newport, Rhode Island.

— Newport? — Jane espiou por cima do ombro de Daniel para ler o arquivo da vítima. — Dez de novembro, residência unifamiliar completamente queimada. A vítima estava sozinha e foi encontrada no quarto. Nenhum sinal de trauma.

— Cetamina? — perguntou Gabriel.

Jane suspirou, frustrada.

— Não fizeram triagem toxicológica.

— Mas olhem a data de nascimento — apontou Daniel. — Dia 30 de maio. E ela morreu num incêndio.

Jane franziu a testa para o padre.

— Que santo é celebrado em 30 de maio?

— Joana d'Arc.

22

A última vez que Jane estivera em Newport tinha sido no auge do verão, com as ruas estreitas apinhadas de turistas. Ela se lembrava de se arrastar de short e sandália sob o sol escaldante enquanto um sorvete de morango derretia e pingava pelo seu braço. Estava grávida de oito meses de Regina, seus tornozelos pareciam salsichas inchadas e tudo o que queria era tirar um cochilo. Mesmo assim, a cidade a havia encantado com seus prédios históricos e a costa movimentada, e nenhuma refeição conseguiria superar o belo guisado de lagosta que ela e Gabriel tinham devorado naquela noite.

Que cidade diferente era a Newport daquele dia frio de janeiro.

Enquanto Frost dirigia pela cidade, Jane espiava pela janela as lojas de lembranças e os restaurantes que agora se encontravam fechados, as ruas que o inverno destituíra de turistas. Um casal solitário fumava e tremia de frio do lado de fora de um pub.

— Você fez a excursão dos chalés quando esteve aqui? — perguntou Frost.

— Sim. Achei engraçado chamarem aquelas casas de chalés. Minha família inteira podia morar num dos closets.

— Depois que a gente visitou a Breakers, a Alice ficou indignada. Eu achei a mansão bem bacana, mas ela disse que era vergonhoso que uma só família concentrasse tanto dinheiro.

— Ah, sim. Eu tinha esquecido que Alice era comuna.

— Ela não é comuna. Só tem um forte senso de justiça social.

Jane lançou um olhar desconfiado para ele.

— Você tem falado bastante dela nesses últimos dias. Vocês dois realmente voltaram?

— Talvez. E não quero ouvir você fazendo nenhum comentário maldoso sobre a Alice.

— Por que eu faria algum comentário maldoso sobre a sua *adorável* ex-mulher?

— Porque você não consegue se controlar.

— Você também não, pelo que parece.

— Ei, olha. — Frost apontou para o píer. — Tem um restaurante de frutos do mar legal ali. Será que está aberto? Talvez a gente possa almoçar lá.

— Me deixe adivinhar. Você e Alice comeram lá.

— E daí?

— E daí que não estou a fim de reviver todas as suas lembranças felizes com ela. A gente come um hambúrguer na volta. — Jane olhou para a tela do GPS. — Vire à esquerda.

Descendo a Bellevue Avenue, os dois passaram pelas casas luxuosas que inflamaram a ira socialista de Alice. Antigamente, aquela era a região onde as famílias abastadas passavam o verão, levando criados, carruagens e vestidos de festa. E em todo outono essas famílias retornavam para suas casas igualmente luxuosas na cidade, deixando seus palácios vazios e silenciosos, aguardando a próxima rodada de festas no verão seguinte. Jane não tinha ilusões quanto a onde estaria naquela hierarquia social. Estaria esfregando panelas na cozinha ou lavando espartilhos e roupas íntimas. Certamente não seria uma das mocinhas afortunadas dançando ao som da música num salão dourado. Jane sabia qual era o seu lugar no universo e tinha aprendido a se contentar com ele.

— É essa a rua — avisou ela. — Vire à direita.

Eles deixaram para trás as mansões e atravessaram uma rua onde as casas não eram tão grandes, mas ainda assim custavam bem mais que qualquer valor que um policial de Boston podia pagar. Com o marido empregado por uma grande empresa de exportação, Sarah desfrutava de uma vida confortável na vizinhança, onde se viam Lexus e Volvos estacionados nas garagens, onde cada quintal era projetado de forma impecável. Nessa rua de belas casas, foi um choque se deparar subitamente com a fundação de pedra enegrecida.

Jane e Frost desceram do carro e observaram o terreno vazio onde antes ficava a casa da família Basterash. Ainda que os destroços carbonizados tivessem sido recolhidos mais lá, a passagem do fogo ficava evidente na casca das árvores chamuscadas, e, quando Jane inalou o ar, imaginou poder sentir o fedor de fumaça e cinzas. As casas vizinhas, intactas, erguiam-se ao lado da propriedade como desafiadores sobreviventes, com suas varandas perfeitas e cercas vivas bem aparadas. Ainda assim, a fundação destruída da casa vizinha mostrava que uma tragédia podia acontecer em qualquer lugar. O fogo não fazia distinção entre ricos e pobres; as chamas devoravam a todos.

— Eu estava em Pequim a trabalho quando aconteceu — disse Kevin Basterash. — Minha empresa exporta produtos agrícolas, e eu estava negociando um contrato para enviar leite em pó para a China.

Sua voz foi baixando até desaparecer, e ele voltou o olhar para o carpete bege, que fora colocado havia tão pouco tempo que ainda exalava aquele cheiro químico de casa nova. O apartamento de Kevin era espaçoso e bem iluminado, mas tudo ali dava a Jane a impressão de algo temporário, das paredes nuas às estantes vazias. Dois meses antes, Kevin Basterash havia perdido a mulher e a casa para as chamas. Aquilo era o que ele agora chamava de lar, um condomínio sem personalidade a oito quilômetros do lugar onde ele e Sarah um dia sonharam em ter filhos. Naquela sala de estar sem alma não havia uma só foto exposta.

O fogo havia levado tudo embora.

— Eu recebi a notícia um pouco antes do almoço, no horário de Pequim — continuou. — Nosso vizinho aqui em Newport me ligou para dizer que a minha casa estava pegando fogo e que os bombeiros tinham chegado. Ainda não tinham encontrado a Sarah e o vizinho torcia para que ela não estivesse em casa. Mas eu já sabia. Eu sabia porque Sarah não tinha me ligado naquela manhã, como sempre fazia. Ela sempre me ligava na mesma hora, todo dia. — Kevin olhou para Jane e Frost. — Disseram que foi um acidente.

Jane assentiu.

— Segundo os investigadores, sua mulher deixou velas acesas na mesa de cabeceira e caiu no sono. Eles encontraram uma garrafa de uísque ao lado da cama, então presumiram...

— Presumiram que ela estivesse bêbada e se descuidou. — Kevin balançou a cabeça com raiva. — Isso não era do feitio de Sarah. Ela nunca era descuidada. Sim, gostava de uma dose ou outra antes de dormir, mas isso não significa que ficava bêbada a ponto de não acordar no meio de um incêndio. Foi o que eu falei para a polícia, para os investigadores. O problema é que, quanto mais eu insistia que não devia se tratar de um acidente, mais eles se voltavam para *mim*. Perguntaram se eu estava tendo algum caso, se eu e Sarah vínhamos brigando. O marido é sempre o principal suspeito, não é? E daí que eu estava na China quando aconteceu? Eu podia ter contratado um assassino para fazer o serviço sujo! Depois de um tempo, simplesmente tive que aceitar que devia ter sido um acidente. Afinal, quem iria querer fazer mal a ela? Ninguém.

Kevin voltou sua atenção para Jane.

— Foi quando recebi a sua ligação. E agora tudo mudou.

— Não necessariamente — retrucou Jane. — Isso só faz parte de uma investigação maior. Estamos trabalhando em dois casos de homicídio em Boston e tentando determinar se existe alguma relação com a morte da sua esposa. O nome Timothy McDougal significa alguma coisa para o senhor?

Kevin balançou a cabeça.

— Nunca ouvi esse nome.

— E quanto a Cassandra Coyle?

Ele hesitou.

— Cassandra... — murmurou, como se tentasse evocar um rosto, uma lembrança. — Sarah mencionou uma amiga chamada Cassandra, mas não lembro o sobrenome dela.

— Quando foi isso?

— No início do ano passado. Sarah disse que recebeu a ligação de uma amiga de infância e que as duas tinham combinado almoçar juntas. Não tive a chance de conhecer essa amiga. — Kevin meneou a cabeça, com raiva de si mesmo. — Provavelmente porque eu estava em alguma maldita viagem de negócios.

— Onde a sua mulher foi criada, Sr. Basterash? — perguntou Frost.

— Em Massachusetts. Ela se mudou para Newport depois de conseguir um emprego aqui, na Escola Montessori.

— Ela visitava a área de Boston com frequência? Tinha amigos ou parentes por lá?

— Não, os pais dela já morreram, então não havia ninguém para visitar em Brookline.

Jane ergueu o olhar do bloco no qual vinha fazendo anotações.

— Sarah cresceu em Brookline?

— Sim. Morou lá até se formar no ensino médio.

Jane e Frost se entreolharam. Tanto Cassandra Coyle quanto Timothy McDougal tinham crescido em Brookline.

— Sua esposa era católica, Sr. Basterash? — indagou Jane.

Ele franziu a testa, claramente intrigado com a pergunta.

— Os pais dela eram católicos, mas Sarah parou de frequentar a igreja anos atrás. — Ele deu uma risada triste. — Ela disse que ainda estava traumatizada por ter sido criada como católica.

— O que sua esposa quis dizer com isso?

— Era só uma piada. Ela costumava dizer que a Bíblia tinha que ser proibida para menores de 18 anos por causa da violência.

Jane se inclinou para a frente, com o coração acelerado.

— Quanto a sua esposa conhecia sobre os santos católicos?

— Muito mais que eu. Fui criado como agnóstico, mas Sarah era capaz de olhar para um quadro e dizer: "Esse é santo Estêvão, que foi apedrejado até a morte."

Kevin deu de ombros.

— Acho que é isso que ensinam às crianças na escola dominical.

— Sabe qual escola ela frequentou quando criança?

— Não faço ideia.

— Onde ela fez o ensino médio?

— Sinto muito, mas não me lembro. — Kevin fez uma pausa. — Se é que eu já soube um dia.

— O senhor conhece algum dos amigos dela de Brookline?

Ele remoeu a pergunta por um bom tempo, mas não conseguiu respondê-la. Em vez disso, olhou para a janela, onde não havia cortinas, pois aquele ainda não era de fato um lar. Talvez nunca se tornasse um; poderia ser simplesmente um alojamento temporário para Kevin Basterash, um lugar de luto e de recuperação antes que ele pudesse seguir em frente.

— Não — respondeu, por fim. — E me sinto culpado por isso.

— Por que, senhor? — perguntou Frost delicadamente.

— Porque eu nunca fui muito presente na vida dela. Estava sempre viajando a trabalho. Passava metade do tempo fora, sempre com uma mala na mão. Negociando contratos na Ásia quando devia estar com Sarah em casa.

Ele fitou os policiais, e Jane viu a culpa que cintilava naqueles olhos.

— Aqui estão vocês, fazendo essas perguntas sobre a infância da Sarah em Brookline, e não consigo responder nenhuma delas.

Talvez outra pessoa consiga, pensou Jane.

Ela não falava com Elaine Coyle fazia semanas e, ao digitar o número da mulher, teve medo da pergunta que Elaine certamente faria: *Já pegaram o assassino da minha filha?* É a única notícia que todo parente de uma vítima quer ouvir. Eles não querem saber de mais perguntas. Não querem desculpas. Querem um fim para sua incerteza. Querem justiça.

— Sinto muito — Jane teve que dizer a Elaine. — Ainda não temos um suspeito, Sra. Coyle.

— Então por que você está ligando?

— A senhora reconhece o nome Sarah Basterash?

Uma pausa.

— Não, acredito que não. De quem se trata?

— De uma jovem que morreu recentemente num incêndio em Rhode Island. Ela cresceu em Brookline, e achei que pudesse conhecer Cassandra. Tinha mais ou menos a idade da sua filha, então é possível que as duas tenham frequentado a mesma escola ou a mesma igreja.

— Lamento, mas não conheço nenhuma garota com o sobrenome Basterash.

— O nome de solteira dela era Sarah Byrne. A família morava a pouco mais de um quilômetro da...

— Sarah Byrne? Sarah está *morta*?

— Então a senhora a conhecia?

— Sim, sim. A família de Sarah morava perto da gente. Frank Byrne morreu após um ataque cardíaco faz alguns anos. E depois a mulher...

— Tem outro nome que gostaríamos de saber se a senhora reconhece — interrompeu Jane. — A senhora se lembra de Timothy McDougal?

— O detetive Frost me perguntou sobre ele na semana passada. É o rapaz que foi morto na véspera do Natal.

— Sim. Mas agora estou perguntando sobre um *menino* chamado Tim McDougal. Um menino com mais ou menos a idade da sua filha, que talvez tenha frequentado a mesma escola que ela.

— O detetive Frost não chegou a mencionar que o rapaz morto tinha crescido em Brookline.

— Não achamos que fosse relevante na ocasião. A senhora se lembra dele?

— Tinha um menino chamado Tim, mas não sei qual era o sobrenome dele. E já faz tanto tempo que aconteceu. Vinte anos...

— O *que* aconteceu há vinte anos?

Fez-se um longo silêncio. Quando Elaine finalmente respondeu, falou quase num sussurro.

— A Macieira.

23

— Quando o caso de abuso na Creche da Macieira foi a julgamento eu ainda estava no ensino médio, por isso eu sei tanto quanto vocês sobre o assunto. Mas vocês devem encontrar o que estão procurando nesses documentos — disse a assistente da promotoria do condado de Norfolk, Dana Strout. Embora estivesse apenas na casa dos 30, as raízes grisalhas já começavam a despontar em seu cabelo, um testemunho do trabalho estressante como promotora e de uma rotina atribulada demais para que conseguisse marcar uma visita mais que necessária ao cabeleireiro. — Essas caixas devem dar para o começo — disse Dana, largando outra carga de arquivos sobre a mesa da sala de reunião.

Frost olhou para a meia dúzia de caixas já enfileiradas na mesa com uma expressão de desânimo.

— Isso é só para o *começo*?

— O caso da Creche da Macieira foi um dos julgamentos criminais mais longos da história do condado. Essas caixas contêm os documentos referentes apenas à investigação anterior ao julgamento, que durou mais de um ano. Vocês vão ter bastante dever de casa. Boa sorte, detetives.

Em tom de desespero, Frost perguntou:

— Será que alguém nesse escritório pode nos dar uma versão resumida dos fatos? Quem foi o promotor no caso?

— A principal promotora foi Erica Shay, mas ela está fora da cidade essa semana.

— Tem mais alguém que se lembre da história toda?

Dana balançou a cabeça.

— O julgamento foi há vinte anos, e os outros promotores que trabalharam no caso seguiram com suas vidas. O senhor sabe como é o serviço público, detetive. Trabalho demais para um salário pequeno. As pessoas partem em busca de empregos melhores. — Ela acrescentou num sussurro: — Eu mesma estou pensando nisso.

— Precisamos localizar todas as crianças que testemunharam naquele julgamento. Não conseguimos achar o nome delas em lugar nenhum — disse Jane.

— Provavelmente porque o tribunal determinou sigilo em relação à identidade das vítimas para protegê-las. Por isso os nomes não aparecem numa busca no Google ou em reportagens. Mas como vocês estão com uma investigação de homicídio em andamento eu dei acesso total aos registros.

Dana inspecionou as caixas e então empurrou uma para Jane.

— Aqui, provavelmente é isso que vocês querem. Esses são os interrogatórios com as crianças que precederam o julgamento. Mas lembrem-se: as identidades devem continuar em sigilo.

— É claro — disse Jane.

— Nada sai dessa sala, OK? Façam anotações caso precisem e peçam ao arquivista se quiserem alguma xerox. Mas os originais ficam aqui. — Dana estava saindo da sala, mas parou e olhou para trás. — Só para que vocês saibam, esse departamento não quer mesmo que o caso volte a chamar atenção. Pelo que ouvi dizer, foi um período difícil para todos os envolvidos. Ninguém quer revisitar a Macieira.

— A gente não tem escolha.

— Vocês têm certeza de que isso é relevante para a investigação? O julgamento aconteceu há muito tempo e posso garantir que Erica Shay não vai ficar nem um pouco feliz se isso voltar a aparecer na manchete dos jornais.

— Existe algum motivo para ela não querer compartilhar essas informações com a gente?

— Do que você está falando? As caixas estão bem aí.

— Mas tivemos que ligar para o escritório do governador para ter acesso aos arquivos. Nunca precisamos fazer isso antes numa investigação de homicídio.

Dana não falou nada por um tempo, apenas olhou para as caixas enfileiradas na mesa.

— Eu não posso mesmo comentar.

— Alguém pediu para você não falar nada?

— Olha, tudo o que posso dizer é que o julgamento foi bastante delicado. Por semanas estampou as manchetes de capa, e não é para menos. Uma menina de 9 anos desaparecida. Uma creche administrada por uma família de pedófilos. Acusações de assassinato e abuso em rituais satânicos. Erica conseguiu fazer com que fossem considerados culpados pelas acusações de abuso, mas não foi capaz de convencer o júri quanto à acusação de assassinato. Vocês podem entender então por que ela não está feliz em ver isso sendo revirado outra vez.

— Precisamos falar com a Srta. Shay. Quando ela estará disponível?

— Como eu disse, ela não está na cidade e não sei quando vai poder conversar com vocês.

Dana se virou para a porta outra vez.

— É melhor vocês começarem. O departamento fecha em duas horas.

Jane olhou para as caixas e suspirou.

— Vamos precisar de bem mais que duas horas.

— Está mais para um mês — resmungou Frost, erguendo um monte de pastas da caixa dos documentos anteriores ao julgamento.

Jane pegou sua própria pilha de arquivos e se sentou diante dela. Dando uma olhada nas etiquetas, viu que continham interrogatórios, fichas médicas e avaliações psicológicas.

A etiqueta da primeira pasta que abriu dizia "Devine, H".

Ela e Frost leram a cobertura do *Boston Globe* sobre o julgamento, de modo que já estavam a par dos acontecimentos básicos do caso. A Creche da Macieira, em Brookline, administrada por Irena e Konrad Stanek e pelo filho de 22 anos do casal, Martin, dispunha de período integral para crianças entre 5 e 11 anos. Também oferecia transporte de ônibus à tarde direto da escola local, um serviço bastante apreciado por pais ocupados. A Creche da Macieira se autodenominava "um lugar onde tanto a mente quanto a alma são nutridos". Irena, Konrad e Martin eram membros bem-vistos da igreja católica da região, onde Irena e Konrad davam aulas de catecismo. Martin havia começado a dirigir o ônibus fazia pouco tempo e gostava de entreter as crianças com seus truques de mágica e animais feitos de balões. Por cinco anos, a Creche da Macieira operou sem uma só reclamação digna de nota.

Até que Lizzie DiPalma, de 9 anos, desapareceu.

Numa tarde de sábado em outubro, Lizzie saiu de casa vestindo um gorro de tricô decorado com canutilhos prateados, saiu pedalando sua bicicleta e nunca mais foi vista. Dois dias depois, o gorro de canutilhos de Lizzie foi encontrado por uma das crianças no ônibus de Martin Stanek. Como Martin era o único motorista do veículo, ele se tornou imediatamente o principal suspeito no desaparecimento de Lizzie. O caso contra ele ganhou força quando Holly Devine, de 10 anos, revelou um segredo surpreendente.

Jane abriu a pasta de Holly Devine e leu a conversa do psicólogo com a menina.

A paciente é uma menina de 10 anos que mora com os pais, Elizabeth e Earl Devine, em Brookline, MA. Não tem irmãos. Frequentou por dois anos a Creche da Macieira como aluna do período integral. Em 29 de outubro, ela relatou à mãe que "acontecem coisas ruins na Macieira" e que não queria voltar. Quando foi pressionada para que desse mais detalhes, falou: "Martin e a mãe e o pai dele me tocaram onde não deviam."

Com um horror crescente, Jane leu o que a família Stanek tinha feito com Holly Devine. Os tapas, as carícias, as surras. A penetração. Ela teve que fechar a pasta e respirar fundo para se acalmar. O que não conseguiu fazer foi se livrar da imagem dos três predadores e de sua vítima de 10 anos. Tampouco conseguiu evitar de pensar na própria filha, Regina, que tinha apenas 3 anos. Pensou em como reagiria caso pegasse aqueles monstros abusando dela. Pensou no pouco que sobraria dos três depois que terminasse sua vingança. Se um dia Jane viesse a infringir a lei, seria por fazer o que as mães urso fazem a qualquer um que ameace seus filhotes.

— Timothy McDougal tinha apenas 5 anos — disse Frost. Ele ergueu o olhar do documento que estava lendo com uma expressão de desgosto. — Os pais nem mesmo perceberam que ele havia sido molestado até a polícia entrar em contato e dizer que o filho podia ser uma das vítimas.

— Eles não tinham ideia de que o menino sofria abuso?

— Nada. O mesmo com Sarah Byrne. Ela só tinha 6 anos. Foram necessárias várias conversas com os terapeutas até que Sarah finalmente lhes contasse o que havia acontecido.

Relutante, Jane voltou a atenção para o arquivo de Holly Devine.

> *... colocou os dedos dentro de mim e doeu. Depois a Irena fez a mesma coisa comigo, e o velho também. O Billy e eu ficamos gritando, mas ninguém ouviu a gente, porque a gente estava no quarto secreto. A Sarah, o Timmy e a Cassie também. Estava todo mundo trancado no quarto, e eles não paravam...*

Jane colocou a pasta de lado, abriu o laptop e fez uma busca na internet pelo nome "Holly Devine". Encontrou o perfil do Facebook de duas. Uma tinha 48 anos e morava em Denver. A outra tinha 36 e vivia em Seattle. Não existia uma Holly Devine em Boston ou qualquer uma que correspondesse à idade da Holly Devine que tinha sofrido abuso na Creche da Macieira. Talvez ela tivesse se casado e mudado de sobrenome. Talvez simplesmente não tivesse perfis on-line.

Ao menos o nome não apareceu em nenhum obituário.

Na ficha do psicólogo, Jane encontrou o número de telefone listado para a família de Holly. Passados vinte anos, será que os pais da menina ainda moravam no mesmo endereço em Brookline, ainda teriam o mesmo número? Ela pegou o telefone e ligou.

Depois de tocar três vezes, um homem atendeu:

— Alô? — Uma voz grave e rouca.

— Aqui é a detetive Jane Rizzoli, da Polícia de Boston. Estou tentando localizar Holly Devine. O senhor saberia...

— Ela não mora aqui.

— O senhor poderia me dizer onde ela mora?

— Não.

— Eu estou falando com o Sr. Devine? Alô?

Não houve resposta. O homem desligou.

Bem, isso foi esquisito.

— Meu Deus! — disse Frost, olhando para o laptop.

— O que foi?

— Estou olhando o arquivo de Bill Sullivan, 11 anos. Foi um dos garotos da creche que sofreu abuso.

Bill. *Billy.* Jane abriu a pasta outra vez e encontrou o nome.

O Billy e eu ficamos gritando, mas ninguém ouviu a gente, porque a gente estava no quarto secreto...

— Eu procurei o nome dele no Google — continuou Frost. — Um rapaz chamado Bill Sullivan acabou de desaparecer em Brookline.

— O quê? Quando?

— Dois dias atrás. Esse homem desaparecido tem a mesma idade, então pode ser o mesmo Bill Sullivan. — Ele virou o laptop para que Jane pudesse ver.

Na tela havia um artigo curto do *Boston Globe.*

Policiais investigam desaparecimento de morador de Brookline

O veículo de um morador de Brookline desaparecido foi encontrado abandonado próximo ao campo de golfe de Putterham Meadow no início da manhã de terça-feira. Bill Sullivan, 31 anos, desapareceu na noite de segunda-feira, e sua mãe, Susan, comunicou o ocorrido na manhã seguinte. O rapaz foi visto pela última vez por uma câmera de segurança, deixando seu escritório na Cornwell Investments. Manchas de sangue foram encontradas no interior do veículo, um modelo antigo de BMW, e a polícia classificou o desaparecimento como suspeito.

O Sr. Sullivan, que trabalha como consultor financeiro, é um homem de 1,82 metro, pesa aproximadamente 77 quilos e tem cabelos loiros e olhos azuis.

— Mesmo nome. Mesma idade — comentou Jane.

— E o nome da mãe no arquivo do menino também é Susan. *Só pode* ser o mesmo garoto.

— Mas não é um homicídio; é um caso de pessoa desaparecida. Isso não se encaixa no padrão. — Ela olhou para Frost. — Quando é o aniversário do menino?

Frost deu uma olhada na ficha de Bill Sullivan.

— Dia 28 de abril.

Ela abriu o calendário litúrgico no laptop.

— Dia de são Vital de Milão — anunciou ela.

— Ele foi um mártir?

Jane olhou para a tela.

— Sim, são Vital foi enterrado vivo.

Por isso o corpo de Bill Sullivan não foi encontrado.

Jane levantou rapidamente. Frost foi atrás quando ela saiu da sala e atravessou o corredor, direto para o escritório de Dana Strout. A promotora estava no telefone e se virou na cadeira, assustada, quando Jane e Frost invadiram sua sala.

— Os membros da família Stanek — começou Jane. — Eles ainda estão na prisão?

— Vocês se importam se eu terminar essa ligação antes?

— Precisamos de respostas *agora.*

Dana falou ao telefone.

— Eles estão no meu escritório nesse exato momento. Depois eu retorno.

Ela desligou e olhou para Jane.

— O que vocês estão fazendo?

— Onde está a família Stanek?

— Estou falando sério, não estou entendendo essa urgência.

— Eles foram para a cadeia porque as crianças da creche denunciaram o abuso. Três dessas crianças estão mortas agora. Uma acabou de desaparecer. Vou perguntar outra vez. *Onde estão os Stanek?*

Por um momento, Dana tamborilou com uma caneta na mesa.

— Konrad Stanek morreu na prisão pouco depois do julgamento — respondeu ela. — Sua esposa, Irena, faleceu há cerca de quatro anos, também na prisão.

— E o filho, Martin? Onde ele está?

— Acabei de falar ao telefone com Erica Shay, a promotora. Ela me disse que Martin Stanek cumpriu sua pena. Foi solto.

— Quando?

— Três meses atrás. Em outubro.

24

Papai está ao telefone, falando baixo e com urgência.

— Uma mulher tem ligado para cá, perguntando por você — avisa ele.

— É a mesma que ligou antes? — pergunto.

— Não, é uma mulher diferente. Ela disse que era detetive da polícia de Boston. Falou que precisa entrar em contato com você urgentemente, que está preocupada com a sua segurança.

— Você acredita nela?

— Eu dei uma pesquisada. Descobri que o Departamento de Polícia de Boston de fato tem uma detetive Rizzoli, que trabalha na Unidade de Homicídios. Mas nunca se sabe. É sempre melhor tomar cuidado, querida. Eu não contei nada para ela.

— Obrigada, papai. Se ela ligar de novo, não responda nada.

Ouço-o tossir ao telefone, a mesma tosse insistente que o tem atormentado há meses. Eu costumava dizer que os malditos cigarros iam matá-lo um dia e, para que eu não reclamasse mais, ele acabou parando de fumar, mas a tosse continuou. Ela se acomodou no peito dele, e posso ouvir o ruído do muco. Faz bastante tempo que não o visito. Nós dois concordamos que eu devia ficar longe, pois alguém podia estar vigiando a casa, mas essa tosse me preocupa. Ele é a única pessoa em quem confio de verdade e eu não saberia o que fazer sem ele.

— Papai?

— Eu estou bem, gatinha — diz ele, ofegando. — Eu só quero manter a minha filhota a salvo. Algo tem que ser feito em relação a ele.

— Não tem nada que eu possa fazer.

— Mas eu posso — retruca papai, em voz baixa.

Faço uma pausa, ouvindo a respiração pesada do meu pai, e considero o que ele está me oferecendo. Meu pai não faz promessas vazias. Quando ele fala, é pra valer.

— Você sabe que eu faria qualquer coisa por você, Holly. Qualquer coisa.

— Eu sei, papai. A gente só precisa ter cuidado e vai ficar tudo bem.

Mas não vai, penso ao desligar. A detetive Rizzoli está procurando por mim, e estou desorientada pela velocidade com que me relacionou aos outros. Mas ela não tem como saber a história toda e nunca saberá.

Porque eu nunca vou contar.

E ele também não.

25

Era o prédio residencial mais velho da rua, uma construção de três andares caindo aos pedaços sem elevador em Revere que estava a poucas tábuas podres de ser interditado. A maior parte da tinta já tinha descascado fazia muito tempo, e, enquanto Jane e Frost subiam a escada externa até o terceiro andar, ela sentia o corrimão oscilar e imaginou toda aquela estrutura instável se soltando do prédio e desmoronando.

Frost bateu à porta e eles esperaram, tremendo e expostos, por uma resposta. Sabiam que ele estava lá dentro; Jane conseguia ouvir a TV e através das cortinas desgastadas vislumbrou movimento. A porta finalmente foi aberta, e Martin Stanek apareceu com um olhar furioso.

As fotos de Martin tiradas quando ele havia sido preso, duas décadas atrás, mostravam um rapaz de óculos com cabelo bem loiro e um rosto ainda redondo e angelical aos 22 anos. Se Jane o tivesse visto na rua quando jovem, o teria classificado como inofensivo, um homem dócil demais para olhá-la nos olhos. Esperava encontrar uma versão mais velha daquele rapaz na foto, talvez mais calvo e flácido, por isso ficou surpresa diante do homem agora parado na porta de casa. Duas décadas na prisão o transformaram numa máquina de músculos com ombros de gladiador. Sua cabeça estava raspada, e não havia sobrado nenhum traço de delicadeza naquele rosto, que agora ostentava o nariz achatado de um boxeador. Uma cicatriz corria feito trilhos horrorosos acima da sobrancelha direita, e sua bochecha era deformada, como se o osso tivesse sido estilhaçado e deixado que se curasse sozinho torto mesmo.

— Martin Stanek? — perguntou Jane.

— Quem quer saber?

— Eu sou a detetive Rizzoli, da polícia de Boston. Esse é o meu parceiro, detetive Frost. Precisamos fazer algumas perguntas ao senhor.

— Vocês não estão uns vinte anos atrasados?

— Podemos entrar?

— Eu já cumpri a minha pena. Não preciso responder mais pergunta nenhuma. — Stanek começou a fechar a porta na cara deles.

Jane colocou a mão para impedi-lo.

— É melhor não fazer isso, senhor.

— Eu estou no meu direito.

— Podemos conversar aqui e agora ou na delegacia. O que você prefere?

Por um momento ele considerou as opções, até perceber que de fato não tinha escolha. Sem dizer uma palavra, deixou a porta aberta e entrou no apartamento.

Jane e Frost o seguiram e fecharam a porta por causa do frio.

Esquadrinhando o apartamento, ela se concentrou num quadro de Nossa Senhora com o menino Jesus, numa moldura dourada, pendurado num lugar de destaque na parede. Na mesa sob o quadro havia algumas fotos da família: um homem e uma mulher sorrindo, posando com um menino. O mesmo casal, agora na meia-idade, com os braços na cintura um do outro. O trio sentado em volta de uma fogueira. Todas as fotos eram da família de Martin, antes que eles fossem separados pela prisão.

Martin desligou a televisão, e, em meio ao silêncio repentino, era possível ouvir o trânsito através das paredes finas, o barulho da geladeira na cozinha. Embora o fogão e as bancadas estivessem limpos, e os pratos, lavados e empilhados no escorredor, o apartamento cheirava a mofo e gordura, um odor que provavelmente vinha com o próprio prédio, herança dos inquilinos que partiram havia muito.

— Foi o único lugar que eu consegui alugar — disse Martin, percebendo a repugnância na expressão de Jane. — Eu não posso voltar para a minha casa em Brookline, mesmo que ela ainda esteja no meu nome. Fui condenado por abuso sexual e ela fica perto de um parquinho. Não posso morar perto de nenhum lugar que crianças possam frequentar. Eu coloquei a casa à venda só para pagar os impostos. Foi isso que me restou agora. Lar, doce lar. — Ele gesticulou para o carpete manchado, o sofá rasgado, e olhou para eles. — Por que vocês estão aqui?

— Queremos saber das suas atividades, Sr. Stanek. Por onde andou em certos dias.

— E por que eu deveria cooperar? Depois de tudo que fizeram comigo?

— O que fizeram com *você*? — questionou Jane. — Acha mesmo que *você* é a vítima?

— Você tem ideia do que acontece com pedófilos condenados na cadeia? Você acha que os guardas tentam te proteger? Ninguém se importa se você está vivo ou morto. Só te incriminam e te jogam aos lobos.

Sua voz vacilou. Ele se virou e afundou numa cadeira à mesa da cozinha.

Passado um instante, Frost puxou uma cadeira e também se sentou. Em voz baixa, perguntou:

— O que aconteceu com o senhor na cadeia, Sr. Stanek?

— O que aconteceu? — Martin levantou a cabeça e apontou para as cicatrizes no rosto. — Vocês podem ver o que aconteceu. Na primeira noite me fizeram perder três dentes. Na semana seguinte estouraram a maçã do meu rosto. Depois esmagaram os dedos da minha mão direita. Depois foi o meu testículo esquerdo.

— Lamento quanto a isso, senhor — disse Frost.

Ele parecia *mesmo* lamentar. No jogo do Policial Bom e Policial Mau, Frost sempre fazia o Policial Bom, visto que o papel era tão natural para ele. Era conhecido como o escoteiro da Unidade de Homicídios, amigo de cães e gatos, crianças e velhinhas. O homem que não podia ser corrompido, de modo que ninguém nem mesmo tentava.

Até mesmo Martin pareceu notar que Frost não estava fingindo. O tom silencioso de compaixão do policial o fez subitamente desviar o rosto, com um brilho no olhar.

— O que vocês querem de mim? — perguntou.

— Onde o senhor estava no dia 10 de novembro? — perguntou Jane, a Policial Má. Dessa vez não era apenas uma encenação; desde que se tornara mãe, qualquer crime contra uma criança despertava algo nela. Dar à luz Regina fez com que Jane se sentisse vulnerável a todos os Martin Staneks do mundo.

Martin fechou a cara para ela.

— Sei lá onde eu estava em 10 de novembro. *Você* lembra onde estava dois meses atrás?

— E em 16 de dezembro?

— Também não faço ideia. Provavelmente aqui.

— Vinte e quatro de dezembro?

— Na véspera do Natal? Essa eu sei. Eu estava na Igreja de Santa Clara, jantando. Todo ano eles fazem uma refeição de Natal especial para gente como eu. Gente sem amigos ou família. Teve peru assado recheado de farofa de broa de milho e purê de batata. Para sobremesa, torta de abóbora. Perguntem a eles. Provavelmente lembram que eu estive lá. Sou feio o bastante para ser inesquecível.

Jane e Frost se entreolharam. Se isso fosse confirmado, daria a Stanek um álibi para o assassinato de Tim McDougal. O que certamente seria um problema.

— Por que vocês estão fazendo essas perguntas?

— O senhor se lembra daquelas crianças que você molestou vinte anos atrás?

— Isso nunca aconteceu.

— O senhor foi julgado e condenado, Sr. Stanek.

— Por um júri que acreditou em um monte de mentiras. Por uma promotora numa caça às bruxas.

— Por crianças que tiveram coragem de se pronunciar.

— Elas eram novas demais para saber o que estavam fazendo. Falaram o que mandaram. Coisas malucas, coisas impossíveis. Leiam as transcrições; vejam por si próprios. "Martin matou um gato e fez a gente beber o sangue. Martin levou a gente para o bosque para encontrar o diabo. Martin fez um tigre voar." Vocês acham mesmo que *algo* assim aconteceu?

— O júri achou.

— Porque contaram um monte de merda. Os promotores disseram que a gente adorava o diabo; até mesmo a minha mãe, que ia para a missa três vezes por semana. Disseram que eu pegava as crianças com o ônibus e as levava ao bosque para molestá-las. Chegaram até mesmo a me acusar de matar aquela garotinha.

— Lizzie DiPalma.

— Só porque o gorro dela estava no meu ônibus. Depois aquela escrota da Sra. Devine foi à polícia, e de uma hora para outra eu me transformei num monstro que matava criancinhas para comer no café da manhã.

— Sra. Devine? A mãe de Holly?

— Aquela mulher via o demônio em todo lugar. Ela olhou para mim e decidiu que eu era ruim. Não é de se espantar que a filhinha dela tivesse tantas histórias para contar. Como eu amarrava crianças nas árvores e chupava o sangue delas e as molestava com galhos. Depois os promotores conseguiram fazer as outras crianças repetirem as histórias, e deu no que deu.

Mais uma vez Stanek apontou para o rosto.

— Vinte anos na cadeia, um nariz quebrado, uma mandíbula esmagada. Perdi metade dos dentes. Só sobrevivi porque aprendi a revidar, diferente do meu pai. Disseram que ele morreu por causa de um derrame. Disseram que um vaso estourou e o sangue se espalhou pelo cérebro. A verdade é que a prisão o destruiu. Mas não me destruiu, porque eu não deixei. Vou viver o bastante para ver a justiça ser feita.

— Justiça? — disse Jane. — Ou vingança?

— Às vezes não existe diferença.

— Vinte anos na cadeia dá tempo o suficiente para pensar, para alimentar a raiva. Tempo para tramar um jeito de dar o troco.

— E pode apostar que eu quero dar o troco.

— Mesmo que elas fossem apenas crianças na época?

— O quê?

— As crianças que o senhor molestou, Sr. Stanek. O senhor está fazendo com que elas paguem por contar à polícia o que você fez.

— Eu não estava falando das crianças. Estava falando da puta daquela promotora. Erica Shay *sabia* que a gente era inocente, mas mesmo assim queimou a gente na fogueira. Quando a jornalista com quem eu tenho conversado escrever o livro, tudo vai vir à tona.

— O senhor usou uma descrição interessante: "queimados na fogueira". — Jane olhou para o quadro de Nossa Senhora com o menino Jesus pendurado na parede. — Vejo que o senhor é um homem religioso.

— Não mais.

— Então por que pendurar esse quadro de Jesus e Maria?

— Porque era da minha mãe. Foi tudo o que me restou dela. Isso e algumas fotos.

— O senhor foi criado como católico. Aposto que conhece todos os santos e mártires.

— Do que você está falando?

O que Jane via em seus olhos era espanto genuíno, a reação confusa de um homem inocente? *Ou ele só era um ator muito bom?*

— Me fale como morreu santa Luzia — pediu ela.

— Por quê?

— O senhor sabe ou não sabe?

Ele deu de ombros.

— Ela foi torturada e teve os olhos arrancados.

— E são Sebastião?

— Os romanos dispararam flechas contra ele. O que isso tem a ver?

— Cassandra Coyle. Tim McDougal. Sarah Byrne. Esses nomes dizem alguma coisa ao senhor?

Stanek ficou em silêncio, mas seu rosto empalideceu.

— Certamente o senhor se lembra das crianças que buscava todo dia depois da aula. As crianças que viajavam no seu ônibus. As crianças que disseram à promotora o que você fazia com elas quando ninguém estava olhando.

— Eu não fiz nada com elas.

— Elas estão mortas, Sr. Stanek, todas as três. Todas depois que o senhor saiu da prisão. Não é interessante? O senhor cumpriu vinte anos na cadeia, foi liberado e de repente, *bam bam bam*, as pessoas começam a morrer.

Ele balançou para trás na cadeira como se tivesse sido atingido por um golpe físico.

— Vocês acham que *eu* matei essas pessoas?

— O senhor pode nos culpar por termos chegado a essa conclusão?

Ele deu uma risada incrédula.

— Sim, quem mais vocês vão culpar? De alguma forma, tudo leva a mim.

— O senhor matou essas pessoas?

— Não, não matei. Mas tenho certeza de que vocês vão encontrar um jeito de provar que fui eu mesmo assim.

— Vou dizer o que vamos fazer, Sr. Stanek — falou Jane. — Nós vamos revistar a sua casa e o seu veículo agora. O senhor pode cooperar e nos dar permissão. Ou podemos fazer da forma mais difícil, com um mandado.

— Eu não tenho um veículo — avisou ele, obedientemente.

— E como o senhor anda por aí?

— Contando com a bondade de estranhos. — Ele olhou para Jane. — Ainda existem algumas poucas pessoas assim no mundo.

— Temos sua permissão para revistar sua casa, senhor? — perguntou Frost.

Stanek deu de ombros, resignado.

— Não importa o que eu diga, vocês vão revistar de qualquer jeito.

Para Jane, isso contava como um sim. Ela se virou para Frost, que pegou o celular para enviar uma mensagem à equipe da Unidade de Resposta Rápida a Homicídios.

— Fique de olho nele — disse Jane a Frost. — Vou começar pelo quarto.

Assim como a sala de estar, o quarto era um espaço sombrio e claustrofóbico. A única fonte de luz solar era uma janela solitária que dava para o beco estreito entre os prédios. O carpete estava cheio de manchas marrons, e o ar cheirava a roupa de cama rançosa e bolor, embora a cama estivesse perfeitamente arrumada e não houvesse uma só meia largada à vista. Jane foi primeiro ao banheiro e abriu o armário de remédios, caçando um frasco de algo que pudesse ser cetamina. Encontrou apenas aspirina e uma caixa de Band-Aid. No armário debaixo da pia havia papel higiênico, mas nenhuma fita adesiva, nenhuma corda, nada que pertencesse à caixa de ferramentas de um assassino.

Ela voltou para o quarto e olhou embaixo da cama, então tateou entre o colchão e o estrado de mola. Concentrou-se na mesa de cabeceira solitária e abriu a gaveta. Dentro havia uma lanterna, alguns botões soltos e um envelope cheio de fotos. Ela deu uma olhada rápida nas fotos, a maior parte delas tirada fazia décadas, quando a família de Martin Stanek ainda estava unida. Antes de serem forçados a se separar, para nunca mais voltar a se ver. Ela parou na última foto dentro do envelope. Era a imagem de duas mulheres com seus 60 anos, ambas vestindo o uniforme laranja da cadeia. A primeira mulher era a mãe de Martin, Irena, com os cabelos prateados reduzidos a tufos finos, o rosto fatigado como um fantasma de seu eu mais jovem. Mas foi o segundo rosto que deixou Jane chocada, pois era um rosto que ela reconhecia.

Ela virou a foto e leu as palavras escritas em nanquim: "Sua mãe me contou tudo."

Sorumbática, Jane voltou à sala de estar e estendeu bruscamente a foto para Stanek.

— O senhor sabe quem é essa mulher? — perguntou a ele.

— Minha mãe. Alguns meses antes de morrer em Framingham.

— Não, a mulher ao lado dela.

Ele hesitou.

— Uma pessoa que ela conheceu por lá. Uma amiga.

— O que o senhor sabe sobre essa *amiga*?

— Ela cuidava da minha mãe na cadeia. Protegia a minha mãe das outras prisioneiras, só isso.

Jane virou a foto e apontou para as palavras escritas no verso.

— "Sua mãe me contou tudo." O que isso quer dizer? O que a sua mãe contou a ela, Sr. Stanek?

Ele não disse nada.

— Talvez a verdade sobre o que aconteceu na Creche da Macieira? Onde Lizzie DiPalma foi enterrada? Ou talvez o que você planejava fazer com aquelas crianças depois de sair da prisão?

— Eu não tenho mais nada a dizer.

Ele ficou de pé tão rápido que Jane recuou, assustada.

— Talvez outra pessoa tenha — disse Jane, pegando o telefone para ligar para Maura.

26

A mulher da foto a encarava com um olhar que parecia dizer: *Eu estou te vendo*. Os cabelos, metade prateados e metade negros, estavam eriçados como os espinhos de um ouriço em sua cabeça quadrada, mas foram os olhos que provocaram em Maura o mais profundo choque de reconhecimento. Era como olhar para si mesma num espelho do futuro.

— É ela. É Amalthea — disse Maura. Assombrada, olhou para Jane. — Ela conhecia Irena Stanek?

Jane assentiu.

— A foto foi tirada há quatro anos, pouco antes da morte de Irena na MCI - Framingham. Eu falei com o diretor, que confirmou que Irena e Amalthea eram amigas. Elas passavam boa parte do tempo juntas, durante as refeições e nas áreas comuns. Amalthea sabe tudo sobre a Macieira e o que a família de Irena fez com aquelas crianças. Não é de admirar que as duas tenham formado uma dupla. Eram monstros que se entendiam.

Maura analisou o rosto de Irena Stanek. Algumas pessoas afirmam que é possível enxergar o mal brilhando nos olhos de alguém, mas a mulher parada ao lado de Amalthea na foto não parecia nem má nem perigosa, apenas doente e exausta. Não havia nada nos olhos de Irena que pudesse alertar uma vítima: *Fique longe. Perigo.*

— Parecem duas velhinhas boazinhas, não é? — comentou Jane. — Vendo as duas não dá para imaginar quem são de verdade ou o que fizeram. Depois que Irena morreu, Amalthea mandou aquela foto para Martin Stanek, e desde que ele foi libertado da prisão ela vem escrevendo cartas para ele. Dois assassinos se comunicando, um do lado de fora, outro do lado de dentro.

As palavras de Amalthea sussurraram na lembrança de Maura, e seu significado se tornou súbita e terrivelmente importante: "Logo você vai encontrar outro."

— Ela sabe o que Stanek tem feito — comentou Maura.

Jane assentiu.

— Está na hora de falarmos com Amalthea.

Fazia apenas algumas semanas que Maura dera seu último adeus a Amalthea Lank. Agora lá estava ela, na sala de interrogatório da MCI - Framingham, esperando para confrontar a mulher que havia jurado nunca mais ver. Dessa vez não enfrentaria Amalthea sozinha; Jane estaria observando do outro lado do espelho, pronta para entrar caso a conversa tomasse algum rumo perigoso.

Jane falou com ela pelo interfone.

— Você tem certeza de que está confortável com isso?

— Não tem outro jeito. A gente tem que descobrir o que ela sabe.

— Odeio ter que colocar você nessa posição, Maura. Eu preferia que não precisasse ser assim.

— Eu sou a única pessoa com quem ela vai se abrir. É comigo que ela tem um elo.

— Pare de dizer isso.

— Mas é verdade. — Maura respirou fundo. — Vamos ver se eu consigo usar esse elo.

— Certo, estão prestes a trazê-la para a sala. Está pronta?

Maura deu um aceno rígido com a cabeça. A porta se abriu, e o tinido de algemas de aço anunciou a entrada de Amalthea Lank. Enquanto o guarda agrilhoava o tornozelo da prisioneira à mesa, o olhar de Amalthea se fixou em Maura, os olhos focados como lasers. Desde as primeiras sessões de quimioterapia, Amalthea havia recuperado um pouco de peso, e seus cabelos começavam a crescer novamente em mechas curtas e finas. Mas eram os olhos que revelavam o grau da recuperação. O brilho de astúcia estava de volta, sombrio e perigoso.

O guarda se retirou, deixando as duas mulheres se encararem em silêncio. Maura teve que resistir à tentação de desviar o olhar, de se virar para o vidro espelhado em busca de confiança.

— Você falou que nunca mais voltaria para me visitar — disse Amalthea. — Por que está aqui?

— Aquela caixa de fotos que você me mandou.

— Como você sabe que fui eu que mandei a caixa?

— Porque eu reconheci os rostos nas fotos. São pessoas da sua família.

— É *sua* família também. Seu pai. Seu irmão.

— Uma mulher entregou aquela caixa na minha casa. Quem era ela?

— Ninguém importante. Só alguém que me devia um favor porque a mantive em segurança aqui. — Amalthea se recostou na cadeira e abriu um sorriso sugestivo para Maura. — Quando me convém, eu cuido das pessoas. Garanto que nada aconteça com elas, tanto dentro dessas paredes quanto fora.

Ilusões de grandeza, pensou Maura. É uma velha patética morrendo na prisão e ainda acredita que tem o poder de manipular as pessoas. Por que eu achei que ela poderia nos contar alguma coisa?

Amalthea olhou para o espelho.

— A detetive Rizzoli está do outro lado do vidro, não é? Nos assistindo e escutando. Eu vejo vocês duas nos jornais o tempo todo.

Chamam vocês de "Primeiras-Damas do Crime em Boston". — Ela se virou para o espelho. — Se você quer saber sobre Irena Stanek, detetive, deveria vir aqui e me perguntar pessoalmente.

— Como você sabe que a gente veio aqui para falar de Irena? — perguntou Maura.

Amalthea bufou.

— Francamente, Maura. Você realmente me menospreza tanto assim? Eu sei o que está acontecendo lá fora. Eu sei com o que vocês estão lidando.

— Você foi amiga de Irena Stanek.

— Ela era só mais uma alma perdida que encontrei por aqui. Eu tomei conta dela, a mantive a salvo. É uma pena que ela tenha morrido antes que pudesse retribuir meus favores.

— Por isso você vem escrevendo para Martin Stanek? Porque ele está em débito com você?

— Eu cuidei da mãe dele. Por que Martin não faria alguns favorezinhos para mim?

— Como o quê?

— Comprar revistas, jornais. Minhas barras de chocolate preferidas.

— Ele também contou algumas coisas para você, coisas que planejava fazer.

— Contou?

— Quando eu estive no hospital, você disse: "Logo você vai encontrar outro." Você estava se referindo à outra vítima de Martin Stanek, não é?

— Eu falei isso? — Amalthea deu de ombros e apontou para a própria cabeça. — Você sabe, quimioterapia no cérebro. Prejudica a memória.

— Stanek contou para você o que planejava fazer com as crianças que o denunciaram?

— Por que você acha que ele estava planejando alguma coisa?

Era um jogo de xadrez, e Amalthea bancava a recatada, barganhando em troca de informações. Maura não entregaria nada de graça.

— Responda, Amalthea. Existem vidas em risco — pediu Maura.

— E por que eu deveria me importar com isso?

— Se houver algum traço de humanidade em você, sim.

— Estamos falando das vidas de quem?

— Vinte anos atrás, cinco crianças ajudaram a colocar Martin e os pais dele na cadeia. Agora três dessas crianças estão mortas, e uma, desaparecida. Mas você já sabe de tudo isso, não sabe?

— E se essas vítimas não forem tão inocentes assim? E se houvesse uma reviravolta e a família de Martin fosse a verdadeira vítima?

— Um elefante pode voar?

— Você não conheceu Irena. Eu, sim. Bastou olhar para ela para perceber que seu lugar não era aqui. As pessoas gostam de falar sobre exterminar o mal, mas a maioria de vocês não consegue reconhecê-lo quando o vê.

— Suponho que você consiga.

Amalthea sorriu.

— Eu conheço os meus semelhantes. E você?

— Eu julgo as pessoas pelas ações delas e sei o que Martin Stanek fez com aquelas crianças.

— Então você não sabe de nada.

— E o que eu deveria saber?

— Que às vezes elefantes *realmente* podem voar.

— Você me disse que encontraríamos outra vítima em breve. Como sabia disso?

— Você pareceu não se importar na ocasião.

— Foi Martin Stanek que falou isso? Ele compartilhou o plano de vingança com você?

Amalthea suspirou.

— Você está fazendo as perguntas erradas.

— E qual é a pergunta certa?

Amalthea se virou para o espelho e sorriu para Jane, parada do outro lado do vidro.

— Que vítima vocês *não* encontraram?

— Um monte de bobagem. Ela fica falando em enigmas para enrolar você, para garantir que volte a visitá-la. — Jane deu uma pancada no volante. — Droga, eu mesma devia ter falado com aquela escrota. Não devia ter feito você passar por isso. Me desculpa.

— Nós duas concordamos que tinha que ser eu — retrucou Maura. — É em mim que ela confia.

— É você que ela consegue manipular. — Jane olhou mal-humorada para o trânsito da tarde, que havia atrasado o retorno das duas a Boston. Uma fila de carros se alongava à frente delas até onde a vista alcançava. — A gente não conseguiu arrancar nada de útil de Amalthea.

— Ela mencionou uma vítima que não encontramos ainda.

— Ela provavelmente estava falando de Bill Sullivan, o rapaz que desapareceu em Brookline. Se ele foi enterrado vivo como são Vital, é possível que nunca o encontremos. Só torço para que o pobre coitado estivesse inconsciente quando Stanek começou a jogar terra em cima dele.

— E se ela estivesse falando de outra vítima, Jane? Holly Devine ainda não foi encontrada. Vocês sabem se ela ainda está viva?

— Tenho ligado para o pai dela, mas ele se recusa a falar comigo. Talvez isso seja bom. Se não conseguimos encontrá-la, o assassino também não vai conseguir.

Maura olhou para Jane.

— Você está tão convencida de que Martin Stanek é o assassino. Por que não o prende logo?

O silêncio de Jane foi revelador. Por um momento, simplesmente fitou o trânsito à frente.

— Eu não tenho como provar — admitiu por fim.

— Vocês revistaram o apartamento dele. Não encontraram *nenhuma* prova?

— Nada de cetamina, fita adesiva, bisturi, nada. Ele não tem carro, então como pode ter levado o corpo de Tim McDougal até aquele píer? Além disso, tem um álibi forte para a véspera do Natal. Ele *estava* jantando na cozinha solidária da igreja. As freiras se lembram dele.

— Talvez Stanek não seja o culpado.

— Ou então está agindo com um parceiro. Alguém que esteja matando para ele. Stanek passou vinte anos na cadeia. Vai saber quem ele conheceu por lá. Ele *deve* estar recebendo alguma ajuda.

— Vocês já estão monitorando o telefone dele, acompanhando com quem ele fala?

— Só com gente que se esperaria que ele falasse. O advogado, a pizzaria do bairro. Uma jornalista que está escrevendo um livro. O corretor que está vendendo a casa dos pais dele.

— Alguém com ficha criminal?

— Não. Todos estão completamente limpos. — Jane olhou para a estrada à frente. — Ele deve estar agindo com alguém que conheceu na cadeia.

Um minuto se passou.

— E se Stanek for inocente? — perguntou Maura em voz baixa.

— Ele é a única pessoa com motivação para cometer esses crimes. Quem mais poderia ser?

— Eu só receio que tenhamos nos fixado em Martin Stanek cedo demais.

Jane olhou para ela.

— Tudo bem, pode dizer o que está incomodando você.

— Uma coisa que Amalthea falou. Que eu sou muito segura de mim mesma e que isso me deixa cega, incapaz de enxergar a verdade.

— Ela estava mexendo com a sua cabeça outra vez.

— E se *todos nós* estivermos cegos, Jane? E se Martin Stanek não for culpado de nada?

Jane deu um gemido de frustração e virou o carro abruptamente na primeira saída da estrada.

— O que você está fazendo?

— Vamos voltar para Brookline. Vou mostrar a velha Creche da Macieira para você.

— Ela ainda está lá?

— Ficava numa ala da casa da família de Stanek. Frost e eu estivemos na propriedade ontem. O lugar já está à venda há anos, mas não recebeu nenhuma oferta. Acho que ninguém quer uma casa com uma *vibe* satânica.

— Por que você está me levando lá?

— Porque Amalthea colocou uma pulga atrás da sua orelha e agora você está duvidando de tudo o que eu digo. Quero mostrar para você por que eu acho que Martin Stanek é o culpado.

Quando chegaram à propriedade da família de Martin, o sol já estava se pondo e as árvores projetavam longas sombras sobre o quintal coberto de neve. A placa de sinalização da rua ainda estava perto do portão, mas a placa da Creche da Macieira desaparecera havia muito tempo. O único sinal de que um dia crianças brincaram naquele quintal eram alguns balanços quebrados. Maura se demorou no carro por um momento, relutante em se arrastar no frio até aquela varanda caindo aos pedaços. Era uma casa tradicional da Nova Inglaterra, com persianas de madeira e janelas duplas cuja tinta estava descascando. As telhas que estavam se desfazendo emporcalhavam a neve no asfalto.

— O que exatamente há para eu ver lá dentro? — perguntou Maura.

— Vamos entrar. — Jane abriu a porta do carro. — Eu vou mostrar.

Havia uma trilha no meio da neve à altura do joelho que ia até a varanda formada pela visita de Jane e Frost no dia anterior, e as duas seguiram as mesmas pegadas, já congeladas.

— Os degraus estão caindo aos pedaços, então tome cuidado — avisou Jane.

— O resto da casa também está nesse estado?

— O lugar virou praticamente uma pilha de entulho.

Jane levantou uma pedra perto da porta e pegou a chave.

— Não sei por que a corretora sequer se dá ao trabalho de trancar a porta. Ela devia mais era convidar alguns vândalos para botar fogo no lugar e resolver o problema.

Jane empurrou a porta, que emitiu um rangido de casa mal-assombrada ao se abrir.

— Bem-vinda à Creche de Satanás.

O interior da casa era ainda mais frio, como se o ar gélido tivesse sido encarcerado entre aquelas paredes. Maura parou no hall escuro e inspecionou o papel de parede descascado, com delicadas rosas cor-de-rosa, um motivo floral que provavelmente agraciava a casa de inúmeras vovós. Havia um espelho rachado no corredor, e o piso de tábuas largas de pinheiro estava todo sujo de folhas mortas e outros detritos levados para dentro ou soprados pelo vento enquanto algum visitante atravessava a porta da frente.

— A escada leva a três quartos, onde viviam Martin e seus pais — disse Jane. — Não há nada para ver lá em cima, apenas quartos vazios. Os móveis foram leiloados anos atrás para pagar as despesas legais da família.

— Martin Stanek ainda é o dono do lugar?

— Sim, mas ele não pode morar aqui por ter sido condenado por abuso sexual. E não teve como manter em dia os impostos do imóvel, por isso foi forçado a colocar a casa à venda.

Jane fez um gesto indicando o corredor.

— A creche ficava nos fundos da casa. É isso que eu quero que você veja.

Maura foi atrás de Jane. Passaram por um banheiro sem alguns ladrilhos no piso e o vaso sanitário manchado de ferrugem, para então entrar no que um dia havia sido a sala de jogos da Macieira. Janelas amplas davam para o quintal dos fundos, onde novas árvores tinham brotado, fazendo com que o bosque marchasse para cada vez mais perto da casa. Havia infiltração no teto, e o carpete fedia a mofo.

— Dê uma olhada na parede — pediu Jane.

Maura se virou e olhou para a galeria de retratos, com rostos que agora lhe eram familiares.

— Você a reconhece, não é? — perguntou Jane, apontando para a imagem de uma mulher de expressão serena segurando dois globos oculares. — Nossa velha amiga santa Luzia. E olha, ali está são Sebastião, espetado por flechas. São Vital. Santa Joana, queimada na fogueira. Irena Stanek dava aula de catecismo na igreja e fazia questão de que as crianças aprendessem todos os dias dos santos. Chegava até a fazer com que escrevessem seus nomes sob os santos honrados em suas datas de aniversário. Veja só quem escreveu o nome embaixo do retrato de santa Luzia.

Maura franziu a testa para as letras maiúsculas, escritas com uma caligrafia infantil.

Cassandra Coyle.

— E ali está o nome de Timmy McDougal, sob são Sebastião. E o de Billy Sullivan, sob são Vital. É como se essas crianças tivessem assinado seus próprios decretos de morte há vinte anos.

— É possível encontrar retratos de santos nas salas de aula de qualquer escola católica. Isso não prova nada, Jane.

— Essa é a casa onde Martin Stanek cresceu. Todo dia ele via esse mural de santos. Sabia que o aniversário de tal criança correspondia ao dia de santa Luzia ou de santa Joana. Está vendo como Irena marcou os mártires com estrelas douradas? *Parabéns para você, seu santo teve uma morte pavorosa!* Apedrejado, crucificado, esfolado vivo. Os grandes clássicos da Igreja estão bem aqui, e Martin convivia com isso. Talvez tenha se inspirado.

Maura se concentrou na imagem de uma dupla de mártires, uma delas segurando uma espada. Era a mesma dupla de mártires que tinha visto no vitral da Nossa Senhora da Divina Luz. *Santa Fusca e santa Maura. Decapitadas.*

— E aqui está o nome da nossa quinta testemunha infantil. Aquela que não conseguimos localizar — avisou Jane, apontando para o nome "Holly Devine", escrito de maneira bem legível sob a imagem de um homem com sangue escorrendo da boca escancarada.

— São Livino — disse Maura.

— Se a gente não achar Holly logo, é assim que ela vai terminar. Como o pobre são Livino, que teve a língua arrancada da boca para que não pregasse mais.

Com um tremor, Maura deu as costas para o mural de horrores. Em meio à escuridão que aumentava cada vez mais, a casa ficou ainda mais gelada, e ela sentiu um calafrio. Foi até a janela e observou o quintal abandonado e malcuidado, que agora recuava rumo às sombras.

— Eu fico pensando em Regina — disse Jane. — E se eu fosse um dos pais que mandou sua criança para cá? Você faz tudo o que é possível para manter seu filho em segurança e protegê-lo dos monstros, mas ao mesmo tempo precisa pagar as contas e trabalhar, precisa confiar seu filho a *alguém*.

— Você tem sorte por sua mãe poder cuidar dela.

— Sim, mas e se a minha mãe não pudesse? E se eu não tivesse mãe? Tenho certeza de que alguns desses pais não tiveram escolha, mas será que não conseguiram sentir que havia *algo* de errado com esse lugar?

— Você só diz isso porque já sabe o que aconteceu aqui.

— Você não sente a energia?

— Eu não acredito em energia.

— Só porque não consegue medi-la com seus instrumentos científicos chiques.

— O que eu consigo medir é a temperatura, e estou com frio. Se tem mais alguma coisa para a gente ver aqui, eu gostaria de... — Maura fez uma pausa repentina, olhando para as árvores. — Tem alguém lá fora.

Jane olhou pela janela.

— Não estou vendo ninguém.

— Estava parado bem na beira do bosque. Olhando para cá.

— Vou dar uma olhada.

— Espera. Você não acha melhor chamar reforços?

Mas Jane já estava correndo porta dos fundos afora.

Maura saiu e viu Jane se embrenhar num bosque de sempre-verdes, sendo rapidamente engolida pelas sombras. Maura conseguia ouvir seus movimentos em meio à folhagem, os galhos quebrando debaixo das botas de Jane como explosões agudas.

Até que se fez silêncio.

— Jane?

Com o coração batendo forte, Maura seguiu o caminho que Jane fez pelo quintal e mergulhou nas trevas do bosque. A neve escondia raízes e galhos caídos, e a legista mais parecia um búfalo abrindo caminho aos trancos e barrancos por entre as árvores. Imaginou Jane esparramada na neve, imaginou um assassino parado sobre ela, prestes a desferir o golpe fatal.

Chame reforços.

Ela pegou o celular no bolso e, com os dedos congelando, digitou o código para desbloqueá-lo. Foi então que ouviu uma ordem sendo gritada.

— Parado! Polícia!

Maura seguiu o som da voz de Jane e chegou tropeçando a uma clareira, onde viu Jane parada com a arma apontada. A alguns metros estava uma figura de braços levantados e com o rosto escondido pela sombra de um capuz.

— Quer que eu chame ajuda? — perguntou Maura.

— Primeiro vamos ver o que temos aqui — disse Jane, e vociferou para a figura: — Diga o seu nome!

— Posso abaixar os braços antes? — veio a resposta tranquila. Uma *mulher*.

— Tudo bem. Devagar — ordenou Jane.

A mulher abaixou os braços e tirou o gorro do casaco. Apesar de estar na mira de uma arma, parecia estranhamente serena enquanto olhava para Jane e Maura.

— Do que se trata isso tudo? Por acaso eu infringi alguma lei só por estar andando pela vizinhança?

Jane abaixou a arma e falou, surpresa:

— É você.

— Sinto muito. Já nos conhecemos?

— Você esteve no velório de Cassandra Coyle. E no de Timothy McDougal. O que você está fazendo nessa propriedade?

— Estou procurando o cachorro do meu pai.

— Você mora por aqui?

— Meu pai mora.

A jovem apontou para um brilho tênue de lâmpadas além das árvores.

— O cachorro fugiu e estou procurando por ele. Vi o carro de vocês e imaginei que alguém pudesse estar tentando invadir a velha creche.

— Você é Holly Devine, não é? — disse Jane.

Por um momento a mulher não respondeu. Quando por fim o fez, suas palavras saíram quase num sussurro.

— Não me chamam por esse nome há anos.

— Temos tentado localizar você, Holly. Eu liguei várias vezes para o seu pai, mas ele se recusou a me dizer onde você estava.

— Porque ele não confia em ninguém.

— Bem, você vai ter que confiar em mim. Sua vida pode depender disso.

— Do que você está falando?

— Vamos para um lugar quente e eu explico.

27

Elas foram recebidas pelo latido de um cachorro enquanto subiam os degraus da varanda da modesta casa de Earl Devine. Pelo barulho, era um cachorro grande, e Maura recuou alguns passos, imaginando pelos e dentes voando para cima delas quando Holly abriu a porta. O labrador preto pareceu muito menos interessado nas visitas do que em Holly, que se ajoelhou para segurar a cabeça do bicho entre as mãos.

— Então você voltou para casa sozinho, seu menino mau — ralhou. — É a última vez que saio para procurar por *você*.

— Quem são essas pessoas, Holly? — perguntou uma voz impaciente.

Earl Devine lançava um olhar ameaçador do hall de entrada, onde as luzes projetavam um brilho amarelado sobre seu rosto. A julgar pelas roupas, que pendiam como cortinas em sua estrutura descarnada, ele havia perdido bastante peso recentemente, mas encarava Maura e Jane com os braços flexionados e os punhos tensionados, como se pronto para atacar alguém em defesa da filha.

— Eu saí para procurar pelo Joe e esbarrei com essas moças na antiga creche — explicou Holly. — Acho que o Joe decidiu voltar para casa sozinho.

— Sim, ele voltou — disse Earl, mas com a atenção ainda focada em Jane e Maura. — Quem são vocês?

— Nós conversamos pelo telefone, Sr. Devine — respondeu Jane. — Eu sou a detetive Jane Rizzoli, do Departamento de Polícia de Boston.

Earl olhou para a mão estendida de Jane e, por fim, decidiu cumprimentá-la.

— Então você acabou encontrando a minha menina.

— O senhor podia ter me poupado de bastante trabalho simplesmente dizendo onde ela estava.

— Eu falei para elas que o senhor não confia nas pessoas, papai — explicou Holly.

— Nem mesmo na polícia? — indagou Jane.

— Na polícia? — Earl bufou. — Por que deveria? Eu só preciso ver o jornal. Hoje em dia, as chances de levar um tiro da polícia são as mesmas de receber ajuda.

— Só estamos tentando manter a sua filha em segurança.

— Sim, isso foi o que você falou pelo telefone, mas como eu poderia saber se estava dizendo a verdade? Como eu poderia saber se você é mesmo da polícia?

— Meu pai tem seus motivos para ser tão cauteloso — explicou Holly. — Tem um cara que vem me perseguindo há algum tempo. Eu tive que mudar o meu sobrenome de Devine para Donovan para que ele não conseguisse me achar.

— O sujeito vivia ligando para cá, pedindo para falar com ela — acrescentou Earl. — Ele até convenceu uma mulher a ligar, dizendo que era uma jornalista que queria falar com Holly. Eu não podia confiar em você só porque disse que era policial.

— Quem é esse sujeito? — perguntou Jane.

— Um rapaz que Holly conhecia. Eu nunca fui com a cara dele. Vivia aparecendo aqui e perguntando por ela, mas acho que consegui afugentá-lo. Se ele sabe o que é bom, vai ficar longe da minha menina.

— Elas não vieram por causa dele, papai — disse Holly.

— Estamos aqui por causa do ocorrido na Creche da Macieira, senhor — explicou Jane.

Earl franziu a testa para ela.

— Por quê? Isso foi há muito tempo. O assunto foi encerrado e mandaram aquelas pessoas para a cadeia.

— Martin Stanek foi solto. Nós achamos que ele quer se vingar de todos que o colocaram na cadeia e tememos que possa vir atrás de Holly.

— Ele ameaçou a Holly?

— Não, mas três das crianças que depuseram contra Stanek foram assassinadas recentemente. Uma quarta está desaparecida. O senhor consegue entender por que estamos preocupados com a segurança da sua filha.

Ele encarou Jane por um momento, depois assentiu, sério.

— Então me deixe ouvir o que vocês planejam fazer a respeito disso.

Todos se sentaram na apertada sala de estar de Earl Devine, onde o sofá surrado e as poltronas de couro sintético pareciam fazer parte da casa havia tanto tempo que agora estavam fundidos ao piso. Uma das poltronas ostentava a marca permanente das costas de Earl, que ele agora apoiava na almofada. Holly levou canecas de café para as duas visitas, mas Maura deu uma olhada na borda suja e discretamente colocou a xícara na mesa. Percebeu manchas em todo canto: círculos no carpete decorrentes de acidentes caninos passados, queimaduras de cigarros no braço do sofá, um fino véu de mofo no teto num ponto onde já houve infiltração. Não havia livros nem revistas à vista, apenas uma pilha de classificados grátis e cupons de jornais. A televisão permanecia ligada durante a conversa, uma presença brilhante e perene no cômodo.

— Os nomes daquelas crianças foram mantidos em sigilo pelo tribunal. Foi o que a promotora nos garantiu — declarou Earl Devine, com o olhar concentrado em Jane. — Como vocês duas souberam onde procurar por Holly?

— Na verdade, Sr. Devine, foi a sua filha quem se colocou em cena. — Jane se virou para Holly. — Você esteve nos velórios de Cassandra e Tim. Isso significa que devia saber que ambos foram assassinados.

Earl franziu a testa para a filha.

— Você não me contou que tinha ido aos velórios deles.

— Eu precisava saber se os assassinatos estavam relacionados — explicou Holly. — Ninguém estava falando nada.

— Porque na época ninguém pensou que *houvesse* uma conexão entre eles — interveio Jane. — Mas *você* sabia, Holly. Podia ter tornado a minha vida muito mais fácil simplesmente pegando o telefone e ligando para a polícia. Por que você não fez isso?

— Eu esperava que fosse só coincidência. Não tinha certeza.

— Por que você não fez isso, Holly? — repetiu Jane.

Holly a encarou, silenciada pelo tom de voz incisivo da pergunta. Humildemente, baixou o olhar.

— Eu devia ter feito isso. Sinto muito.

— Se tivesse ligado, Bill Sullivan poderia estar vivo ainda.

— O que aconteceu com o Billy? — perguntou Earl.

— Ele desapareceu — respondeu Jane. — Com base nas circunstâncias do desaparecimento e no sangue no carro, acreditamos que esteja morto.

Maura se manteve concentrada em Holly e viu a cabeça da jovem se acender diante da revelação. Viu uma surpresa genuína em seus olhos.

— *Billy* está morto?

— Você não sabia? — perguntou Jane.

— Não. Não, eu nunca pensei que ele...

— Você disse que quatro crianças foram mortas — disse Earl. — Mas só falou de três...

— Sarah Byrne morreu num incêndio em novembro. A morte foi classificada como acidental, mas as investigações foram reabertas. Agora o senhor pode ver por que vínhamos tentando entrar em contato com a sua filha. — Jane olhou para Holly. — Existe algum motivo para você evitar a polícia?

— Espera aí — interrompeu Earl.

Jane ergueu a mão para fazer com que ele ficasse em silêncio.

— Eu quero saber da sua filha.

Com todos olhando para ela, Holly pareceu buscar em seu âmago a coragem para responder. Ela se empertigou, e seu olhar cruzou com o de Jane.

— O assunto estava morto e enterrado, e eu queria que continuasse assim. Não queria que todo mundo soubesse.

— Soubesse o quê?

— Da Macieira, do que aquelas pessoas fizeram comigo. Você parece que não entende como uma coisa dessas muda uma pessoa. Ou como é quando todo mundo *sabe* que você foi molestada. Quando olham para você, o tempo todo estão imaginando...

Ela se envolveu com os braços e fitou o carpete manchado.

— E pensar que foi a minha mãe que me fez ir para aquele lugar. Ela dizia que não era seguro para mim ficar sozinha em casa depois da aula. Ela achava que tinha homens espreitando atrás de cada moita, esperando para me estuprar.

— Holly — interrompeu Earl.

— É verdade, papai. Mamãe era assim mesmo, ela imaginava estupradores em todo canto. E por isso todo dia eu subia no ônibus dele, que levava a gente até lá. Éramos como ovelhas indo para o matadouro. — Ela ergueu as sobrancelhas para Jane. — Você leu os arquivos, detetive. Sabe o que aconteceu com a gente.

— Sim, eu sei — disse Jane.

— Tudo porque a minha *mãe* queria me manter em segurança.

— Deixe essa amargura de lado, Holly. Isso não vai fazer bem nenhum a você agora. — Earl olhou para Jane. — Minha esposa teve uma infância difícil. Aconteceram algumas coisas quando ela era nova, coisas das quais tinha vergonha. Havia um tio que... — Ele fez uma pausa. — De qualquer forma, aquilo fez com que ela tivesse pavor de que algo assim acontecesse com Holly. Ela morreu alguns meses depois do fim do julgamento, provavelmente por causa de todo o estresse. Holly e eu tivemos que nos virar, só nós dois, mas acho que nos saímos bem. Vejam minha menina agora! Ela fez faculdade, conseguiu um bom emprego. A última coisa que ela precisa é de pessoas remoendo esse assunto da Macieira de novo.

— Isso *é* pelo bem de Holly, Sr. Devine. Queremos que ela fique em segurança.

— Então prendam o desgraçado.

— Não podemos, não por enquanto. Precisamos de mais provas.

Para Holly, Jane disse:

— Sei que isso é difícil para você. Sei que são lembranças ruins. Mas você pode nos ajudar a mandar Martin Stanek de volta para a cadeia, dessa vez para sempre.

Holly se virou para o pai, em busca de segurança. Os dois pareciam estranhamente próximos, um elo entre pai e filha forjado por anos vivendo sozinhos, o viúvo e sua filha única.

— Vai em frente, querida — assegurou Earl. — Dê a elas o que precisam. Vamos botar aquele filho da puta atrás das grades para sempre.

— É só que... é difícil falar sobre o que Martin... sobre o que ele fez comigo... com o meu pai sentado aqui. É constrangedor.

— Sr. Devine, o senhor se importaria de nos dar licença por um momento? — pediu Jane.

Earl ficou de pé.

— Vou deixar vocês conversarem sozinhas. Se precisar de alguma coisa, querida, é só gritar. — Ele foi para a cozinha, e elas ouviram água correndo e o barulho de uma panela batendo no fogão.

— Ele gosta de fazer o jantar para mim quando venho visitá-lo — explicou Holly, e, com um sorriso irônico, acrescentou: — Na verdade, o meu pai é péssimo na cozinha, mas é assim que ele demonstra que se importa comigo.

— Dá para ver o quanto ele se importa — comentou Maura.

Pela primeira vez, Holly pareceu registrar a presença da legista. Até este momento, Maura tinha permanecido em silêncio, deixando que Jane conduzisse o interrogatório, mas havia algumas correntes emocionais estranhas fluindo naquela casa, e Maura se perguntava se Jane as sentia. Se ela havia notado a frequência com a qual pai e filha se entreolhavam em busca de força.

— Eu fiquei sem vir aqui por alguns meses. A gente tinha medo de que o cara que ficava atrás de mim estivesse vigiando a casa. Isso foi bastante difícil para papai. Ele é meu melhor amigo.

— Mesmo assim, você não consegue falar de Martin Stanek na frente dele — comentou Jane.

Holly a encarou fixamente.

— Você conseguiria falar para o *seu* pai sobre como foi molestada por um homem? Sobre como ele enfiou o pênis à força na sua boca?

Jane fez uma pausa.

— Não, não conseguiria.

— Então você entende por que eu e ele nunca falamos disso.

— Mas *nós* precisamos falar, Holly. Você precisa nos ajudar para que possamos mantê-la em segurança.

— Foi isso que a promotora falou: "Me conte tudo o que aconteceu e vamos manter você em segurança." Mas eu estava com medo. Eu não queria desaparecer, como aconteceu com a Lizzie.

— Você conhecia Lizzie DiPalma?

Holly assentiu.

— A gente pegava o ônibus junta para a Macieira todo dia. Lizzie era muito mais esperta que eu, além de ser muito corajosa. *Ela* teria reagido. Talvez matá-la tenha sido o único jeito que ele encontrou para que ela parasse de gritar pedindo ajuda. Ou de impedir que contasse para todo mundo o que ele tinha feito. Ela foi sequestrada num sábado, por isso não tinha nenhuma criança lá para ver. Não fazíamos ideia do que havia acontecido com a Lizzie. — Holly respirou fundo e olhou para Jane. — Até eu encontrar o gorro dela.

— No ônibus de Martin — completou Jane.

Holly concordou com um aceno de cabeça.

— Foi aí que eu *soube* que tinha sido ele. Sabia que finalmente precisaria falar. Só fico feliz pela minha mãe ter acreditado em mim. Depois do que aconteceu quando ela era pequena, nunca duvidou de mim. Mas alguns dos outros pais não acreditaram no que os próprios filhos estavam dizendo.

— Porque era bem difícil de acreditar em algumas das histórias das outras crianças — justificou Jane. — Timothy falou de um tigre voando no bosque. Sarah contou que havia um porão secreto na creche onde Martin e a família dele jogavam bebês mortos. Mas a polícia revirou a casa e não achou porão algum. E, é claro, não havia tigres voadores.

— Timmy e Sarah eram pequenos. Era fácil confundi-los.

— Mas isso ajuda a entender por que algumas daquelas declarações não foram aceitas.

— Você não estava lá, detetive. Não era obrigada a encarar o mural de mártires todo dia e recitar como cada um deles tinha morrido. São Pedro de Verona, com a cabeça rachada por um cutelo. São Lourenço, queimado num braseiro. São Clemente, afogado com uma âncora no pescoço. Se o seu aniversário caísse no dia de um mártir, você tinha o privilégio de usar a coroa do mártir e segurar a folha de palmeira de plástico enquanto todo mundo dançava ao seu redor. Nossos pais achavam isso completamente normal! E era isso que tornava a coisa tão traiçoeira. O mal disfarçado de religião. — Holly estremeceu. — Mas, depois que a Lizzie desapareceu, finalmente eu tive coragem de dizer algo, porque eu sabia que o que tinha acontecido com ela poderia acontecer comigo em seguida. Falei a verdade. É por isso que Martin quer se vingar.

— Nós vamos manter você em segurança, Holly — assegurou Jane. — Mas você precisa nos ajudar.

— O que eu tenho que fazer?

— Até termos provas suficientes para prender Martin Stanek, seria bom que você deixasse a cidade. Você conhece algum amigo com quem possa ficar?

— Não. Não, eu só tenho o meu pai.

— Esse não é um lugar seguro. É aqui que Stanek espera encontrá-la.

— Eu não posso largar o emprego. Tenho contas a pagar. — Ela alternou o olhar entre Jane e Maura. — Ele ainda não me encontrou. Será que não estou segura no meu próprio apartamento? E se eu comprar uma arma?

— Você tem porte de armas? — indagou Jane.

— Isso importa?

— Sabe que não posso aconselhar você a infringir a lei.

— Mas às vezes as leis não fazem sentido. Para que servem as suas leis idiotas se eu morrer?

— E quanto a proteção policial, Jane? — sugeriu Maura. — Coloque um oficial para vigiá-la.

— Vou ver o que eu posso fazer, mas os nossos recursos são limitados.

Jane olhou para Holly.

— Enquanto isso, a melhor forma de ficar em segurança é estar preparada. Saiba no que prestar atenção. Nós acreditamos que Stanek esteja agindo em conluio com alguém, e o cúmplice dele pode ser homem ou mulher. Você não pode baixar a guarda em momento algum. Sabemos que duas das vítimas foram drogadas com álcool e cetamina, e isso pode ter acontecido num bar. Não aceite bebidas de pessoas que você não conheça. Na verdade, fique longe de qualquer lugar onde pessoas estejam bebendo.

Holly arregalou os olhos.

— É assim que ele age? Coloca alguma coisa na bebida?

— Mas isso não vai acontecer com você, agora que sabe disso.

O telefone de Jane tocou e ela atendeu com um "Rizzoli" abrupto. Maura levou um susto quando, segundos depois, Jane se levantou e saiu da casa para continuar a ligação em particular. Pela porta da frente fechada, ouviu Jane perguntar:

— Como isso aconteceu? Ele estava sendo vigiado por quem?

— O que está acontecendo? — quis saber Holly.

— Não sei. Vou lá descobrir. — Maura foi até Jane e fechou a porta ao sair da casa. Então parou, tremendo de frio, esperando que Jane terminasse a ligação.

— Meu Deus do céu. — Jane desligou e se virou para Maura. — Martin Stanek deu no pé.

— O quê? Quando?

— Tínhamos uma equipe na rua vigiando o apartamento dele. Ele escapou pela porta dos fundos e ninguém o viu desde então. Não temos a menor ideia de para onde foi.

Maura olhou de relance para a janela e viu o rosto de Holly apertado contra o vidro, observando. Em voz baixa, ela disse:

— Vocês precisam encontrá-lo.

Jane assentiu.

— Antes que ele a encontre.

28

Pela janela da sala de estar, vi a detetive Rizzoli e a Dra. Isles deixarem a casa em seu carro. Voltei para o meu pai e confessei:

— Eu estou com medo, papai.

— Não precisa ter.

— Mas elas não fazem ideia de onde ele está.

Papai me puxou para perto e me abraçou. Antigamente, abraçar meu pai era como abraçar um tronco de árvore robusto. Ele perdeu tanto peso que agora é como abraçar um saco de ossos, e, por trás desse peito frágil, sinto seu coração bater junto ao meu.

— Se ele vier atrás da minha garotinha, pode se considerar um homem morto.

Ele levanta meu rosto e olha nos meus olhos.

— Não se preocupe — diz. — O papai vai dar um jeito em tudo.

— Promete?

— Prometo. — Ele estende o braço para pegar minha mão. — Agora venha à cozinha. Quero mostrar uma coisa para você.

29

— Até encontrarmos Martin Stanek, como podemos mantê-la em segurança? — perguntou o detetive Tam.

Essa era a pergunta na cabeça de todos os presentes em torno da mesa da sala de reunião do Departamento de Polícia de Boston. A investigação tinha sido ampliada para incluir os detetives Crowe e Tam, e naquela manhã o Dr. Zucker havia se juntado ao grupo mais uma vez. Estavam certos de que Holly seria o próximo alvo de Stanek, mas não sabiam quando ou como ele iria atacar.

— Para uma pessoa correndo risco de vida, ela não parece lá muito preocupada — comentou Crowe.

— Ontem de manhã, quando Tam e eu fomos ao apartamento para verificar a segurança do prédio, ela nem mesmo se dignou a falar com a gente. Só disse que estava atrasada para o trabalho e saiu.

— Mas temos uma boa notícia — disse Tam. — Eu descobri que o pai dela tem porte de arma. Além disso, o Sr. Devine é veterano da Marinha. Talvez possamos convencê-la a deixar que ele se mude para o apartamento dela. Nada como um papai com uma arma para manter uma menina em segurança.

Jane bufou.

— Eu *me* daria um tiro antes de deixar meu pai morar comigo. Não. Holly não é uma pessoa que pode receber ordens nossas. Ela tem suas próprias ideias e é... diferente. Ainda estou tentando entendê-la.

— Diferente em que sentido? — perguntou o Dr. Zucker. Era o tipo de pergunta que um psicólogo forense faria, e Jane hesitou, tentando elaborar uma resposta. Para explicar exatamente o que em Holly Devine chamava sua atenção.

— Ela parece estranhamente relaxada quanto à situação. Não dá ouvido a nenhum dos conselhos que damos. Não quer deixar a cidade nem o emprego. A garota está no comando e não nos deixa esquecer disso.

— Você diz isso com um tom de admiração, detetive Rizzoli.

Jane se deparou com o olhar perturbadoramente dissimulado de Zucker. Sentiu que ele a analisava como de costume, um cientista sondando seus segredos mais profundos.

— Sim, eu a admiro por isso. Acredito que todos nós devíamos ter o controle das nossas vidas.

— Mas com certeza dificulta a nossa tarefa de protegê-la — comentou Tam.

— Já a alertei sobre como as outras vítimas provavelmente foram abordadas. Como as bebidas foram batizadas com cetamina. Ela sabe em que ficar de olho, e essa é a melhor proteção. — Jane fez uma pausa. — E isso pode acabar facilitando o nosso trabalho. Se ela estiver disposta a continuar assim, sem desaparecer.

— Vamos usá-la como isca? — perguntou Crowe.

— Não exatamente *usá-la*. Apenas aproveitar o fato de ela ser tão cabeça-dura. Mesmo sabendo que Stanek está atrás dela, Holly não deixa que isso atrapalhe sua vida e insiste em manter a rotina de sempre. Se eu fosse ela, é exatamente o que faria. Na verdade, foi o que eu *fiz*, quando estive na situação dela há alguns anos.

— De que situação você está falando? — perguntou Tam.

Como ele havia entrado para a Unidade de Homicídios fazia pouco tempo, não tinha feito parte da investigação de quatro anos antes, quando a caçada de Jane ao assassino conhecido como Cirurgião sofrera uma súbita reviravolta, transformando-a no alvo do criminoso.

Frost explicou em voz baixa:

— Ela está falando de Warren Hoyt.

— Quando um criminoso força você a mudar a sua vida, ele já venceu — declarou Jane. — Holly se recusa a se render. Já que ela é teimosa feito o diabo, acho que podemos trabalhar em cima disso. Vamos monitorá-la, instalar câmeras de segurança no prédio e no local de trabalho dela. A gente espera Stanek fazer o próximo movimento.

— Você acha que Holly usaria um bracelete de monitoramento? — perguntou Tam. — Isso nos ajudaria a seguir os passos dela.

— Tente *você* fazê-la usar um.

— Por que essa jovem é assim tão resistente? — indagou Zucker. — Você tem alguma ideia do motivo, detetive Rizzoli?

— Eu acho que é da natureza dela. Lembrem-se de que Holly tem um histórico de reagir. Ela foi a primeira criança a dar um passo e acusar a família de Martin de molestá-la, e uma garota de 10 anos precisa de muita coragem para fazer isso. Sem Holly, não teria havido prisão nem julgamento nenhum. O abuso poderia ter continuado por anos.

— Sim, eu li a conversa dela com o psicólogo — comentou Zucker. — Sem dúvida Holly era a criança mais precisa e confiável, enquanto os depoimentos das outras foram obviamente contaminados.

— O que o senhor quer dizer com isso, Dr. Zucker? — perguntou Tam. — Contaminados?

— As histórias contadas pelos mais novos eram absurdas. O menino de 5 anos disse que havia tigres voando no bosque. Uma garota afirmou que gatos e bebês eram sacrificados em nome do diabo e jogados num porão.

Jane deu de ombros.

— Crianças tendem a enfeitar as coisas.

— Ou será que elas foram instruídas? Estimuladas a depor pela promotoria. Lembrem-se: o julgamento da família Stanek aconteceu num período estranho da justiça criminal, quando o público foi convencido de que havia cultos satânicos por todo o país. Eu participei de uma conferência de psicologia forense no início dos anos noventa e ouvi uma suposta especialista descrever diversas redes desses cultos que abusavam de crianças e até mesmo sacrificavam bebês. Ela afirmou que um quarto de seus pacientes era de sobreviventes de algum abuso ritual. Havia julgamentos como os do caso da Macieira acontecendo no país inteiro. Infelizmente, muitos não foram baseados em fatos, mas em medo e superstição.

— Por que as crianças inventariam essas histórias loucas se não fossem ao menos parcialmente reais? — questionou Tam.

— Vamos considerar apenas um desses julgamentos envolvendo abusos rituais, o da Escola Maternal McMartin, na Califórnia. A investigação começou depois que uma mãe esquizofrênica alegou que o filho teria sido sodomizado por um professor na escola. A polícia enviou cartas a todos os pais, alertando de que seus filhos também poderiam ter sido vítimas. Quando o caso foi a julgamento, as acusações haviam se multiplicado e ficado estranhas. Havia relatos de orgias sem limites, de crianças sendo jogadas pela privada em quartos secretos, de agressores voando como num passe de mágica. O resultado foi que um homem inocente foi condenado e passou cinco anos na cadeia.

— O senhor não está dizendo que Martin Stanek é *inocente*, está? — indagou Jane.

— Só estou questionando como os depoimentos dessas crianças da Macieira foram obtidos. Quanto era imaginação? Quanto foi sugerido?

— Holly Devine tinha ferimentos físicos reais — apontou Jane. — O médico que a examinou descreveu contusões na cabeça e múltiplos arranhões nos braços e no rosto.

— As outras crianças não tinham ferimentos como esses.

— Um psicólogo da promotoria disse que as crianças com quem conversou demonstraram sintomas emocionais de abuso. Tinham medo de escuro, molhavam a cama. Pesadelos. Posso ler exatamente o que o juiz falou sobre isso. Ele classificou o dano a essas crianças como profundo e terrível.

— É claro que ele disse isso. O país inteiro tinha se deixado levar pelo mesmo pânico moral.

— Não foi o *pânico moral* que fez uma criança desaparecer — argumentou Jane. — Lembrem-se, uma garota de 9 anos chamada Lizzie DiPalma *sumiu* de verdade. O corpo jamais foi encontrado.

— Martin Stanek não foi condenado por homicídio.

— Só porque o júri se recusou a declará-lo culpado por essa acusação. Mas todo mundo *sabia* que tinha sido ele.

— Você normalmente acredita no que as pessoas dizem? — perguntou o Dr. Zucker, com uma sobrancelha arqueada. — Como psicólogo forense, meu trabalho aqui é oferecer a vocês diferentes perspectivas, apontar o que talvez estejam deixando passar. O comportamento humano não é tão preto no branco como vocês podem querer acreditar. As pessoas têm motivações complexas e a justiça é determinada por seres humanos imperfeitos. Certamente há *algo* nos depoimentos das crianças que deve incomodá-la.

— O promotor acreditou nelas.

— A sua filha tem uns 3 anos, não é? Imagine dar a ela o poder de colocar uma família inteira na prisão.

— As crianças na Creche da Macieira eram mais velhas que a minha filha.

— Mas não necessariamente mais precisas ou verdadeiras.

Jane suspirou.

— Agora o senhor está parecendo a Dra. Isles.

— Ah, sim. A eterna cética.

— O senhor pode ser cético o quanto quiser, Dr. Zucker. Mas o fato é que Lizzie DiPalma *de fato* desapareceu vinte anos atrás. O gorro dela foi encontrado no ônibus da Creche da Macieira, o que fez de Martin Stanek o principal suspeito. Agora as crianças que o acusaram de abuso estão sendo mortas. Stanek tem tudo para ser o nosso assassino.

— Me convença. Encontre a prova que o ligue a essas mortes. Qualquer prova.

— Todo criminoso comete erros — disse ela. — Vamos encontrar os dele.

A mãe de Billy Sullivan morava numa bela casa em estilo Tudor a apenas um quilômetro e meio da vizinhança mais modesta de Brookline, onde o filho havia crescido. A chuva fria daquela manhã havia coberto os arbustos de gelo, e o caminho de tijolos que levava à varanda da Sra. Sullivan parecia escorregadio o suficiente para que patinassem sobre ele. Frost e Jane permaneceram no carro por um momento, observando a casa e se preparando para sair no frio. E para a terrível conversa que os esperava.

— Ela já deve saber que o filho está morto — comentou Frost.

— Mas ainda não sabe a pior parte. E eu com certeza não pretendo contar como ele provavelmente morreu.

Enterrado vivo, como são Vital. Ou o assassino teria sentido piedade, certificando-se de que a vítima não estava mais respirando antes de jogar a primeira pá de terra sobre o cadáver? Jane não queria pensar na alternativa: Billy ainda vivo e consciente, preso e ouvindo as pancadas dos torrões congelados em seu caixão. Ou amarrado e indefeso numa vala aberta, sufocando em terra conforme ela caía feito chuva em seu rosto. Era esse tipo de coisa que causava pesadelos; era como o trabalho poderia afetá-la, se ela deixasse.

— Vamos lá. Cedo ou tarde teremos que falar com ela — disse Frost.

Na porta da casa, Frost tocou a campainha e os dois esperaram, tremendo, enquanto uma neve aguada caía sobre a calçada e os arbustos. Do lado de dentro, a mãe de Billy Sullivan devia estar aterrorizada, prevendo notícias ruins enquanto mantinha desesperadamente uma pequena chama de esperança. Jane sempre conseguia enxergar essa esperança bruxuleando no rosto dos familiares das vítimas; em muitos casos, Jane era obrigada a extingui-la.

A mulher que abriu a porta não os convidou a entrar. Ela simplesmente ficou parada na soleira, barrando a entrada por um momento, como se relutasse em permitir que a tragédia colocasse os pés na sua casa. Pálida e de olhos secos, o rosto rígido feito cera, Susan Sullivan tentava desesperadamente manter o controle. Seus cabelos loiros estavam penteados para trás, mantidos no lugar com laquê, e sua calça de malha cor de creme e o suéter rosa se encaixariam muito bem durante um almoço num country club. Naquele dia, que podia muito bem ser o pior dia de sua vida, ela escolhera usar pérolas.

— Sra. Sullivan? — disse Jane. — Eu sou a detetive Rizzoli, do Departamento de Polícia de Boston. Esse é o detetive Frost. Podemos entrar?

A mulher finalmente assentiu e abriu caminho para que Jane e Frost entrassem no vestíbulo. Um silêncio doloroso tomou conta do ambiente enquanto eles retiravam seus casacos úmidos. Mesmo com a ameaça de uma notícia terrível pairando sobre ela, Susan não deixou de lado seu dever como anfitriã e, com uma eficiência frágil, pendurou os casacos dos policiais no closet e os conduziu à sala de estar. A atenção de Jane foi imediatamente atraída por uma pintura a óleo pendurada acima da lareira de pedra. Era o retrato de um rapaz de cabelos dourados, com o belo rosto voltado para a luz e os lábios arqueados num sorriso discretamente entretido.

Seu filho, Billy.

Não era o único retrato dele no cômodo. Para onde quer que olhasse, Jane via fotos de Billy. Ali estava ele sobre a lareira durante a formatura, com um capelo alegremente aninhado em seus cabelos loiros. Sobre o piano, porta-retratos de molduras prateadas o exibiam quando bebê, adolescente e como um jovenzinho bronzeado, velejando num barco. Jane não encontrou em lugar nenhum uma foto do pai do garoto; havia apenas Billy, que claramente era o objeto de adoração da mãe.

— Eu sei que ele fica constrangido com isso, todas essas fotos por aqui — comentou Susan. — Mas eu sinto tanto orgulho dele. É o melhor filho que uma mãe podia querer.

Ela falava de Billy no presente, a chama da esperança ainda acesa.

— Existe um Sr. Sullivan? — indagou Frost.

— Sim — respondeu ela, concisa. — Assim como uma segunda *Sra.* Sullivan. O pai do Billy nos deixou quando ele só tinha 12 anos. Quase nunca temos notícias dele, mas não é como se precisássemos dele para qualquer coisa. A gente se vira sozinho. Billy cuida muito bem de mim.

— Onde está o seu ex-marido agora?

— Morando em algum lugar na Alemanha com a nova família. Mas não precisamos falar dele.

Ela parou, e por um instante sua compostura fraquejou, revelando um lampejo de devastação no olhar.

— Vocês encontraram... descobriram alguma coisa? — sussurrou.

— O Departamento de Polícia de Brookline continua à frente da investigação, Sra. Sullivan — esclareceu Jane. — O desaparecimento de Billy ainda é tratado como um caso de pessoa desaparecida.

— Mas vocês são da polícia de Boston.

— Sim, senhora.

— No telefone, vocês me disseram que eram da Unidade de Homicídios. — A voz de Susan estremeceu. — Isso significa que vocês acham que...

— Significa apenas que estamos observando a situação por todos os ângulos, considerando todas as possibilidades — disse Frost, reagindo rapidamente à aflição da mulher. — Sei que a senhora já conversou bastante com a polícia de Brookline e sei o quanto é difícil voltar a esse assunto, mas talvez se lembre de algo novo. Algo que nos ajude a encontrar o seu filho. A senhora viu Billy pela última vez na noite de segunda-feira?

Susan assentiu, retorcendo as mãos sobre as pernas.

— Jantamos juntos em casa. Frango assado — acrescentou, com um leve sorriso diante da lembrança. — Ele tinha trabalho no escritório depois disso, então saiu, por volta das oito da noite.

— Se não estamos enganados, ele trabalha no ramo financeiro.

— É gerente de portfólio na Cornwell Investments. Ele tem alguns clientes importantes, que exigem bastante atenção, e Billy trabalha duro para deixá-los satisfeitos. Mas não me perguntem o que ele realmente faz lá. — Ela balançou a cabeça timidamente. — Entendo muito pouco de qualquer coisa que tenha a ver com dinheiro, por isso Billy cuida dos meus investimentos, e faz isso muito bem. Foi assim que a gente conseguiu comprar junto essa casa. Eu nunca teria dinheiro para isso sem a ajuda dele.

— Seu filho mora aqui com a senhora?

— Sim. É uma casa grande demais para mim. Cinco quartos, quatro lareiras. — Susan olhou para cima, na direção do pé-direito de mais de três metros. — Eu me sentiria bastante solitária perambulando por aqui sem mais ninguém, e desde que o pai dele se foi, Billy e eu formamos uma equipe. Eu cuido dele, ele cuida de mim. Uma combinação perfeita.

Não é de se espantar que o filho nunca tenha se casado, pensou Jane. Quem poderia competir com essa mulher?

— Nos fale da noite de segunda, Sra. Sullivan — encorajou Frost com delicadeza. — O que aconteceu depois que o seu filho saiu de casa?

— Ele disse que ia trabalhar até tarde no escritório, por isso fui para a cama por volta das dez. Na manhã seguinte, quando acordei, percebi que ele não tinha voltado para casa. Como Billy não atendia ao telefone, eu logo soube que havia algo errado. Liguei para a polícia e, algumas horas depois, eles... — Susan fez uma pausa. Pigarreou. — Encontraram o carro do meu filho, abandonado perto do campo de golfe. A chave ainda estava na ignição, e a pasta, no banco da frente. E havia sangue.

As mãos dela voltaram a se retorcer no colo, a única pista visível de sua agitação. Se e quando essa mulher finalmente perdesse o controle e colocasse toda a sua dor para fora, a cena seria insuportável de se ver, pensou Jane.

— A polícia disse que as câmeras de segurança do estacionamento gravaram Billy deixando o escritório por volta das dez e meia. Mas ninguém teve contato com ele desde então — prosseguiu Susan. — Nem os colegas de trabalho. Nem a secretária. Ninguém. — Ela olhou para Frost com os olhos assustados. — Se vocês sabem o que aconteceu, precisam ser honestos comigo. Não consigo suportar o silêncio.

— Enquanto ele não for encontrado há sempre esperança, Sra. Sullivan — disse Frost.

— Sim. Esperança. — Susan respirou fundo e se endireitou, retomando o controle. — Vocês disseram que a polícia de Brookline continua no comando. Não entendo onde entra a polícia de Boston.

— O desaparecimento do seu filho pode estar relacionado a outros casos que estamos investigando em Boston — explicou Jane.

— Que casos?

— A senhora se lembra do nome Cassandra Coyle? Ou Timothy McDougal?

Por um momento Susan ficou imóvel, buscando alguma lembrança de tempos remotos. Quando a revelação finalmente veio, foi algo súbito, e ela arregalou os olhos.

— A Macieira.

Jane assentiu.

— Tanto Cassandra quanto Timothy foram assassinados recentemente, e agora seu filho desapareceu. Acreditamos que esses casos podem...

— Me perdoem, acho que estou passando mal. — Susan se levantou e saiu da sala correndo. Eles ouviram a porta do banheiro batendo.

— Meu Deus — disse Frost. — Eu odeio isso.

Um relógio tiquetaqueava sobre a cornija da lareira. Ao lado dele havia uma foto de Billy e sua mãe, ambos sorrindo num iate com as palavras *El Tesoro, Acapulco* estampadas na popa.

— Eles eram muito próximos — comentou Jane. — De alguma forma ela deve saber. No fundo do coração, ela deve ter captado que ele se foi.

Olhou para a mesa de centro, onde edições de revistas de arquitetura estavam dispostas organizadamente, como se arrumadas por um profissional. Era uma sala de estar perfeita, numa casa perfeita, no que havia sido uma vida perfeita para Susan Sullivan. Agora ela estava no banheiro, agarrada ao vaso sanitário, com o filho quase certamente se decompondo numa sepultura.

Ouviu-se uma descarga. Passos se aproximaram no corredor, e Susan reapareceu, com o rosto sombrio e os ombros corajosamente aprumados.

— Eu quero saber como eles morreram — disse ela. — O que aconteceu com Cassandra? E com Timothy?

— Lamento, Sra. Sullivan, mas essas investigações ainda estão em andamento — justificou Jane.

— Vocês disseram que eles foram assassinados.

— Sim.

— Eu mereço saber mais. Me falem.

Após um momento, Jane assentiu.

— Por favor, sente-se.

Susan afundou na poltrona. Embora ainda estivesse pálida, havia determinação em seus olhos.

— Quando esses assassinatos aconteceram? — perguntou.

Pelo menos isso Jane podia dizer. As datas eram de conhecimento público, divulgadas nos jornais.

— Cassandra Coyle foi morta em 16 de dezembro; Timothy McDougal, em 24 de dezembro.

— Na véspera do Natal — murmurou Susan. Ela fitou uma cadeira vazia do outro lado da sala, como se visse ali o fantasma do filho. — Naquela noite, Billy e eu assamos um ganso para a ceia. Passamos o dia inteiro na cozinha, rindo, bebendo vinho. Depois abrimos os presentes e vimos filmes antigos até uma da manhã, só nós dois... — Ela parou, e seu olhar se voltou para Jane. — Aquele homem saiu da prisão?

Ela não precisava dizer o nome; os policiais sabiam de quem estava falando.

— Martin Stanek foi solto em outubro — respondeu Jane.

— Onde ele estava na noite em que o meu filho desapareceu?

— Ainda não conseguimos determinar isso.

— Prendam ele. *Forcem* ele a falar!

— Estamos tentando localizá-lo. E não podemos prendê-lo sem provas.

— Não é a primeira vez que ele mata — disse Susan. — Teve aquela menininha, Lizzie. Ele a sequestrou e matou. Todos sabiam, exceto aquele júri *idiota*. Se ao menos tivessem dado ouvidos à promotoria, aquele homem ainda estaria na prisão. E o meu filho... o meu Billy...

Ela virou a cabeça, incapaz de encará-los.

— Eu não quero mais falar. Por favor, me deixem.

— Sra. Sullivan...

— *Por favor.*

Com relutância, Jane e Frost se levantaram. Não descobriram nada de útil ali; tudo o que a visita conseguira foi destruir qualquer esperança à qual aquela mulher ainda se agarrava. Não os deixou nem um pouco mais perto de localizar Martin Stanek.

De volta ao carro, Jane e Frost deram uma última olhada na casa onde uma mulher agora estava sozinha, com sua vida arruinada. Pela janela da sala de estar, Jane avistou a silhueta de Susan, andando de um lado para o outro, e ficou feliz por estar do lado de fora, feliz por respirar um ar que não estava carregado de sofrimento.

— Como será que ele fez isso? — perguntou. — Como Stanek conseguiu derrubar um homem de um metro e oitenta saudável como Billy Sullivan?

— Cetamina e álcool. Foi o que ele usou nas outras vezes.

— Mas dessa vez deve ter havido algum tipo de luta. O laboratório confirmou que o sangue no carro pertencia a Billy Sullivan, então ele deve ter reagido. — Ela deu a partida no carro. — Vamos dar um pulo no campo de golfe. Quero ver onde a BMW foi encontrada.

A polícia de Brookline já havia revistado o local sem encontrar nada, tampouco havia algo para se ver naquela tarde sombria. Jane estacionou à beira do campo de golfe e inspecionou o gramado coberto de gelo. A neve molhada caía no para-brisa e escorria formando córregos, derretendo vidro abaixo. Não havia nenhuma câmera de segurança por perto; o que quer que tenha acontecido naquele trecho da estrada não tivera nenhuma testemunha, eletrônica ou humana, mas o sangue dentro da BMW de Billy contava uma história, por mais que fossem apenas alguns poucos respingos no painel.

— O assassino abandona o carro aqui, mas onde ele pegou a vítima? — questionou Jane.

— Se seguiu o mesmo padrão das outras duas, haveria álcool envolvido. Um bar, um restaurante. Era tarde da noite.

Mais uma vez ela ligou o motor.

— Vamos dar uma olhada no lugar onde ele trabalhava.

Quando Jane encostou no estacionamento da Cornwell Investments, já eram seis da tarde e os outros estabelecimentos na rua já estavam fechados, mas as janelas estavam iluminadas no antigo local de trabalho de Bill Sullivan.

— Quatro carros no estacionamento — observou Jane. — Tem alguém trabalhando até tarde.

Frost apontou para a câmera de segurança do estacionamento.

— Essa deve ser a câmera que pegou Billy saindo do prédio.

O vídeo de segurança era como sabiam que Bill Sullivan tinha entrado no prédio às oito e quinze de uma noite de segunda. Às dez e meia ele havia saído, entrado na BMW e ido embora. E depois?, perguntou-se Jane. Como a BMW suja com o sangue de Sullivan acabou abandonada a alguns quilômetros daqui, na beira do campo de golfe?

Jane abriu a porta do carro.

— Vamos bater um papo com os colegas dele.

A entrada estava trancada, e as persianas dificultavam a visão do escritório no térreo. Jane bateu à porta e esperou. Bateu novamente.

— Eu sei que tem gente lá dentro — avisou Frost. — Vi um cara passar pela janela no andar de cima.

Jane sacou o celular.

— Vou dar uma ligada para eles, ver se ainda estão atendendo.

Antes que pudesse digitar os números, a porta se abriu repentinamente. Um homem se avultou diante deles, quieto e com uma expressão enigmática, analisando os visitantes de cima a baixo, como se tentasse avaliar se eram dignos de sua atenção. Usava uma roupa normal de um homem de negócios — camisa Oxford branca, calça de lã e uma gravata lisa azul —, mas o corte de cabelo e sua presença dominante entregava o jogo. Jane tinha visto aquele mesmo corte de cabelo em outros homens da profissão.

— Estamos fechados — avisou ele.

Jane olhou para além dele, para as outras pessoas no escritório. Havia um homem sentado, olhando fixamente para o computador, com as mangas da camisa dobradas como se já tivesse passado horas naquela mesa. Uma mulher de traje formal passou correndo, carregando uma caixa de papelão que transbordava de pastas de arquivo.

— Eu sou a detetive Rizzoli, do Departamento de Polícia de Boston. Para que agência vocês trabalham? O que está acontecendo aqui?

— Isso não faz parte da sua jurisdição, senhora.

O homem tentou fechar a porta. Ela estendeu a mão para impedi-lo.

— Estamos investigando um desaparecimento e possível homicídio.

— De quem?

— Bill Sullivan.

— Bill Sullivan não trabalha mais aqui.

A porta se fechou, e um trinco foi arrastado. Jane e Frost ficaram parados, encarando a placa de bronze da Cornwell Investments pendurada na porta.

— Isso acabou de ficar bem mais interessante — comentou Jane.

30

Estou sendo vigiada. Phil e Audrey sussurram e lançam olhares furtivos para mim, do tipo que se lança a alguém acometido por uma doença terminal. Na semana anterior, Victoria Avalon dispensou a Booksmart Media e contratou uma agência de assessoria deslumbrante qualquer de Nova York. Ainda que meu chefe, Mark, não tenha vindo colocar a culpa em mim pela perda da cliente, é claro que é isso que todos estão pensando. Por mais que eu tenha feito tudo o que era possível para promover aquela biografia idiota que Victoria sequer escreveu. Agora que me restaram apenas onze autores-clientes, estou preocupada em perder o emprego, e a polícia não larga do meu pé.

E, em algum lugar lá fora, Martin Stanek está se preparando para dar o bote.

Percebo Mark se aproximar da minha mesa e me viro rapidamente para o computador para trabalhar no release do novo e "empolgante romance de Saul Gresham". O release ainda está pela metade, e até agora tudo o que tenho são os superlativos manjados de sempre. Meus dedos pairam sobre o teclado enquanto procuro algo novo e diferente para dizer sobre esse livro horrível, mas tudo o que quero digitar agora é: "Odeio o meu trabalho odeio o meu trabalho odeio o meu trabalho."

— Holly, está tudo bem?

Olho para cima e vejo Mark, que parece preocupado de verdade. Enquanto aquela desgraçada da Audrey apenas finge preocupação e a compaixão de Phil só serve para ele tentar me levar para a cama, Mark parece se preocupar genuinamente comigo. O que é bom, porque talvez isso signifique que ele não vai me despedir afinal.

— Quando você saiu para almoçar, uma tal de detetive Rizzoli ligou e pediu para falar com você.

— Eu sei. — Continuo digitando, um fluxo automático de palavras saídas diretamente do glossário de todo assessor. "Surpreendente. Viciante. Eletrizante." — Ela veio me ver na semana passada quando eu fui visitar o meu pai.

— O que está acontecendo?

— Tem uma investigação de homicídios em andamento. Eu conheço as vítimas.

— Tem mais de uma vítima?

Paro de digitar e olho para ele.

— Por favor, eu não posso falar a respeito. A polícia pediu.

— Mas é claro. Meu Deus, lamento que você tenha que passar por isso. Deve ser terrível para você. A polícia sabe quem é o culpado?

— Sim, mas não consegue encontrá-lo e acha que eu não estou em segurança. É por isso que tenho andado com dificuldade para me concentrar ultimamente.

— Bem, isso explica tudo. Com o que vem acontecendo na sua vida, não é de se espantar que as coisas tenham saído dos trilhos com Victoria.

— Eu sinto muito, Mark. Fiz o meu melhor para tentar deixá-la satisfeita, mas nesse momento a minha vida está uma bagunça. — Então acrescento, com um tremor charmoso na voz: — Eu estou com medo.

— Existe algo que eu possa fazer? Quer tirar uma licença?

— Eu não posso parar de trabalhar. Por favor, eu preciso desse emprego.

— Mas é claro. — Ele se empertiga e diz num tom alto o suficiente para que todos no escritório possam ouvir. — Você vai trabalhar com a gente pelo tempo que precisar, Holly. Eu prometo.

Mark dá uma batidinha na mesa para enfatizar o que disse, e vejo Audrey olhar de cara feia para mim. *Não, Audrey, eu não vou para o olho da rua, não importa quantos comentários maldosos você fale pelas minhas costas.* Mas não é Audrey que chama minha atenção. É Phil, que caminha até a minha mesa, carregando um buquê de flores envolto em papel celofane.

— O que é isso? — pergunto, surpresa, quando ele me entrega o buquê.

— Que bela ideia, Phil — diz Mark, dando um tapinha nas costas dele. — É muita consideração da sua parte ter pensado em animar Holly.

— Não fui eu que comprei — admite Phil, parecendo chateado por não ter pensado nisso antes. — O entregador acabou de deixar isso aqui.

Todos olham para mim enquanto abro o celofane e analiso as rosas amarelas emolduradas por *gypsophila* e por uma folhagem exuberante. Com a mão tremendo, examino as folhas, mas não encontro nenhuma folha de palmeira no buquê.

— Tem um cartão — avisa Audrey. Ela está metendo o nariz como sempre, provavelmente em busca de algo que possa usar contra mim. — De quem são?

Com os três amontoados em volta da minha mesa, não tenho escolha a não ser abrir o envelope na frente deles. A mensagem é curta e legível.

Estou com saudades. Everett.

Phil estreita os olhos.

— Quem é Everett?

— Só um cara com quem eu tenho saído. A gente se encontrou algumas vezes.

Mark abre um sorriso.

— Ah, estou sentindo cheiro de romance no ar! Agora vamos lá, pessoal, todo mundo de volta ao trabalho. Deixem a Holly curtir as flores dela.

Conforme retornam para suas mesas, toda a tensão é drenada do meu corpo. É apenas um buquê inocente de Everett, nada com o que se preocupar. Eu não o vejo desde a noite de autógrafos de Victoria Avalon, quando fiquei tão nervosa que acabei estragando a nossa noite juntos. A garrafa de vinho que ele me deu ainda está intocada na bancada da cozinha, esperando pela próxima visita. Ele me mandou mensagens de texto todos os dias na semana anterior, querendo me ver. O sujeito não desiste.

Agora outra mensagem de texto aparece no meu celular. É claro que é de Everett.

Recebeu as flores?

Respondo: *Sim, são lindas. Obrigada!*

Quer me encontrar depois do trabalho para um drinque?

Não sei. As coisas andam uma loucura.

Eu posso fazer com que elas fiquem melhor.

Olho para as rosas amarelas em cima da minha mesa e penso de repente naquela primeira noite gloriosa em que eu e Everett dormimos juntos. Como nos atracamos selvagemente, como animais no cio. Lembro como ele foi incansável na cama e como parecia saber exatamente o que eu queria que fizesse comigo. Talvez seja exatamente disso que eu precise hoje à noite, para levantar o ânimo. Uma bela dose de sexo.

Ele manda outra mensagem: *Pub Rose and Thistle? Às 5:30?*

Depois de um momento, respondo: *OK. 5:30. Vejo você lá.*

Coloco o telefone na mesa e me concentro novamente no release que vinha tentando escrever. Revoltada, digito "Eu odeio o meu TRABALHO!!!" e depois aperto Delete, reduzindo o rascunho a nada. Não faz sentido algum tentar trabalhar hoje. De qualquer forma, já são cinco horas.

Desligo o computador e recolho as minhas anotações sobre o romance idiota de Saul Gresham. Vou trabalhar nisso em casa, onde não precisarei suportar os comentários maliciosos de Audrey e os olhares apaixonados de Phil. Abro a bolsa e tateio o interior dela, só para me assegurar de que a arma ainda está ali. "Uma pistola feminina", foi como meu pai a chamou ao entregá-la a mim naquela noite na cozinha. Pequena o bastante para não pesar, mas potente o suficiente para fazer o trabalho com um coice brando. A sensação de ter uma arma é fria e estranha mas também tranquilizadora. Minha pequena ajudante.

Penduro a bolsa no ombro e deixo o escritório, preparada para lidar com o que — ou com quem — surgir no meu caminho.

Não há sinal de Everett no Rose and Thistle. Escolho uma mesa no canto e fico bebericando uma taça de Cabernet Sauvignon enquanto observo o ambiente. É um local aconchegante e amigável, todo em madeira escura e lustres de latão. Nunca estive na Irlanda, mas é assim que imagino que são os velhos pubs do interior de lá: fogo crepitando na lareira, a harpa dourada da Guinness pendurada acima. Mas neste pub os clientes são jovens e descolados, um público do mundo dos negócios, com camisas Oxford e gravatas de seda. Até mesmo as mulheres usam ternos risca de giz. Depois de um longo dia discutindo contratos, eles vão até ali para relaxar, e àquela hora o pub já está ficando cheio e barulhento.

Olho para o relógio: seis da tarde. Nenhum sinal de Everett.

De início, tudo o que percebo é um leve formigamento no rosto, como se sentisse uma brisa. Sei que as pesquisas demonstraram que as pessoas não conseguem sentir realmente quando alguém as está observando, mas, quando me viro para ver o que provocou a sensação, percebo imediatamente a mulher parada no bar, olhando para mim. Com seus mais de 40 anos e belas mechas prateadas nos cabelos ruivos, ela parece uma versão mais velha e ruiva de mim, com duas décadas a mais de confiança. Nossos olhares se encontram, e um sorriso se ergue no canto direito de sua boca. Ela se vira e diz algo ao barman.

Se Everett não aparecer, certamente existem outras perspectivas tentadoras neste pub.

Pego o celular para verificar as mensagens. Nada de Everett. Estou digitando uma mensagem para ele quando uma taça de vinho tinto aparece repentinamente na minha mesa.

A garçonete diz:

— É o mesmo vinho que a senhorita pediu antes. Quem oferece é a senhora no bar.

Lanço um olhar para o bar, onde a mulher de cabelos ruivos sorri para mim. Sinto que já a vi antes, mas não consigo lembrar onde ou quando. Será que já nos conhecemos ou ela simplesmente tem um desses rostos, desses sorrisos, que evocam uma sensação de familiaridade? A taça de Cabernet está diante de mim, escura como nanquim naquele pub iluminado pelo brilho do fogo. Penso em quantas mãos foram necessárias para que esse vinho chegasse à minha mesa, do fazendeiro até o segador, o vinicultor e o engarrafador. Depois há o barman que o serviu, a garçonete que o colocou diante de mim, além de muitos outros, incontáveis e invisíveis. Quando se para para pensar, uma taça de vinho é como o trabalho de duendes, e não dá para saber se algum desses duendes quer lhe fazer mal.

Meu celular emite um som, sinalizando a chegada de uma mensagem de Everett.

Arghhh, me desculpa! Tive uma reunião de última hora com um cliente. Não vou poder aparecer essa noite. Nos falamos amanhã?

Não perco tempo respondendo. Em vez disso, pego a taça e faço o líquido girar. Já experimentei este Cabernet, por isso sei que é prosaico e que não vale uma segunda taça, mas não é o vinho que estou contemplando e sim o meu próximo passo. Devo convidá-la para a minha mesa e deixar o jogo começar?

31

— O que ela pensa que está fazendo?! — disse Jane.

No ponto que Jane estava usando no ouvido, a voz de Tam quase se perdia em meio ao barulho do pub.

— Ela não está bebendo o vinho. Está apenas ali sentada, girando a bebida na taça.

— Nós a alertamos. Falamos que ele drogava as vítimas. — Ela olhou para Frost, sentado ao seu lado no carro. — Essa menina está *tentando* morrer?

— Tudo bem, esperem aí — disse Tam. — Tem uma mulher indo até a mesa dela. Ela está falando com Holly.

Jane olhou pela janela do carro para o Rose and Thistle, do outro lado da rua. Meia hora antes, Tam comunicara que Holly estava sentada sozinha no pub, uma situação que tinha feito com que Jane e Frost corressem para o local. Holly não apenas havia se recusado a mudar sua rotina como agora parecia estar flertando ativamente com o perigo. Holly Devine não parecia uma mulher imprudente aos olhos de Jane, mas ali estava ela, aceitando bebidas de estranhos.

— A mulher se sentou à mesa de Holly — informou Tam. — Mulher branca, de meia-idade. Alta e magra.

— Holly já experimentou o vinho?

— Não. As duas estão só conversando. Talvez elas se conheçam. Não tem como saber.

— Tam devia entrar em ação — sugeriu Frost. — Tirá-la daquele lugar.

— Não. Vamos ver o que acontece a seguir.

— E se ela beber o vinho?

— Estamos aqui para ficar de olho nela.

Jane analisou o pub.

— Talvez ela esteja tentando trazer o assassino até nós. Ou ela é muito burra ou muito, muito inteligente. Eu apostaria na inteligência.

— Agora nós temos um problema — veio a voz de Tam pelo ponto.

— O que está acontecendo? — estourou Jane.

— Ela tomou um gole.

— E a outra mulher? O que ela está fazendo?

— Ainda está sentada ali. Nada de estranho até agora. Estão só conversando.

Jane deu uma olhada na hora no celular. Quanto tempo a cetamina demora para agir? Conseguiriam identificar se Holly fosse afetada? Cinco minutos se passaram. Dez.

— Ah, merda. As duas estão se levantando. Estão saindo — avisou Tam.

— Estamos parados bem aqui na frente. Podemos pegá-las quando saírem.

— Elas não estão saindo pela frente! Estão indo para os fundos. Estou indo atrás...

— O momento é esse — disse Frost. — Temos que entrar.

Quase ao mesmo tempo, Jane e Frost abriram as portas do carro e atravessaram a rua correndo. Jane foi a primeira a entrar no pub e se lançou no meio do salão lotado, dando cotoveladas nas pessoas do lugar para avançar rumo à saída dos fundos. Alguma coisa de vidro se espatifou no chão e Jane ouviu alguém gritar "que merda é essa?", mas ela e Frost continuaram avançando, passando por três mulheres esperando na porta do banheiro, e abriram a porta de saída com um encontrão.

Um beco. Escuro. Onde estava Holly?

Do fim do beco vieram os gritos de uma mulher.

Jane e Frost correram em direção ao som, desviando de caixotes e latas de lixo, e emergiram na rua, onde Tam já espremia uma mulher na parede. Ao lado dela estava Holly, assistindo a tudo com um olhar perplexo, enquanto Tam algemava a mulher.

— Que merda é essa? — protestou a mulher.

— Polícia de Boston — disse Tam. — Pare de resistir!

— Você não pode me prender! Eu não fiz nada!

Tam olhou para trás, vendo Jane e Frost.

— Ela saiu correndo

— É claro! Eu não sabia quem caralhos era você, vindo na nossa direção num beco.

Enquanto Tam prendia a mulher na parede, Jane a revistou e não encontrou arma alguma.

Alguém gritou da calçada:

— Isso é abuso de autoridade!

— Sorriam, policiais! Vocês estão sendo filmados!

Jane passou os olhos pela multidão que se formava rapidamente em torno deles. Estavam todos com os celulares apontados, gravando a detenção. Fique fria, pensou ela. Apenas faça o seu trabalho e não deixe que a provoquem.

— Diga o seu nome — ordenou Jane à mulher.

— Quem está perguntando?

— Detetive Rizzoli, Departamento de Polícia de Boston.

Frost pegou a bolsa da mulher, que havia caído na calçada, e tirou a carteira.

— A habilitação diz que se trata de Bonnie B. Sandridge, 49 anos. Mora em Bogandale Road, 223. — Ele levantou o olhar. — Fica em West Roxbury.

— Sandridge? — Jane franziu a testa. — Você é a jornalista.

— Você conhece essa mulher? — perguntou Tam.

— Sim. Eu falei com ela há alguns dias. O nome dela apareceu no registro de chamadas de Martin Stanek. Ela *alega* ser uma jornalista, escrevendo sobre o caso da Creche da Macieira.

Tam virou a mulher de frente para eles. A luta a deixara com um arranhão no queixo, que agora sangrava, e rímel borrado na bochecha.

— Sim, eu sou mesmo jornalista — disse a mulher. — E podem acreditar que vou escrever sobre essa detenção!

— Qual é a sua relação com Martin Stanek? — perguntou Jane.

A mulher a encarou.

— É *disso* que toda essa cena se trata? Em vez de me atacarem, podiam ter perguntado com educação.

— Responda à pergunta.

— Eu já falei. Tenho feito entrevistas com ele para o meu livro.

— O livro que você afirma estar escrevendo.

— Falem com a minha agente literária. Ela vai confirmar tudo. Eu sou jornalista e só estou fazendo o meu trabalho.

— E eu estou fazendo o meu. — Jane olhou para Tam. — Vamos levá-la. Quero que cada palavra dela fique registrada em vídeo.

— Por que a estão levando? O que ela fez? — gritou alguém da multidão.

— Eu sou escritora! Não fiz nada de errado! — respondeu Bonnie com um grito. — A não ser tentar dizer a verdade sobre o nosso sistema de justiça corrupto!

— Esse vídeo vai para o YouTube, senhora, se precisar dele para um processo!

Tam conduziu a prisioneira insolente para longe. Entre o grupo de jornalistas-cidadãos ávidos estava Holly, que havia sacado o próprio telefone e filmava os acontecimentos como todos os outros.

Jane a pegou pelo braço e a levou para um canto.

— No que você estava pensando?

— Eu fiz alguma coisa errada? — protestou Holly.

— Foi a um bar, depois de todos os avisos que demos sobre o que poderia acontecer.

— Eu vim me encontrar com uma pessoa.

— Com aquela mulher?

— Não, um cara com quem eu estou saindo. Mas ele me deu um bolo na última hora.

— Aí você ficou ali e aceitou uma bebida de alguém que não conhecia.

— Ela parecia inofensiva.

— Também falavam isso de Ted Bundy.

— É só uma mulher. O que uma mulher vai fazer comigo?

— Eu já falei, Martin Stanek não está agindo sozinho. Ele tem a ajuda de um parceiro, e pode muito bem ser essa mulher.

— Bem, agora vocês a prenderam, né? E podem me agradecer a ajuda que tiveram para pegá-la.

— Você vai para casa, Holly. — Jane pegou o telefone. — Na verdade, eu vou me certificar de que vá.

— O que você está fazendo?

— Estou chamando um policial para levar você.

— Isso é constrangedor. Eu não vou entrar numa viatura.

— E se ela tiver colocado alguma coisa na sua bebida? Você precisa que alguém a leve para casa.

— Não. — Holly recuou. — Eu estou perfeitamente bem. Olha só, tem uma estação logo ali. Vocês já pegaram sua suspeita; agora eu estou indo para casa. — Ela deu as costas e foi embora.

— Ei! — gritou Jane.

Holly simplesmente seguiu em frente. Sem olhar para trás, desceu os degraus e desapareceu na estação.

Sob a luz forte da sala de interrogatório do Departamento de Polícia de Boston, Bonnie Barton Sandridge parecia ainda mais desgrenhada que na rua. O sangue no queixo dela tinha formado uma crosta, e a mancha de rímel tinha se espalhado pela bochecha feito um hematoma. Jane e Frost se sentaram diante dela, do outro lado da mesa onde todos os seus pertences foram dispostos: uma carteira com sessenta e sete dólares em dinheiro, três cartões de crédito e uma carteira de motorista. Um celular Android. Um chaveiro com três chaves. Alguns lenços de papel amassados. E, o mais interessante, um caderninho espiral com metade das páginas preenchida de anotações detalhadas. Lentamente, Jane o folheou e parou no registro mais recente.

Ela olhou para Bonnie.

— Por que você estava perseguindo Holly Devine?

— Eu não estava perseguindo ninguém.

Jane levantou o caderno de Bonnie.

— Tem o endereço do trabalho dela escrito aqui.

— A Booksmart Media é uma empresa. O endereço dela é público.

— Você não apareceu no pub onde Holly Devine estava por acaso. Você a seguiu do trabalho até lá, não foi?

— Talvez. Venho tentando entrevistá-la há semanas, mas é bem difícil abordar essa menina. Hoje foi a primeira vez que eu cheguei perto o bastante para dizer *buu*.

— Depois disso ofereceu a ela uma taça de vinho e tentou levá-la escondida pela porta dos fundos.

— Foi Holly que insistiu para a gente sair pelos fundos. Ela falou que estava sendo seguida e que queria despistar as pessoas que estavam atrás dela. E a taça de vinho que eu ofereci foi só para quebrar o gelo. Para incitá-la a falar comigo.

— Sobre a Creche da Macieira?

— Estou escrevendo um livro sobre casos de julgamentos de abuso envolvendo rituais satânicos. Minha ideia é dedicar um capítulo inteiro à Creche da Macieira.

— Isso já faz vinte anos. O caso está morto e enterrado, você não acha?

— Para algumas pessoas, ele está bem vivo.

— Pessoas como Martin Stanek?

— Você acha que é de surpreender ele ainda estar obcecado por isso? O julgamento separou a família dele. Destruiu sua vida.

— Engraçado que você não mencione as vidas arruinadas das crianças.

— Você simplesmente presume que ele seja culpado. Já parou para pensar que ele e a família podiam ser inocentes?

— Não foi o que o júri decidiu.

— Eu passei horas entrevistando Martin. Fiz um pente fino nas transcrições do julgamento e li as acusações. Eram absurdas. Na verdade, uma das crianças que o acusou vinte anos atrás queria se retratar. Ela estava disposta a dar um depoimento juramentado afirmando que nada daquilo era verdade.

— Espera aí. Você *falou* com uma das crianças?

— Sim, com Cassandra Coyle.

— Como você a encontrou? Também ficou seguindo os passos dela?

— Não. Foi ela que *me* encontrou. Os nomes das crianças foram mantidos em sigilo pela corte, então eu não conhecia a identidade de ninguém. Em setembro, Cassandra entrou em contato comigo depois de ler os meus artigos. Ela sabia que eu tinha escrito sobre o caso McMartin em Los Angeles e sobre o caso Faith Chapel em San Diego, por isso implorou para que escrevesse sobre o julgamento da Creche da Macieira.

— Por quê?

— Porque ela vinha tendo uns flashbacks. Estava se lembrando de detalhes que a fizeram perceber que Martin Stanek era inocente.

Eu comecei a pesquisar o caso e não levou muito tempo para que eu chegasse à conclusão de que o julgamento foi uma farsa, exatamente como Cassandra pensava. Eu não acredito que Martin e seus pais tenham cometido crime nenhum.

— Então quem sequestrou Lizzie DiPalma?

— Essa é a questão principal, não é? Quem, de fato, levou aquela menina? O sequestro abriu caminho para tudo que se seguiu: a histeria coletiva, as acusações de abuso em rituais satânicos. Aquela farsa de julgamento. O desaparecimento de Lizzie DiPalma aterrorizou a comunidade, e todo mundo ficou disposto a acreditar em qualquer coisa, até mesmo em tigres voadores. O meu livro é sobre isso, detetive. Sobre como pessoas até então racionais podem se tornar parte de uma turba ensandecida e perigosa.

O rosto dela estava bastante corado. Suspirando, afundou na cadeira.

— Isso parece incomodá-la bastante, Sra. Sandridge — comentou Frost.

— Incomoda. Deveria incomodá-lo também. *Todo mundo* deveria ficar incomodado quando um homem inocente passa metade da vida na cadeia.

— Incomodada o bastante para ajudá-lo a planejar sua vingança? — indagou Jane.

Bonnie franziu a testa.

— O quê?

— Uma série de crianças afirmou que Martin e os pais abusaram delas. Três delas estão mortas agora e uma está desaparecida. Você ajudou Martin Stanek a encontrá-las?

— Eu nem sabia o nome delas.

— Sabia o nome de Holly Devine.

— Só porque Cassandra me falou. Ela disse que Holly foi a primeira criança a acusar a família de Martin. Foi ela que começou tudo, e eu queria descobrir o porquê.

— Você está ciente de que a taça de vinho que ofereceu a ela será analisada? E, quando o resultado der positivo para cetamina, você vai estar ferrada.

— O quê? Não, vocês entenderam tudo errado! Eu só estou tentando revelar a verdade sobre a justiça americana. Sobre uma época em que a histeria mandava pessoas para a cadeia por crimes que elas jamais cometeram.

— O sequestro de Lizzie DiPalma certamente aconteceu.

— Mas Martin não teve nada a ver com isso. O que significa que o verdadeiro assassino ainda está solto. *Isso* deveria deixar você preocupada. — Bonnie olhou para o relógio de parede. — Vocês já me mantiveram aqui por tempo demais. A não ser que eu esteja presa, gostaria de ir para casa.

— Não antes de responder uma pergunta — disse Jane. Inclinando-se para a frente, ela olhou bem nos olhos de Bonnie. — Onde está Martin Stanek?

Bonnie ficou em silêncio.

— Você quer mesmo proteger esse homem? Depois do que ele fez?

— Ele não fez nada.

— Não? — Jane abriu a pasta que havia levado para a sala, tirou a foto de uma necropsia e a bateu na mesa diante de Bonnie, que recuou ao ver a imagem do corpo de Cassandra Coyle.

— Eu sabia que ela tinha sido assassinada, mas não que... — Bonnie olhou para as cavidades oculares vazias de Cassandra e estremeceu. — Martin não fez isso.

— Foi o que ele disse?

— Por que ele mataria a mulher que estava se empenhando para inocentá-lo? Ela se dispôs a jurar que o abuso jamais ocorreu, que tinha sido instruída pela promotora a contar aquelas histórias malucas. Não, Martin queria Cassandra *viva*.

— Ou pelo menos foi o que ele disse a você. Talvez você seja apenas a maior trouxa do mundo. Talvez ele tenha usado você para chegar às vítimas. Você as encontra, ele as mata.

— Isso é ridículo — disse ela, mas agora havia um tom de dúvida em sua voz.

Claramente essa era uma possibilidade que Bonnie não tinha considerado: que Martin Stanek, o homem que ela acreditava ser a trágica vítima de uma injustiça, a fizera agir como cúmplice.

— Martin jamais culpou as crianças — declarou a jornalista. — Ele sabia que elas eram apenas peões num tabuleiro maior.

— Em quem ele põe a culpa então?

A expressão de Bonnie se enrijeceu.

— Quem mais se não os adultos? As pessoas que permitiram que aquilo acontecesse, que *fizeram* aquilo acontecer. Aquela promotora, Erica Shay, usou o julgamento como um trampolim para a carreira e, como não podia deixar de ser, acabou crescendo cada vez mais. É *com ela* que vocês deviam falar. Vão descobrir que Shay nunca deu a mínima para a verdade. Só para os resultados.

— Eu prefiro falar com Martin Stanek, por isso vou perguntar mais uma vez: onde ele está?

— Ele não confia na polícia. Martin acha que todos vocês o querem morto.

— *Onde ele está?*

— Ele está com medo! Não tinha mais ninguém a quem pedir ajuda.

— Ele está na sua casa, não está?

O rosto de Bonnie se retorceu de pânico.

— Por favor, não o machuquem. Prometam que não vão machucá-lo!

Jane olhou para Frost.

— Vamos nessa.

— Aquela mulher era a última peça do quebra-cabeça — disse Jane. — Bonnie rastreava as vítimas, as seguia nos bares. Batizava as bebidas. E depois ele completava o serviço. — Ela olhou para Frost. — Você se lembra daquela garçonete que reconheceu a foto de Cassandra Coyle?

— A gente achou que ela estava enganada, porque tinha visto Cassandra sentada com uma mulher.

— Mas ela tinha razão: Cassandra *estava* sentada com uma mulher. — Jane deu uma pancada no volante, em sinal de triunfo. — Pegamos ele! Pegamos os dois.

— A não ser que o resultado da análise do vinho dê negativo para cetamina.

— Isso não vai acontecer. É impossível.

Jane olhou para o espelho retrovisor e viu que Crowe e Tam vinham logo atrás, mantendo a viatura bem próxima em meio ao tráfego intenso.

— E tudo isso graças à maluca da Holly Devine — acrescentou Frost.

— Não, eu não acho que ela seja maluca. Holly sabia que estava sendo vigiada. Ela lançou a isca, e veja só quem fisgou. Uma mulher.

Monstros podem aparecer em diferentes formas e tamanhos, e os mais perigosos são aqueles que passam insuspeitos, aqueles em que se acha que pode confiar. Mulheres de meia-idade como Bonnie Sandridge eram muitas vezes ignoradas, tão invisíveis que passavam despercebidas pelo radar de todos, que se concentravam em jovens belas e rapazes fortes. No entanto, mulheres mais velhas estavam por toda parte, escondidas em plena vista. Dali a algumas décadas, seria Jane apenas mais uma em meio à legião de mulheres grisalhas e invisíveis? Será que alguém a estudaria com mais atenção e veria a mulher que ela de fato era, focada, formidável e capaz de puxar um gatilho?

Depois de estacionar diante da casa de Bonnie Sandridge, Jane saiu do carro junto de Frost, já abrindo o coldre preso ao cinto. Eles não sabiam se Stanek resistiria quando fosse acuado, por isso tinham que esperar o pior. Do outro lado da rua um cachorro começou a latir, alarmado pela invasão do seu território.

As luzes da casa estavam acesas e uma silhueta passou pela janela do andar de baixo.

— Tem alguém em casa — comentou Crowe.

— Vocês dois vão pelos fundos — ordenou Jane. — Frost e eu entramos pela frente.

— Qual vai ser a abordagem?

— Vamos tentar com educação. Vou tocar a campainha e ver se Stanek... — Ela parou, assustada pelo barulho inconfundível de tiros.

— Veio de dentro da casa! — exclamou Tam.

Não havia tempo para planejarem; todos correram para a porta da frente. Tam foi o primeiro a entrar, seguido logo atrás por Jane. Naquelas primeiras frações de segundo, ela percebeu de imediato o sangue na sala de estar. Estava em todo canto, uma explosão reluzente de vermelho na parede e mais respingos no sofá. No chão, uma poça se espalhava lentamente como uma auréola em torno do crânio estourado de Martin Stanek.

— Larga a arma! — gritou Tam. — Larga a arma!

O homem parado acima do corpo de Martin não largou a arma. Sem reação, olhou para os quatro detetives que apontavam suas armas para ele, um pelotão de fuzilamento pronto para disparar uma saraivada de balas.

— Sr. Devine — disse Jane. — *Larga a arma.*

— Eu tinha que matá-lo — falou ele. — Você sabe que eu tinha. Você tem uma filha, detetive, por isso me entende, não é? Só assim eu manteria a minha Holly em segurança. Era o único jeito de me certificar de que esse *lixo* não a machucasse. — Ele olhou com desgosto para o corpo de Stanek. — Agora está tudo acabado. Eu resolvi o problema, e a minha menina não precisa ter medo.

— Nós podemos conversar sobre isso — disse Jane, em voz baixa. Delicadamente. — Mas, antes, largue a arma.

— Não há mais nada para dizer.

— Ainda há muito a dizer, Sr. Devine.

— Não para mim.

Ele ergueu levemente a arma. A mão de Jane se tensionou, o dedo pronto para atirar, mas não o fez. Manteve a mira no peito do homem, o coração tão acelerado que ela conseguia sentir cada batimento transmitido ao cabo.

— Pense em Holly — disse Jane. — Pense em como isso vai afetá-la.

— Eu estou pensando nela. E esse é o último presente que posso oferecer.

Sua boca formou um sorriso triste.

— Isso resolve tudo.

Mesmo ao levantar os braços e apontar a arma para Jane, mesmo quando Crowe disparou três balas em seu peito, Earl Devine continuou sorrindo.

32

Então é assim que a história acaba, pensou Maura, vendo os funcionários do necrotério tirando as duas macas da casa de Bonnie Sandridge. Duas mortes derradeiras, dois últimos corpos. Um ar glacial entrava pela porta aberta, mas não era o suficiente para purificar o cheiro fétido de violência da casa. Um assassinato deixa um odor próprio. Sangue, medo e agressividade liberam seus traços químicos no ar, e Maura podia senti-los agora, na sala onde Martin Stanek e Earl Devine morreram. Ela ficou parada em silêncio, inalando o cheiro, lendo o ambiente. Os rádios da polícia não davam sossego, e ela ouvia as vozes dos oficiais da Unidade de Resposta Rápida a Homicídios transitando pelos diversos cômodos da casa, mas era o sangue que realmente falava com Maura. Ela esquadrinhou os respingos e as gotas sobrepostas na parede, analisou as duas poças formadas no piso de madeira onde os corpos caíram. A polícia podia ver aquela conclusão sanguinolenta para o caso como justiça sendo feita, mas Maura se sentiu perturbada ao olhar para os charcos de sangue gêmeos. O maior era de Martin Stanek, cujo coração continuara batendo por um breve período, bombeando sangue da ferida mortal em seu crânio. Já Earl Devine não continuou vivo nem sangrou por tanto tempo. Todos os três projéteis do detetive Crowe atingiram o que seria o centro do alvo no peito de uma silhueta de estande de tiro. Ponto para a precisão de Crowe. Mas, depois de todo disparo fatal por parte de um policial, vinham perguntas, e era trabalho da necropsia lidar com elas.

— Acredite em mim, foi um disparo justificado. Vamos todos depor a favor disso.

Maura se virou para Jane.

— Hum... *Disparo justificado...*

— Você sabe o que eu quis dizer. Sabe também que eu adoraria deixar Darren Crowe levar a culpa se pudesse, mas a ação foi completamente justificada. Earl Devine matou Stanek. Ele mesmo confessou. Depois apontou a arma para mim.

— Mas você não disparou. Você hesitou.

— Sim, e talvez Crowe tenha salvado a minha vida.

— Ou talvez seus instintos tenham falado que Earl Devine não ia realmente atirar em você. Talvez você tenha lido melhor a verdadeira intenção dele.

— E se eu estivesse errada? Podia estar morta agora. — Ela balançou a cabeça e bufou. — Caramba, agora estou devendo uma àquele babaca do Crowe. Eu quase preferia ter levado um tiro.

Maura olhou novamente para baixo, para o sangue misturado, que já coagulava e secava.

— Por que Earl Devine fez isso?

— Ele disse que estava protegendo a filha, que era o último presente que podia dar a ela.

— Mas por que ele apontou a arma para você? Ele sabia o que ia acontecer. Esse é um caso claro de usar um policial para cometer suicídio.

— O que poupa todo mundo da inconveniência de um julgamento. Pense nisso, Maura. Se ele tivesse sobrevivido e isso acabasse no tribunal, sua defesa seria o fato de estar protegendo a filha. Isso faria o velho caso da Creche da Macieira voltar à tona, e o mundo inteiro descobriria que Holly foi molestada quando criança. Talvez tenha sido esse o maior presente que Earl deu à filha: ele a manteve em segurança. E protegeu sua privacidade.

— Não existe privacidade em homicídios. Esses detalhes provavelmente vão se tornar públicos, de qualquer forma. — Maura tirou as luvas de látex. — Quem tem a custódia da arma de Crowe?

— Ele a entregou.

— Por favor, mantenha Crowe longe do necrotério amanhã. Não quero pergunta nenhuma sobre a necropsia que vou fazer em Earl Devine. Quando o *Boston Globe* der a notícia de que um veterano da Marinha de 67 anos foi baleado e morto por um policial, o público não vai ver isso com bons olhos.

— Mas esse veterano da Marinha apontou uma arma para mim.

— Um detalhe que só vai aparecer no segundo parágrafo. Metade do público não passa do primeiro. — Maura se virou para ir embora. — Vejo você amanhã na necropsia.

— Eu preciso mesmo estar lá? Sei como esses dois homens morreram, não vai ter surpresa nenhuma.

Maura parou e olhou novamente para a sala, para a parede suja de sangue.

— Nunca se sabe o que uma necropsia pode revelar. Acho que isso tudo foi resolvido rápido demais, e ainda existem muitas perguntas sem respostas.

— Bonnie Sandridge pode preencher as lacunas. Só temos que fazer com que ela fale.

— Você não tem prova alguma de que ela ajudou Stanek a matar alguém.

— A prova tem que estar aqui nessa casa ou no carro dela. Cabelos, fibras das vítimas. Um esconderijo com cetamina. Vamos encontrar *alguma coisa*.

Jane parecia segura de si, mas Maura estava bem menos confiante ao deixar o local e entrar no carro. Ficou apenas sentada no veículo, observando a casa toda iluminada. As silhuetas das pessoas que trabalhavam na cena do crime passavam pelas janelas, buscando provas que sustentassem o que já acreditavam: que Bonnie Sandridge era cúmplice do assassino. O viés de confirmação já havia enganado muitos cientistas e, sem dúvida, muitos policiais. Encontra-se apenas o que se está procurando, o que torna mais fácil ignorar todo o resto.

Quando seu celular anunciou a chegada de uma mensagem de texto, ela olhou para o número de quem a enviou. Na mesma hora largou o telefone de volta na bolsa, mas aquele olhar de relance foi o suficiente para dar um nó na sua garganta. Agora não, pensou. Eu não estou pronta para pensar em você.

No caminho para casa, aquela mensagem de texto não respondida parecia uma bomba-relógio em sua bolsa. Maura se forçou a manter as duas mãos no volante, a concentrar a atenção na rua. Não devia ter reaberto a porta entre eles, nem mesmo uma fresta. Agora que estavam se falando novamente, ela não queria outra coisa que não receber Daniel de volta em sua vida, em sua cama. *Péssima jogada, Maura. Seja forte, Maura. Você precisa ter o controle da situação.*

Em casa, Maura se serviu de uma taça muito necessária de Zinfandel e colocou o jantar atrasado da Fera. O gato comeu sem nem mesmo olhar para ela e, depois de lamber o último pedaço de frango, simplesmente deixou a cozinha. Que bela companhia, pensou. Havia recebido mais amor da garrafa de vinho.

Maura bebericou o Zinfandel, tentando não olhar para o celular jogado na bancada da cozinha. O encanto que despertava nela era como ópio para um drogado, instigando-a a mergulhar em desilusões outra vez. A mensagem de Daniel era curta: *Ligue se precisar de mim.* Apenas cinco palavras que tinham o poder de paralisá-la naquela cadeira enquanto refletia sobre a real intenção por trás daquilo. O que aquelas palavras — "se precisar de mim" — *realmente significavam*? Estaria ele se referindo à investigação e oferecendo mais conselhos profissionais?

Ou seria sobre nós?

Ela acabou com a taça de vinho e se serviu de outra. Tirou as notas escritas à mão que havia rascunhado na cena do crime e abriu o laptop. Esse era o momento de organizar as ideias, enquanto as lembranças continuavam frescas.

O celular tocou. *Daniel.*

Maura hesitou por um segundo antes de pegar o aparelho, quando então viu um número desconhecido na tela. Não era a voz de Daniel ao telefone, mas sim a de uma mulher, uma mulher que lhe deu a notícia que ela tanto esperara quanto temera. Deixou o laptop ainda com a tela acesa na mesa da cozinha e correu até o armário para pegar o casaco.

— A Sra. Lank foi encontrada caída e inconsciente na cela — relatou o Dr. Wang. — A enfermeira da prisão deu início imediatamente às manobras de reanimação e conseguiu restabelecer a pulsação. Mas, como pode ver pelo monitoramento cardíaco, ela vem passando por períodos frequentes de taquicardia ventricular.

Maura fitou Amalthea, agora em coma, pela janela da UTI.

— Por quê? — perguntou em voz baixa.

— A arritmia pode ser uma complicação decorrente da quimioterapia. Os medicamentos podem ser cardiotóxicos.

— Não, quero dizer, por que ela foi ressuscitada? Sabem que ela está morrendo de câncer pancreático.

— Mas ainda temos instruções para intervir. — O médico olhou para ela. — Talvez a senhora não saiba, mas a Sra. Lank assinou um mandado de cuidados médicos na semana passada. Ela a nomeou como representante.

— Eu não fazia ideia.

— A senhora é a única parente. É quem tem autoridade. Gostaria de mudar o status dela para "não reanimar"?

Maura observou o peito de Amalthea subir e descer a cada sopro do ventilador.

— Ela reage a estímulos?

Ele negou com a cabeça.

— E também não respira por conta própria. Ninguém sabe por quanto tempo ficou inconsciente, então existe uma grande possibilidade de que tenha sofrido dano cerebral anóxico. Pode até ter acontecido mais coisa, do ponto de vista neurológico. Ainda não pedi um exame cerebral, mas esse seria o passo seguinte para o diagnóstico, a não ser que a senhora decida...

Ele parou, olhando para ela. Esperando uma resposta.

— Não reanimem — disse Maura em voz baixa.

Ele assentiu.

— Acho que essa é a decisão certa.

O Dr. Wang hesitou antes de dar um tapinha no braço dela, como se tocar outro ser humano não fosse algo natural para ele, assim como não era para Maura. Era muito mais fácil entender a mecânica do corpo humano do que saber o que dizer ou fazer em situações de sofrimento e luto.

Maura entrou no cubículo e parou ao lado do leito de Amalthea, inspecionando o maquinário que soltava bipes e sopros. Com um olhar clínico, percebeu a pouca quantidade de urina no saco de coleta, as agitadas batidas prematuras na tela, a falta de respiração espontânea — sinais de um corpo se despedindo, de um cérebro parando de funcionar. Quem quer que Amalthea Lank tivesse sido um dia, todos os seus pensamentos, sentimentos e lembranças agora estavam extintos. Tudo o que restara era aquele recipiente de carne e osso.

Um alarme soou no monitor. Maura olhou para os batimentos cardíacos e viu uma sucessão de picos. Taquicardia ventricular. A linha da pressão sanguínea despencou. Pela janela, viu as duas enfermeiras correndo para o cubículo, mas o Dr. Wang as interrompeu na porta.

— A instrução é para não reanimar — disse a elas. — Acabei de escrever a ordem.

Maura estendeu o braço e desligou o alarme.

No monitor, ela observou o ritmo chegar à fibrilação ventricular, os últimos espasmos elétricos do coração moribundo de Amalthea. A pressão sanguínea foi a zero, privando as últimas células do cérebro de oxigênio. Você me colocou no mundo, pensou Maura. Eu carrego o seu DNA em cada célula do meu corpo, mas sob todos os outros aspectos somos estranhas. Ela pensou na mãe e no pai que a adotaram e a criaram, ambos mortos àquela altura. Eles eram seus verdadeiros pais, pois a verdadeira família de uma pessoa não é definida pelo DNA, mas pelo amor. Em relação a isso, aquela mulher diante dela não tinha nenhum parentesco com Maura, que, ao observar os momentos finais de Amalthea, não sentiu o menor vestígio de dor.

O coração enfim deu seus últimos espasmos. Uma linha reta atravessou a tela.

Uma enfermeira entrou e desligou o ventilador.

— Eu lamento — sussurrou.

Maura respirou fundo.

— Obrigada — respondeu, saindo do cubículo.

Continuou andando, saindo da UTI, saindo do hospital e se expondo a um vento tão gelado que, quando enfim atravessou o estacionamento, chegando ao carro, não conseguia sentir as mãos e o rosto. Um torpor físico que combinava com o que sentia por dentro. Amalthea está morta, meus pais estão mortos, e provavelmente eu nunca vou ter filhos, pensou. Havia muito tempo ela se sentia sozinha no mundo e já havia aceitado isso, mas nessa noite, parada ao lado do carro no estacionamento fustigado pelo vento, ela se deu conta de que não *queria* aceitar isso. Não precisava aceitar. Estava sozinha por uma escolha própria.

Eu posso mudar isso. Hoje.

Maura entrou no carro, pegou o celular e leu mais uma vez a mensagem de Daniel.

Ligue se precisar de mim.

Ela ligou.

Daniel chegou antes dela.

Maura o viu sentado em seu carro parado na entrada da garagem, onde o mundo inteiro podia vê-lo. No ano passado eles tiveram o cuidado de esconder suas visitas, mas hoje Daniel tinha deixado qualquer cautela de lado. Antes mesmo que Maura desligasse o motor, ele saiu do carro e abriu a porta dela.

Maura foi direto para os braços de Daniel.

Não era preciso explicar por que havia ligado; palavras não eram necessárias. O primeiro toque dos lábios dele acabou com qualquer resquício de resistência que ela ainda pudesse ter. Estou de volta à armadilha, pensou, enquanto se beijavam entrando em casa e atravessando o corredor.

Até o quarto dela.

Maura parou de pensar completamente, pois não se importava mais com as consequências. Tudo o que importava era que se sentia viva outra vez, inteira outra vez, reunida com a parte que faltava de sua alma. Amar Daniel podia ser uma tolice e, em última instância, destinado ao fracasso, mas não o amar era impossível. Durante os últimos meses tentou viver sem Daniel; engoliu a pílula amarga do autocontrole e foi recompensada com noites solitárias e muitas taças de vinho. Convencera a si mesma que se afastar dele havia sido uma decisão sensata, pois nunca poderia reivindicá-lo para si, não quando seu rival era o próprio Deus. Mas ser *sensata* não aquecera sua cama, não a fizera feliz nem tampouco extinguira o desejo que sempre sentiria por aquele homem

No quarto, não acenderam as luzes; não precisavam. Seus corpos já eram território familiar um para o outro, e ela conhecia cada centímetro da pele dele. Percebeu que Daniel havia perdido peso da mesma forma que ela, como se a fome que sentiam um pelo outro fosse um jejum de fato. Uma noite não seria o bastante para saciar essa fome, e ela não sabia quando teriam outra, por isso aproveitou como podia, ávida pelo prazer que a Igreja dele lhes privara. Aqui está o que você perdeu, Daniel, pensou. Como seu Deus deve ser mesquinho, como deve ser cruel, para nos negar essa alegria.

Mas depois, quando estavam deitados juntos com o suor resfriando sobre a pele, ela sentiu a velha tristeza se infiltrar de volta. Esse é o nosso castigo, pensou. Não o fogo e o enxofre do inferno, mas a dor inevitável do adeus. Sempre um adeus.

— Me diga por quê — sussurrou ele.

Não precisava de mais palavras; ela entendeu a pergunta. Meses depois que Maura inequivocamente havia terminado com o romance entre os dois, por que o convidara de volta à sua cama?

— Ela morreu — respondeu Maura. — Amalthea Lank.

— Quando isso aconteceu?

— Hoje à noite. Eu estava lá, no hospital. Vi seus últimos batimentos cardíacos no monitor. Ela estava com câncer, então eu sabia que estava morrendo; já sabia havia meses. Mesmo assim, quando aconteceu...

— Eu devia ter estado lá com você — murmurou ele, e Maura se deleitou com o calor daquele hálito em seus cabelos. — Tudo o que você precisa fazer é me ligar e eu logo vou estar aqui do seu lado. Você sabe.

— É estranho. Há alguns anos, eu nem sabia que Amalthea existia. Mas, agora que ela se foi, minha única parente viva, percebo o quanto estou sozinha.

— Só se você escolher ficar assim.

Como se a solidão fosse uma escolha, pensou. Ela não havia escolhido a estrada da alegria e da tristeza. Não havia escolhido amar um homem que sempre estaria dividido entre ela e sua promessa a Deus. Essa escolha foi tomada *para* os dois pelo assassino que os havia reunido quatro anos antes, um assassino que tinha apontado sua mira para Maura. Daniel arriscara a própria vida para salvar a dela. Que prova maior ele poderia oferecer de seu amor?

— Você não está sozinha, Maura. Você tem a mim. — Daniel virou o rosto dela para ele, e no escuro Maura viu o brilho daqueles olhos, focados totalmente nela. — Você sempre vai ter a mim.

Nesta noite, ela acreditou nisso.

Pela manhã, Daniel havia partido.

Ela se vestiu sozinha, tomou o café da manhã sozinha, leu os jornais sozinha. Bom, não totalmente sozinha: o gato estava por perto, lambendo as patas após um belo café da manhã de atum em lata.

— Sem comentários, suponho — disse Maura para ele. A Fera não se dignou a olhar para ela.

Enquanto lavava os pratos e guardava o laptop, ela pensou em Daniel, que naquele momento estaria se preparando para um novo dia cuidando das almas necessitadas em sua congregação. Era assim que sempre terminavam as noites ardentes que passavam juntos: com as tarefas mundanas do dia a dia, realizadas a sós. Nesse sentido, não eram diferentes de outros homens e mulheres casados. Faziam amor, dormiam juntos e, na manhã seguinte, cada um seguia para o seu trabalho.

Hoje, pensou ela, isso conta como felicidade.

De uma noite de amor para um dia de morte.

Naquela manhã era o corpo de Earl Devine que esperava para saudá-la quando ela entrou na sala de necropsia. Yoshima já havia feito as radiografias, e as imagens agora estavam expostas no monitor. Ela analisou as chapas do peito enquanto amarrava o avental, prestando atenção na posição da bala alojada na espinha. Com base nos ferimentos de saída que examinara na cena do crime, duas balas atravessaram o peito e saíram pelas costas. Esse era o único projétil restante, sua trajetória interrompida pela vértebra de Devine.

Jane entrou na sala de necropsia e se juntou a Maura diante do monitor.

— Me deixa adivinhar: a causa da morte são ferimentos a bala. Posso ser legista também?

— Tem uma bala alojada na sexta vértebra torácica — comentou Maura.

— E as outras duas foram recuperadas na cena do crime. Bate com o que eu falei ontem à noite: Crowe disparou três vezes.

— Uma reação apropriada diante de uma ameaça iminente. Acho que ele não tem com o que se preocupar.

— Mesmo assim, ele está bastante agitado. Tivemos que levá-lo para tomar umas ontem à noite, só para acalmá-lo.

Maura lançou para ela um olhar divertido.

— É isso mesmo que eu estou ouvindo? Uma ponta de compaixão pelo seu velho inimigo?

— Pois é, dá para acreditar? É como se o mundo tivesse virado de pernas para o ar. — Jane parou, estudando a expressão de Maura. — O que você andou aprontando?

— Como é?

— Você está toda alegre e faceira hoje. Como se tivesse ido a um spa ou algo assim.

— Não sei do que você está falando.

Mas é claro que Maura sabia; "alegre e faceiro" era exatamente como o mundo lhe parecia naquela manhã. A felicidade deixava para trás um rastro cintilante, e Jane era observadora demais para não reparar. *Se eu contar sobre ontem à noite, ela certamente vai desaprovar, mas não dou a mínima. Eu escolhi não me importar com o que Jane ou qualquer um ache. Hoje, eu escolhi ser feliz.* Com um clique desafiador do mouse, passou para a próxima radiografia, e uma visão lateral do peito surgiu na tela. Maura franziu a testa para uma luminosidade em formato de moeda no corpo vertebral, logo acima de onde a bala tinha se alojado. Uma lesão que não deveria estar lá.

— Maquiagem nova? Vitaminas? — perguntou Jane.

— O quê?

— Tem *alguma coisa* diferente em você.

Maura a ignorou. Com um clique, voltou à visão frontal do peito e aproximou a imagem para estudar a quinta e a sexta vértebras. Mas o pulmão, perfurado pelo projétil, havia expelido ar e sangue na cavidade peitoral, forçando os órgãos torácicos para fora de suas posições normais. Neste cenário distorcido ela não conseguia encontrar o que estava procurando.

— Achou algo interessante? — perguntou Jane.

Maura voltou à visão lateral e apontou para a lesão no corpo vertebral.

— Não sei bem ao certo o que é *isso*.

— Eu não sou médica, mas não me parece uma bala.

— Não, é alguma outra coisa. Algo no osso. Preciso confirmar se é o que estou achando que é. — Maura se virou para a mesa de necropsia onde Earl Devine estava deitado, à espera do bisturi. — Vamos abri-lo — disse, atando a máscara.

Enquanto Maura fazia a incisão em Y, Jane falou:

— Espero que não esteja duvidando do que aconteceu no momento dos disparos.

— Não.

— Então o que você está procurando?

— Uma explicação, Jane. O motivo pelo qual esse homem resolveu se suicidar pelas mãos de um policial.

— Isso não seria trabalho para um psiquiatra?

— Nesse caso, a necropsia pode nos dar a resposta.

Maura fez incisões rápidas e precisos, movendo-se com uma urgência que não havia sentido antes de ver as radiografias. Tanto a causa quanto o tipo de morte eram evidentes, e ela supunha que a necropsia apenas confirmaria o que já haviam falado sobre os disparos. Mas a radiografia peitoral lateral tinha acrescentado uma possível reviravolta ao caso, um lampejo inquietante dos motivos e do estado mental de Earl Devine. Um cadáver era capaz de revelar segredos que não eram meramente físicos; às vezes oferecia um panorama da personalidade que um dia habitara aquela carne. Fossem as pistas velhas marcas de cortes nos pulsos ou pontadas de agulhas ou cicatrizes de cirurgias plásticas, todo corpo contava uma história sobre seu dono.

Conforme cortava as costelas, Maura se sentiu prestes a abrir o livro que continha os segredos de Earl Devine. No entanto, quando levantou a placa peitoral e expôs a cavidade torácica, encontrou tais segredos encobertos por um peito cheio de sangue. As três balas disparadas pelo detetive Crowe devastaram o alvo, perfurando o pulmão e partindo a aorta. A explosão de sangue e ar vazado fez o pulmão direito se romper, deformando as marcações habituais. Ela afundou suas luvas naquele pudim gelado de sangue e tateou às cegas pela superfície do pulmão esquerdo.

Não demorou muito para encontrar o que procurava.

— Como você consegue enxergar alguma coisa aí dentro? — perguntou Jane.

— Eu não consigo. Mas já posso dizer que esse pulmão não está normal.

— Talvez porque foi atravessado por uma bala?

— Isso não teve nada a ver com bala nenhuma.

Maura pegou novamente o bisturi. A tentação de tomar um atalho e se concentrar imediatamente no pulmão era grande, mas era assim que erros eram cometidos e detalhes vitais eram ignorados. Em vez disso, ela procedeu como de costume, dissecando primeiro a língua e o pescoço, soltando a faringe e o esôfago das vértebras cervicais. Não viu nenhum corpo estranho, nada que diferenciasse as estruturas da garganta de Earl Devine daquelas de qualquer homem de 67 anos. *Vá com calma. Não erre.* Ela sentiu Jane a observando, cada vez mais intrigada. Yoshima colocou o fórceps sobre a bandeja, e o ruído do gesto foi alto como o de um disparo. Maura continuou seu trabalho, o bisturi cortando o tecido mole e os vasos da cavidade torácica. Com as mãos afundadas em sangue frio, ela soltou a pleura parietal para separar os pulmões da parede peitoral.

— Uma vasilha — pediu.

Yoshima estendeu uma vasilha de aço inoxidável, esperando para ver o que ela colocaria dentro.

Maura levantou o coração e os pulmões num único bloco da cavidade peitoral e as vísceras caíram na vasilha com um estardalhaço. O ar foi dominado pelo cheiro de sangue gelado e carne quando as entranhas foram erguidas. Ela levou a bacia até a pia e lavou uma camada viscosa de sangue dos órgãos, revelando o que havia sentido anteriormente na superfície do pulmão esquerdo: uma lesão que tinha sido obscurecida na radiografia pelo trauma.

Maura cortou um pedaço do pulmão. Analisando a amostra cinza-esbranquiçada reluzindo em sua mão enluvada, tinha quase certeza de como esse tecido se mostraria no microscópio. Imaginou densas espirais de queratina e células estranhas e disformes. E pensou na casa de Earl Devine, onde o cheiro de nicotina se agarrara às cortinas, aos móveis.

Ela olhou para Jane.

— Preciso de uma lista dos remédios que ele tomava. Descubra quem era o médico dele.

— Por quê?

Maura ergueu a fatia de tecido.

— Porque isso explica seu suicídio.

33

— Eu não fazia ideia — comentou Holly Devine, com as mãos reunidas calmamente sobre as pernas, sentada no sofá de sua sala. — Eu sabia que papai vinha perdendo peso, mas ele falou que estava apenas se recuperando de uma pneumonia. Ele nunca disse que estava morrendo.

Ela olhou para Jane e Frost, do outro lado da mesa de centro.

— Seu pai com certeza sabia — disse Jane. — Quando vasculhamos o armário de remédios dele, encontramos comprimidos receitados por uma oncologista, a Dra. Christine Cuddy. Quatro meses atrás, ele foi diagnosticado com câncer de pulmão. A doença já havia se espalhado para os ossos, e, quando a Dra. Isles examinou as radiografias, ela constatou uma lesão metastática na coluna dele. Seu pai devia estar sofrendo com muitas dores, porque havia um frasco recém-receitado de um analgésico forte no banheiro.

— Ele me disse que havia estirado um músculo. Falou que a dor estava melhorando.

— Não estava melhorando, Holly. O câncer já havia atingido o fígado, e a dor só ia piorar. Ofereceram quimioterapia, mas ele recusou. Earl disse à Dra. Cuddy que queria viver da forma mais plena possível, enquanto pudesse, sem se sentir doente. Porque a filha precisava dele.

Apesar de fazer apenas dois dias desde a morte do pai, Holly parecia composta, sem derramar uma lágrima sequer enquanto processava a nova informação. Do lado de fora, um caminhão passou na frente do prédio fazendo um estrondo, e as três xícaras chacoalharam na mesa de centro aparentemente frágil. Tudo no apartamento de Holly parecia barato, o tipo de mobília que vinha dentro de uma caixa com instruções para montagem. Um apartamento modesto para uma garota ainda nos primeiros degraus da escada para o sucesso, que Holly certamente estava subindo. Havia nela uma astúcia, uma perspicácia no olhar que só agora Jane começava a reconhecer.

— Eu tenho certeza de que ele não queria que eu sofresse. Por isso meu pai nunca me falou do câncer — comentou, balançando a cabeça com tristeza. — Ele faria qualquer coisa para me deixar feliz.

— Ele até mesmo matou por você — acrescentou Jane.

— Ele fez o que achou que precisava ser feito. Não é o que os pais fazem? Protegem os filhos dos monstros.

— Isso não era responsabilidade dele, Holly. Era nossa.

— Mas vocês não conseguiram me proteger.

— Porque você não deixou. Pelo contrário, você praticamente convidou os assassinos a atacar. Ignorou o nosso conselho e foi a um bar. Deixou que aquela mulher oferecesse bebida a você. Você estava *tentando* ser morta ou era tudo parte do plano?

— *Vocês* não estavam conseguindo encontrá-lo.

— Por isso decidiu fazer tudo sozinha.

— Do que você está falando?

— Qual *era* o plano, Holly?

— Não havia plano nenhum. Eu saí para beber depois do trabalho, só isso. Já falei, eu ia me encontrar com um amigo.

— Que não apareceu.

— Vocês acham que eu estava mentindo?

— Eu acho que não ouvimos a história toda.

— Que seria?

— Que você foi para o bar na esperança de atrair Stanek e seu comparsa. Em vez de nos deixar encontrá-lo, decidiu agir como uma vigilante.

— Eu decidi revidar.

— Fazendo justiça com as próprias mãos?

— Faz diferença como ela é feita?

Jane a encarou por um momento, subitamente surpresa pelo fato de que, em determinado grau, ela concordava com Holly. Pensou nos criminosos que continuaram em liberdade porque algum policial ou advogado cometeu um erro no procedimento, criminosos que ela sabia serem culpados. Pensou em quantas vezes desejou que houvesse um atalho para levar um assassino à justiça, uma maneira de jogar um monstro direto numa cela da cadeia. E pensou no detetive Johnny Tam, que certa vez recorrera a um desses atalhos e fizera justiça com as próprias mãos. Apenas Jane conhecia o segredo de Tam, e o guardaria para sempre.

Mas os segredos de Holly não podiam ser mantidos, pois a polícia de Boston sabia exatamente o que ela e o pai planejaram. Holly precisava ser confrontada.

— Você fez os dois saírem da toca — acusou Jane. — Fez com que eles se revelassem.

— Não existe lei nenhuma que proíba isso.

— Existe uma lei que proíbe o assassinato. E você foi cúmplice.

Holly piscou.

— Como é?

— A última coisa que o seu pai fez nesse mundo foi proteger a filhinha. Ele estava morrendo de câncer no pulmão, então não tinha nada a perder assassinando Martin Stanek. E você sabia que ele pretendia fazer isso.

— Eu não sabia.

— É claro que sabia.

— Como eu poderia saber?

— Porque foi você que falou para ele onde encontrar Stanek. Pouco depois de prendermos Bonnie Sandridge, você ligou para o celular do seu pai. Uma ligação de dois minutos. Foi assim que ele descobriu o nome e o endereço de Bonnie. Ele foi até a casa dela armado e pronto para matar o homem que ameaçava sua filha.

Holly aceitou a acusação com uma tranquilidade surpreendente. Jane havia detalhado a prova de que Holly tinha sido cúmplice do assassinato de Martin, mas nada disso parecia deixá-la abalada.

Frost falou:

— A senhorita poderia falar alguma coisa, Srta. Devine?

— Sim. — Holly se endireitou na cadeira. — Sim, eu *liguei* para o meu pai. É claro que eu liguei. Eu tinha acabado de encontrar uma mulher que planejava me sequestrar, então quis dizer a ele que eu estava bem. Qualquer filha faria isso. Posso ter mencionado o nome de Bonnie ao telefone, mas não pedi a ele que a matasse. Pedi apenas que não se preocupasse, porque vocês já estavam com ela. Eu não sabia que ele iria à casa dela. Não sabia que levaria a arma.

Holly respirou fundo e baixou a cabeça. Quando ergueu o olhar novamente, seu rosto estava marcado por lágrimas.

— Ele deu a vida por mim. Como vocês podem falar dele como se fosse um assassino frio?

Jane viu aqueles olhos cintilantes e os lábios trêmulos e pensou: Caramba, essa menina é boa. Por mais que Jane não estivesse acreditando na cena, outros podiam se deixar levar. Eles não tinham o registro da conversa telefônica entre Holly e o pai, não tinham a prova de que ela de fato sabia o que Earl planejava fazer. No tribunal, esta jovem estranhamente centrada tiraria o interrogatório mais ferrenho de letra e colocaria no bolso a acareação mais rígida.

— Eu preciso ficar sozinha agora — disse Holly. — Perder papai foi muito difícil. Por favor, vocês podem simplesmente *sair daqui*?

— É claro — disse Frost, levantando-se para partir.

Será que ele estava mesmo acreditando naquela encenação? Ele sempre tivera um fraco por donzelas em perigo, especialmente quando a donzela era jovem e bonita, mas sem dúvida era capaz de perceber o que estava acontecendo ali.

Jane se manteve em silêncio enquanto ela e Frost deixavam o apartamento e saíam do prédio. No entanto, assim que entraram no carro, soltou:

— *Quanta* besteira! E que bela atriz!

— Você acha que era encenação? Ela me pareceu bastante perturbada — disse Frost.

— Está falando daquelas lagrimazinhas que ela derramou sob encomenda?

— Tudo bem — cedeu Frost com um suspiro. — O que está incomodando você?

— Tem alguma coisa errada com ela.

— Você poderia ser mais específica?

Jane pensou no que em Holly a incomodava.

— Duas noites atrás, quando dissemos que Earl estava morto, lembra como ela reagiu diante da notícia?

— Ela chorou. Como se espera de uma filha.

— Ah, ela chorou, sem dúvida, com soluços altos. Mas para mim parecia uma encenação, como se estivesse fazendo o que esperávamos dela. E, pode acreditar, hoje ela chorou no exato momento em que demos a deixa.

— Qual é o seu problema com ela, afinal?

— Não sei. — Jane deu a partida no carro. — Mas sinto que deixei passar alguma coisa importante. Alguma coisa *nela*.

De volta à Unidade de Homicídios, Jane inspecionou todas as pastas empilhadas em sua mesa, perguntando a si mesma se não encontraria ali algum detalhe que lhe escapara, alguma explicação para por que se sentia tão insatisfeita. Ali estavam os arquivos sobre os quais ela já havia se debruçado, cobrindo os assassinatos em Boston de Cassandra Coyle e Timothy McDougal, a morte de Sarah Basterash em Newport e o desaparecimento de Billy Sullivan em Brookline. Quatro vítimas em três jurisdições diferentes. As mortes eram tão díspares que a conexão de décadas entre elas poderia facilmente passar despercebida. Cassandra Coyle, com os olhos arrancados e expostos em sua mão como santa Luzia. Tim McDougal, com o peito atravessado por flechas, como são Sebastião. Sarah Basterash, queimada até virar cinzas como santa Joana. Billy Sullivan, quase certamente enterrado e apodrecendo no túmulo, como são Vital.

Havia também a criança que ainda estava viva, a primeira a acusar Martin Stanek e sua família de abuso há vinte anos: Holly Devine, que fazia aniversário em 12 de novembro. Nesse dia, a Igreja homenageava são Livino, apóstolo de Flandres, morto como mártir depois de ser torturado por pagãos. Sua língua fora arrancada para impedir que continuasse a disseminar a palavra de Deus, mas, mesmo após a sua morte, segundo a lenda, a língua amputada de Livino continuara pregando. Teria Holly alguma vez perdido o sono pensando no destino sangrento que sua data de nascimento lhe antecipava? Teria tremido ao pensar em sua boca sendo forçada a ficar aberta, a língua decepada por uma faca? Jane se lembrou do medo que havia sentido ao se tornar alvo do assassino chamado Cirurgião. Lembrava-se de acordar em pânico, pingando de suor, imaginando o bisturi do assassino afundando em sua carne.

Se Holly tinha chegado a sentir um terror como esse, sabia escondê-lo bem. Muito bem.

Jane suspirou e esfregou as têmporas, refletindo se deveria reler o caso das quatro vítimas.

Não, não quatro. Ela se endireitou na cadeira. *Cinco.*

Jane procurou em meio às pilhas de pastas e encontrou o arquivo de Lizzie DiPalma, a menina de 9 anos que havia sumido vinte anos atrás. O desaparecimento de Lizzie ainda era considerado não resolvido, mas restara pouca dúvida na mente dos investigadores de que Martin Stanek a havia raptado e matado. Passadas duas décadas, a garota continuava desaparecida.

Frost voltou do almoço, viu os arquivos espalhados pela mesa de Jane e balançou a cabeça.

— Ainda trabalhando nisso?

— Tem algo que não se encaixa. Parece tudo muito arrumadinho, embrulhado para presente com um belo laço. Nosso principal suspeito acabou convenientemente morto.

— Isso não me parece um problema.

— E não descobrimos o que aconteceu com essa garotinha. — Ela bateu na pasta. — Lizzie DiPalma.

— Isso faz vinte anos. O caso não é nosso.

— Mas é como se fosse o *começo* de tudo. Como se o desaparecimento fosse a primeira peça de dominó a cair, provocando o que veio em seguida. Lizzie desaparece. Seu gorro é encontrado no ônibus escolar de Martin Stanek. De repente, as acusações começam a pulular. Os Staneks são todos monstros! Molestam crianças há meses! Por que nada disso foi mencionado antes? Nem mesmo uma insinuação?

— Alguém precisava ser o primeiro a falar.

— E a primeira criança a falar foi Holly Devine.

— A menina que você insiste que é estranha.

— Quando conversamos, é como se ela calculasse cada palavra. Como se disputássemos uma partida de xadrez e ela estivesse cinco jogadas à minha frente.

O telefone de Frost tocou. Quando ele se virou para atender, Jane folheou os documentos de Lizzie DiPalma, perguntando a si mesma se seria possível fazer algum progresso no caso depois de tanto tempo. O terreno da Creche da Macieira havia sido inspecionado minuciosamente em busca dos restos da menina. Ainda que traços microscópicos de seu sangue tivessem sido encontrados no ônibus, isso tinha sido explicado por um ferimento que Lizzie havia sofrido no mês anterior, quando tinha cortado o lábio. A prova mais evidente contra Martin Stanek era o gorro de Lizzie, encontrado no ônibus escolar. O gorro que ela estava usando quando desapareceu.

O assassino só podia ser Martin Stanek.

E agora ele está morto. Fim de papo. Com um suspiro conclusivo, Jane fechou a pasta.

— Você não vai gostar disso — disse Frost, desligando o telefone.

Jane se virou para ele.

— O que foi agora?

— Sabe aquela taça de vinho que Bonnie Sandridge ofereceu a Holly no pub? O laboratório disse que não contém nenhum traço de cetamina. — Ele balançou a cabeça. — Temos que soltá-la.

34

Apenas dois dias antes, Bonnie Sandridge tinha sido algemada e acusada de cúmplice de assassinato. Agora entrava toda emproada na sala de interrogatório do Departamento de Polícia de Boston, como se fosse ela quem desse as cartas. Por mais que seus cabelos ruivos tivessem mechas prateadas e as décadas de exposição ao sol tivessem pintalgado sua pele e gravado rugas nos cantos dos olhos, ela se movia com a confiança atlética de uma mulher que sempre fora bonita e sabia disso. Sentou-se à mesa de interrogatório e lançou a Jane e Frost um olhar de desprezo.

— Me deixem adivinhar — falou. — A taça de vinho acabou não sendo nada além de uma taça de vinho.

— Nós precisamos ter uma conversinha — disse Jane.

— Depois de como eu fui tratada? Por que eu deveria cooperar?

— Porque todos queremos saber a verdade. Nos ajude a descobri-la, Bonnie.

— Acho que prefiro expor a incompetência de vocês.

— Sra. Sandridge — disse Frost em voz baixa. — No momento da sua prisão, tínhamos todos os motivos para acreditar que a senhora representava uma ameaça a Holly Devine. O assassino já havia estabelecido um padrão e, quando a senhora ofereceu aquela taça de vinho a Holly, isso se encaixou no padrão.

— Que padrão?

— Na noite em que Cassandra Coyle foi assassinada, a garçonete de um bar local pensou ter visto Cassandra bebendo na companhia de uma mulher.

— E vocês acharam que eu fosse essa mulher? Ah, sim, mas não tinham como provar, porque a garçonete não teria como me identificar. Estou certa?

— Mesmo assim — assumiu Jane —, a senhora pode entender por que foi detida. Na noite em que a vimos com Holly, tivemos que agir rápido. Nós acreditamos que ela estivesse em perigo iminente.

— Holly Devine em perigo iminente? — Bonnie bufou. — Aquela garota consegue se safar de qualquer situação.

— O que faz a senhora dizer isso?

— Por que não perguntamos a um homem? — Bonnie se virou para Frost. — O que *você* acha de Holly, detetive? Vamos ouvir as primeiras palavras que vêm à cabeça dele.

Frost hesitou.

— Ela é inteligente. Atraente...

— A-há! Atraente. Para os homens, é sempre disso que se trata.

— Engenhosa — acrescentou ele rapidamente.

— Você esqueceu de sedutora. Manipuladora. Oportunista.

— Onde você está querendo chegar, Bonnie? — perguntou Jane.

Ela se virou para a policial.

— Holly Devine é um caso clássico de sociopata. Não que eu esteja criticando ou algo assim. A sociopatia deve estar dentro dos limites do comportamento humano normal, já que parecem existir tantas pessoas como Holly no mundo.

Ela deu a Jane um olhar de desdém que dizia: *Está na hora de correr atrás do prejuízo.* Se existia alguém tão obstinado quanto um policial da Homicídios era um jornalista investigativo, e Jane experimentou a contragosto certo respeito por aquela mulher. Bonnie exibia seus pés de galinha como se fossem cicatrizes de guerra, com orgulho e atitude.

— Não me digam que não perceberam isso em Holly? Por favor, vocês conversaram com a menina.

— Eu achei que ela era... diferente — comentou Jane.

Bonnie deu uma risada que mais lembrava um latido.

— Esse é um jeito simpático de colocar a questão.

— Por que você acha que ela é sociopata? A única vez que realmente falou com ela foi naquela noite no pub.

— Vocês já interrogaram os colegas dela na Booksmart Media? Perguntem o que eles acham de Holly. A maioria dos homens do escritório só quer levá-la para a cama, mas as mulheres são cautelosas, não confiam nela.

— Talvez sintam inveja — sugeriu Frost.

— Não, elas não confiam *mesmo* em Holly. Cassandra Coyle certamente não confiava.

Jane franziu a testa.

— O que ela falou sobre Holly?

— Foi Cassandra que levantou o assunto. Ela me disse abertamente que eu não devia confiar em Holly Devine. Na Creche da Macieira, as outras crianças achavam Holly estranha e a evitavam. Sentiam que havia algo de errado com a menina. O único menino que brincava com ela era Billy Sullivan.

— Por que Holly assustava as outras crianças?

— Era isso que eu vinha me perguntando. Queria ver com meus próprios olhos por que achavam Holly estranha, mas ninguém sabia como encontrá-la. Levei meses para localizá-la na Booksmart Media. Queria entrevistá-la para o capítulo que estou escrevendo sobre a Creche da Macieira. Ela foi a primeira criança a acusar a família de Martin, e eu queria saber se havia falado a verdade.

— Havia provas físicas — argumentou Frost. — Ela tinha hematomas, arranhões.

— Que podiam vir de qualquer lugar.

— Por que ela mentiria sobre ter sido molestada?

Bonnie deu de ombros.

— Talvez ela tenha feito isso para chamar atenção. Talvez a louca da mãe dela tenha enfiado essa ideia na cabeça da menina. Qualquer que seja o motivo, Holly escolheu o momento certo para se pronunciar. Lizzie DiPalma tinha desaparecido e todos os pais da vizinhança estavam assustados, procurando respostas. Holly apareceu com uma: a malvada família Stanek era a culpada. Depois Billy Sullivan também declarou ter sido molestado, e o destino da família de Martin foi selado, simples *assim*. — Bonnie estalou os dedos. — Perturbados, os pais começaram a questionar os próprios filhos, plantando ideias na cabeça deles. Não é de se espantar que as outras crianças tenham começado a repetir as histórias. Se alguém lhe pergunta sobre um incidente de novo e de novo, você começa a acreditar que ele aconteceu. Começa a *se lembrar* do que aconteceu. As crianças mais novas tinham só 5 ou 6 anos, e, toda vez que eram interrogadas, as histórias ficavam mais bizarras. Tigres voadores! Bebês mortos! Os membros da família Stanek pairando em pleno ar, montando cabos de vassoura.

Ela balançou a cabeça.

— O júri mandou aquela pobre família para a prisão baseado em fábulas contadas por crianças que sofreram lavagem cerebral. Cassandra Coyle já vinha questionando suas próprias lembranças do abuso. Ela falou que entraria em contato com as outras crianças para ver se elas estavam dispostas a conversar comigo, mas o único nome que revelou para mim foi o de Holly Devine. Que agora é a última fonte remanescente para o meu livro.

— Qual é o objetivo desse livro que você está escrevendo? Inocentar Martin Stanek?

— Quanto mais eu descobria sobre o caso, mais furiosa eu ficava. Por isso, sim, provar sua inocência era importante. *Ainda* é importante. — Bonnie piscou e virou o rosto. — Mesmo com ele morto.

Jane viu um leve vislumbre de lágrimas nos olhos da mulher. Com a voz baixa, perguntou:

— Você estava apaixonada por ele?

A pergunta fez o queixo de Bonnie se levantar na mesma hora. Ela olhou para Jane com uma expressão de surpresa.

— O quê?

— Está bastante claro que você se envolveu emocionalmente com isso.

— Porque é importante para mim. Devia ser importante para todo mundo.

— Por que para você, em particular?

Bonnie respirou fundo e se empertigou na cadeira.

— Respondendo a sua pergunta, não, eu não estava apaixonada por Martin, mas sentia pena dele. O que fizeram com ele, com a família toda, me deixa tão...

Ela parou, agitada demais para falar, as mãos cerradas em punhos pálidos e magros.

— Por que isso deixa você tão irritada? — perguntou Jane. Bonnie apertou ainda mais os punhos, mas não respondeu. — Deve existir algum motivo para isso ser tão importante para você. Um motivo que você não contou para a gente.

Por um bom tempo, Bonnie permaneceu em silêncio. Quando por fim falou, foi num sussurro.

— Sim, é importante. Porque isso também aconteceu comigo.

Jane e Frost trocaram um olhar de surpresa. Frost perguntou delicadamente:

— O que aconteceu com a senhora, Sra. Sandridge?

— Eu tive... tenho... uma filha — respondeu Bonnie. — Ela tem quase 26 anos. Faz aniversário daqui a três semanas, e o que eu mais quero é poder comemorar com ela. Mas não tenho permissão para ver a Amy, para ligar para ela e nem mesmo para escrever.

Ela aprumou os ombros, como se estivesse se preparando para uma luta, e olhou para Jane e Frost.

— Quando Amy era caloura na universidade, ela começou a ter ataques de pânico. Acordava à noite em seu quarto no dormitório com a certeza de que alguém tinha entrado para matá-la. As crises eram tão assustadoras que ela precisava dormir com a luz acesa. O serviço de saúde estudantil a encaminhou para uma terapeuta, uma mulher que afirmava ser especialista em terapia de regressão. A terapeuta usou hipnose para explorar as lembranças da infância da Amy, tentando descobrir o motivo por trás daqueles ataques de pânico.

"Por oito meses, Amy foi a inúmeras consultas com aquela... 'doutora'. — Bonnie cuspiu o título como um epíteto e passou a mão pelos lábios como se tentasse limpar o gosto da palavra. — Conforme as sessões avançavam, Amy começou a se lembrar de coisas, coisas que supostamente teria reprimido. Ela se lembrou de estar deitada na cama quando criança. Da porta se abrindo e de alguém entrando em meio à escuridão. Alguém que levantava a camisola dela e... — Bonnie fez uma pausa. Respirando fundo mais uma vez, seguiu com firmeza. — Não eram lembranças vagas. Eram extremamente detalhadas, especificando os objetos que o molestador teria usado: uma colher de pau, um cabo de escova de cabelo. A terapeuta concluiu que os ataques de pânico da Amy eram o resultado de anos de abuso sofrido quando criança. Agora que Amy havia se lembrado de tudo, tinha chegado o momento de confrontar a origem do abuso. — Bonnie ergueu o olhar, com os cílios reluzindo por causa das lágrimas. — Eu."

Jane franziu a testa.

— E você...

— É claro que não! *Nada* disso era verdade, nem um maldito detalhe! Eu era mãe solteira e não tinha mais ninguém na nossa casa, então obviamente a culpada tinha que ser *eu*. Eu era o monstro que entrava sorrateiramente à noite no quarto dela para molestá-la. O monstro que a tinha transformado numa pilha de nervos. Quanto mais sessões Amy tinha com aquela terapeuta, mais ansiosa ela ficava. Eu não percebi o que estava acontecendo até que numa determinada noite tudo chegou ao ápice.

"Eu recebi uma ligação da terapeuta pedindo que a encontrasse. Fui ao consultório achando que ela me atualizaria sobre o progresso da Amy. Em vez disso, eu me vi numa sala com a minha filha. Enquanto a terapeuta ouvia, encorajando-a, Amy me contava todas as coisas terríveis que eu tinha feito com ela na infância. De uma hora para a outra, ela havia se lembrado dos estupros, do abuso, das vezes em que a compartilhei com outras pessoas misteriosas. Eu falei que ela havia imaginado tudo isso, que eu nunca tinha feito nenhuma daquelas coisas, mas ela estava convencida de que tudo aquilo tinha acontecido. Ela *lembrava*. E então Amy..."

Bonnie enxugou as lágrimas.

— Amy disse que não queria me ver nem falar comigo nunca mais, não enquanto eu estivesse viva. Quando tentei argumentar com ela, quando tentei convencê-la de que essas lembranças eram falsas, a terapeuta me disse que eu tinha *sorte* por sair dessa tão facilmente, que elas podiam chamar a polícia e fazer com que me prendessem. Ela disse que a Amy estava sendo generosa em deixar tudo ficar no passado. Eu chorava, pedindo à minha filha que me ouvisse, mas ela simplesmente se levantou e foi embora. E essa foi a última vez que eu a vi.

Bonnie passou a mão nos olhos, deixando manchas molhadas no rosto.

— É por isso que o caso da Creche da Macieira é importante para mim.

— Porque você acha que a mesma coisa aconteceu com a família de Martin.

— Cassandra Coyle também achava. Ela me contou que o caso a assombrava de tal forma que a inspirou a escrever um filme sobre ele.

— O filme de terror? *Sr. Símio*? — perguntou Frost.

Bonnie deu uma risada irônica.

— Às vezes o único jeito de dizer a verdade é por meio da ficção.

— Mas os colegas dela nos disseram que *Sr. Símio* é sobre uma garota que desaparece. Não tem nada a ver com crianças molestadas.

— O filme também fala sobre como as lembranças são distorcidas pelo tempo, como a verdade é apenas uma questão de ponto de vista.

Bonnie se endireitou na cadeira, recobrando a compostura.

— Vocês já ouviram falar da Dra. Elizabeth Loftus?

— A psicóloga? — perguntou Frost.

Jane olhou para o parceiro.

— Como você sabe disso?

— Alice me falou dela — explicou Frost. — O assunto surgiu numa aula de direito, sobre depoimento testemunhal, se ele é confiável. — Frost olhou para Bonnie. — Alice é a minha esposa.

Era sua esposa, Jane quis dizer, mas não o fez.

— Em meados dos anos noventa — retomou Bonnie —, a Dra. Loftus publicou um artigo inovador na *Anais da Psiquiatria*, descrevendo um experimento que conduziu com vinte e quatro pessoas adultas. No estudo, os indivíduos eram lembrados de quatro acontecimentos diferentes de sua infância, contados por parentes próximos. Mas só três dos quatro ocorreram de verdade. Um deles era completamente inventado. Solicitaram aos testados que recordassem detalhes de cada um dos quatro acontecimentos e, conforme as semanas se passaram, eles lembravam mais e mais, e os detalhes ficavam cada vez mais elaborados. Isso valia inclusive para o acontecimento que nunca ocorreu.

"Terminado o estudo, cinco das vinte e quatro pessoas não conseguiram identificar qual dos quatro acontecimentos havia sido inventado. Elas ainda acreditavam que ele realmente tinha ocorrido. A Dra. Loftus tinha conseguido implantar uma lembrança falsa nessas cinco pessoas. Tudo o que é preciso para implantar uma lembrança é continuar dizendo a uma pessoa que determinado acontecimento de fato ocorreu. Falar dele como se fosse real, fazendo inúmeras referências. Em pouco tempo, as pessoas começam a contribuir com seus próprios detalhes, acrescentando cor e textura, até que a lembrança se torna tão vívida para elas quanto a vida real. Tão vívida que os participantes *juram* que é verdade."

Bonnie afundou na cadeira de novo.

— O estudo da Dra. Loftus foi feito com adultos. Imaginem agora como seria muito mais fácil com crianças. Dá para fazer uma criança pequena acreditar em quase tudo.

— Como tigres voadores e quartos secretos no porão — acrescentou Frost.

— Vocês leram os interrogatórios com as crianças. Sabem o quanto algumas daquelas declarações eram absurdas. Sacrifício de animais, adoração ao diabo. E lembrem-se, algumas das crianças tinham só 5 ou 6 anos, dificilmente uma idade confiável, mas ainda assim seus testemunhos ajudaram a mandar Martin e a família para a prisão. Foi uma versão moderna do julgamento das bruxas de Salem. — Ela alternou seu olhar entre Jane e Frost. — Vocês já estiveram com a promotora, Erica Shay?

— Ainda não — respondeu Jane.

— O julgamento da Creche da Macieira fez a carreira dela deslanchar. Shay não conseguiu a condenação pelo sequestro de Lizzie DiPalma, mas ainda assim mandou Martin e a família para a cadeia. Vencer era tudo o que importava para ela. Não a verdade. E certamente não a justiça.

— Essa é uma acusação muito grave — disse Frost. — A senhora está dizendo que a promotora mandou conscientemente pessoas inocentes para a cadeia.

Bonnie assentiu com a cabeça.

— É exatamente isso que estou dizendo.

— Acreditem em mim. Martin Stanek era culpado até o último fio de cabelo — declarou Erica Shay.

Aos 58 anos, a promotora parecia ainda mais formidável do que nos recortes de jornais sobre o julgamento da Creche da Macieira de vinte anos antes, quando passava uma impressão de inflexibilidade com seus tailleurs feitos sob medida e os cabelos loiros penteados para trás num coque bem apertado. Duas décadas levaram embora qualquer traço de suavidade em seu rosto, esculpindo-o com ângulos fortes, maçãs do rosto protuberantes e um nariz aquilino, e seu olhar era direto, pronto para a batalha.

— Claro que Stanek disse que era inocente. É o que todos os culpados dizem.

Os inocentes também — retrucou Jane.

Erica se recostou na cadeira e lançou um olhar frio para os dois detetives do outro lado da mesa de jacarandá em seu escritório. Era uma sala com uma bela decoração, com uma parede coberta de diplomas e prêmios e uma galeria de fotos: Erica com uma sucessão de governadores de Massachusetts, Erica com dois senadores, Erica com o presidente. A parede anunciava a quem entrava ali: "Eu conheço pessoas importantes. Não mexam comigo."

— Eu só fiz o meu trabalho. Apresentei as provas contra Martin Stanek no tribunal — disse Erica. — E o júri decidiu que ele era culpado.

— De abuso sexual — completou Jane. — Não do rapto de Lizzie DiPalma.

Os olhos de Erica piscaram de irritação.

— Isso foi um erro do júri. Eu não duvidei nem por um momento que ele a matou. Todo mundo sabe que foi ele.

— Sabe mesmo?

— Tudo o que é preciso fazer é olhar as provas. Lizzie DiPalma, de 9 anos, desaparece numa tarde de sábado. Ela sai de casa, vestindo seu gorro preferido com canutilhos prateados. Sobe na bicicleta, sai pedalando e nunca mais é vista. A bicicleta é encontrada na beira da estrada a quase três quilômetros de distância. Dois dias depois, o gorro de Lizzie, bastante peculiar, comprado durante uma viagem em família a Paris, é encontrado no ônibus escolar da Creche da Macieira por uma das crianças. Agora me falem: como aquele gorro foi parar num veículo que somente Martin Stanek conduzia? Um veículo que supostamente passou o fim de semana inteiro estacionado e trancado na garagem da família? Traços de sangue de Lizzie foram encontrados no chão desse mesmo ônibus.

— Lizzie cortou o lábio no ônibus um mês antes disso. A mãe falou desse detalhe no julgamento.

Erica bufou.

— A mãe de Lizzie era uma idiota. Jamais devia ter mencionado essa informação.

— Era a verdade, não era?

— Tudo o que fez foi colocar uma dúvida razoável na cabeça do júri, fez com que questionassem tudo que apresentamos. Daí a defesa veio com a teoria absurda de que *outra* pessoa teria sequestrado Lizzie, de que a garota talvez ainda estivesse viva.

Erica balançou a cabeça, enojada.

— Pelo menos conseguimos a condenação pelas acusações de abuso. Vinte anos de prisão era menos do que eu esperava, mas eram vinte anos em que Stanek não poderia machucar ninguém. Assim que foi solto, não demorou muito para que voltasse a matar.

Ele queria se vingar. Aquelas crianças contaram a verdade, o que fez com que ele acabasse na prisão.

— A verdade? Algumas das afirmações eram bastante forçadas — comentou Frost.

— Crianças exageram. Ou se enganam em alguns detalhes. Mas não mentem, não quando o assunto se trata de abuso.

— Elas podem ser instruídas. Podem ser levadas a acreditar...

— Não me diga que está *defendendo* Stanek?

A explosão de Shay fez Frost recuar na cadeira. No tribunal, aquela mulher provavelmente devia lutar como uma gladiadora, rápida no ataque, sem jamais titubear. Jane pensou no jovem Martin Stanek, de 22 anos, assustado e condenado. Foi isso que ele enfrentou no banco de réus, essa adversária implacável que o acuava para desferir o golpe fatal.

— Eu conversei com todas aquelas crianças — continuou Erica. — Eu falei com os pais delas. Examinei os hematomas e os arranhões nos braços de Holly. Foi ela que encontrou o gorro de Lizzie no ônibus. Foi ela que teve a ousadia de contar à mãe o que estava acontecendo naquela creche. Depois Billy Sullivan confirmou tudo, daí eu concluí que tinha que ser verdade. A casa da família Stanek era um ninho de víboras, e suas vítimas ficaram tão assustadas que não tiveram coragem de comentar sobre o assunto até Holly e Billy falarem. Foram necessárias semanas de interrogatório, de questionamento constante, mas pouco a pouco os segredos foram revelados, o que as crianças viram e o que fizeram com a maioria delas.

— De quantas crianças estamos falando? — perguntou Jane.

— Muitas. Mas escolhemos não usar todos os depoimentos.

— Porque eram ainda mais surreais?

— Já se passaram vinte anos. Por que vocês estão questionando o meu trabalho no caso?

— Uma jornalista afirma que você implantou lembranças falsas naquelas crianças.

— Bonnie Sandridge? — Erica bufou. — Ela *se diz* jornalista. Mas não passa de uma maluca.

— Então você a conhece.

— Faço o máximo para evitá-la. Ela passou os últimos anos escrevendo um livro sobre casos envolvendo rituais satânicos. Tentou me entrevistar uma vez, mas parecia uma emboscada. Ela tem uma missão deturpada em mente e acha que todos esses casos foram uma caça às bruxas. — Erica acenou como se a desconsiderasse. — Por que devo me importar com o que ela diz?

— Cassandra Coyle se importava e queria que Bonnie corrigisse a história. Cassandra acreditava que Martin e os pais dele eram inocentes e vinha entrando em contato com as outras crianças, perguntando do que se lembravam.

— Bonnie Sandridge contou isso para vocês?

— Os registros telefônicos confirmam a história. Cassandra Coyle *de fato* ligou para Sarah Basterash, Timothy McDougal e Billy Sullivan. Tivemos que examinar as listas de ligações de um período de quase um ano e foi assim que deixamos isso passar na primeira vez. A única pessoa para quem Cassandra não ligou foi Holly Devine, porque ninguém conseguia localizá-la.

— Vinte anos se passam, e de uma hora para outra Cassandra resolve inocentar a família Stanek? — Erica balançou a cabeça. — Por quê?

— *Você* não ficaria incomodada se descobrisse que mandou um homem inocente para a prisão?

— Bem, eu não tenho nenhuma sombra de dúvida. Ele era culpado, e o júri concordou comigo.

Erica se levantou, um sinal de que o encontro havia chegado ao fim.

— A justiça foi feita, e não há mais nada a dizer.

35

— Outra vitória para a família Rizzoli de combatentes do crime! — declarou o pai de Jane.

Ele estourou a rolha, derramando prosecco na toalha de mesa toscana amarela preferida de Angela.

— Não fique assim, papai — disse Jane. — Não é lá grande coisa.

— Claro que é! Sempre que o nome da nossa família aparece no *Boston Globe* vale a pena comemorar.

Jane olhou para o irmão.

— Ei, Frankie, você devia roubar um banco. Isso valeria uma garrafa de champanhe *de verdade*.

— Fiquem de olho, o nosso Frankie aqui vai aparecer nas manchetes qualquer dia desses. Posso até ver o título: "Agente especial Frank Rizzoli, Jr., sozinho, desmantela sindicato internacional do crime!"

Frank encheu uma taça de espumante e a passou para o filho.

— Eu sempre soube que os meus filhos me deixariam orgulhoso.

— Os *nossos* filhos — corrigiu Angela. Ela colocou a bandeja de rosbife na mesa. — Eu também tive algo a ver com isso.

— Frankie vai entrar para o FBI, e Jane já está nos jornais. Mikey ainda precisa decidir o que vai fazer da vida, mas sei que vai me deixar orgulhoso um dia. Eu queria que ele estivesse aqui com a gente nessa bela ocasião, mas estar com dois dos meus três filhos já é uma grande comemoração.

— *Nossos* filhos — repetiu Angela. — Não é como se você os tivesse criado sozinho.

— Sim, sim, nossos filhos. — Ele ergueu a taça de prosecco. — Um brinde à detetive Jane Rizzoli por despachar outro vagabundo.

Enquanto o pai e o irmão tomavam suas taças de prosecco, Jane olhou para Gabriel, que, entretido, acenou com a cabeça e diligentemente tomou um gole. Ela não imaginava que o jantar da família Rizzoli esta noite era uma celebração da vitória pelo seu trabalho no "caso do Assassino dos Globos Oculares", como seu irmão gostava de chamá-lo. Na verdade, Jane não tinha quase nenhuma sensação de vitória; como podia festejar quando seu suspeito estava morto e muitas perguntas permaneciam sem resposta? Não podia ignorar a sensação de que o trabalho estava incompleto, de que havia deixado alguma coisa passar. O prosecco tinha um gosto amargo, certamente não de triunfo, e depois de um gole ela o abandonou na mesa. Notou que Angela também não estava bebendo. Era típico do pai comprar uma garrafa de vinho tão vagabundo que ninguém com um mínimo de gosto teria coragem de tomar.

Isso não impedia Frank e Frank Jr. de beberem avidamente enquanto brindavam ao triunfo da família Rizzoli. Se isso era justiça, o preço por ela havia sido terrível. Jane pensou no corpo tomado pelo câncer de Earl Devine na mesa de necropsia, seu segredo trágico revelado. Pensou em Martin Stanek, que foi para o túmulo insistindo ser inocente.

E se ele estivesse dizendo a verdade?

— Por que essa cara emburrada, Janezinha? Você devia entrar no espírito da coisa — comentou o pai, cortando um pedaço de carne no prato. — Essa é uma noite de comemoração!

— Não é como se eu tivesse conquistado a paz mundial ou algo do gênero.

— Você não acha que um trabalho bem-feito merece um brinde com champanhe?

— Isso é prosecco — resmungou Angela, mas ninguém pareceu ouvir. Ela estava sentada à ponta da mesa, os ombros caídos, a comida no prato intocada. Enquanto o marido e o filho devoravam a refeição que ela havia preparado, Angela sequer ergueu o garfo.

— Estou um pouco incomodada com o caminho que esse caso tomou — comentou Jane.

— Assassino morto, caso resolvido. — Seu irmão riu e deu um soco no braço de Jane.

— Ele bateu na mamãe! — protestou Regina.

— Eu não bati nela, menina — retrucou Frank. — Dei só um soquinho de vitória.

— Você bateu nela, eu vi!

Jane deu um beijo na cabeça da filha indignada.

— Tudo bem, querida. O tio Frankie só está brincando comigo.

— Isso é o que gente grande faz — disse Frankie.

— Bate nas pessoas? — Regina olhou zangada para ele.

O que sai da boca de uma criança.

— Você tem que aprender a se defender, garotinha. — Frankie ergueu os punhos e brincou de boxe com a sobrinha. — Vamos, mostra pro tio Frankie que você consegue contra-atacar.

— Não faça isso — pediu Angela.

— É só brincadeira, mãe.

— Ela é uma garotinha. Não tem que aprender a brigar.

— Claro que tem. Ela é uma Rizzoli.

— Tecnicamente — disse Jane, olhando para o marido sempre paciente —, ela é uma Dean.

— Mas tem sangue Rizzoli. E todo Rizzoli sabe se defender.

— Não, não sabe — retrucou Angela. Seu rosto estava vermelho, e havia um brilho vulcânico em seus olhos. — Alguns de nós não contra-atacam. Alguns são covardes. Como eu.

Com a boca cheia de rosbife, Frankie franziu a testa.

— Do que você está falando, mãe?

— Você me ouviu. Eu fui uma covarde.

Frank largou o garfo.

— O que está acontecendo, afinal?

— Você, Frank. Eu. Tudo isso é uma merda.

Regina olhou para Gabriel.

— Papai, ela falou um palavrão.

Enrubescida, Angela se virou para a neta.

— Sim, querida, eu falei. Me desculpe, me desculpe. — Ela afastou a cadeira da mesa e se levantou. — A vovó precisa de um descanso.

— Precisa mesmo! — gritou Frank enquanto Angela desaparecia na cozinha. Ele olhou ao redor da mesa. — Não sei o que deu nela. Angela anda tão mal-humorada ultimamente.

Jane se levantou.

— Vou lá falar com ela.

— Não, deixa ela em paz. Ela só precisa se recompor.

— O que ela precisa é de alguém que a escute.

— Você é que sabe — grunhiu Frank, e pegou de novo a garrafa de prosecco.

Mamãe com certeza precisa de um tempo. Pelo menos para evitar uma acusação de assassinato na ficha.

Na cozinha, Jane encontrou Angela perto da bancada, lançando um olhar sinistro para o cepo de facas de chef.

— Quer saber, mamãe, veneno seria muito mais limpo — comentou Jane.

— Qual é a dose fatal para estricnina?

— Se eu disser, vou ter que te prender.

— Não é para ele. É para *mim*.

— Mãe?

Angela se virou para a filha com um ar de infelicidade extrema.

— Eu não consigo fazer isso, Jane.

— Espero mesmo que não.

— Não, eu quero dizer que não consigo fazer *isso.* — Angela apontou para as panelas e frigideiras na pia, para o fogão salpicado de óleo, para a torta à espera na bancada. — É a mesma armadilha em que eu estava antes. É assim que *ele* quer as coisas, mas isso não é para mim. Eu tentei, de verdade. E olha só onde eu vim parar.

— Prestes a tomar estricnina.

— Exatamente.

Pela porta fechada da cozinha, ouviram a risada dos homens. Frank e Frankie, fazendo farra no meio da refeição preparada com ternura por Angela. Será que eles conseguiam sentir o carinho que ela havia colocado no rosbife e nas batatas? Teriam noção de que neste exato momento, do outro lado da porta da cozinha, estava sendo tomada uma decisão que mudaria cada futura refeição que eles comeriam naquela mesa de jantar?

— Eu vou fazer isso — declarou Angela. — Vou deixar o Frank.

— Ah, mãe.

— Não tente me convencer do contrário. Ou eu faço isso ou eu morro. Eu juro, eu vou definhar até morrer.

— Não vou tentar convencer você do contrário, mãe. Ouça o que *eu* vou fazer. — Jane colocou as mãos nos ombros da mãe e olhou nos olhos dela. — Eu vou ajudar você a fazer as malas. E depois vou levar você para ficar na nossa casa.

— Agora?

— Se você quiser.

Os olhos de Angela se encheram de lágrimas.

— É o que eu quero. Mas eu não posso ficar com você. Não tem espaço para mim no seu apartamento.

— Você pode dormir no quarto de Regina por enquanto. Ela vai adorar ter a vovó por perto.

— Vai ser só por um tempo, eu juro. Meu Deus, o seu pai vai fazer uma cena.

— A gente não precisa dizer nada a ele. Vamos subir e fazer as malas.

Saíram juntas da cozinha. Frank e Frankie estavam tão entretidos em sua conversa de homem que nem notaram as mulheres atravessando a sala de jantar, mas Gabriel lançou a Jane um olhar que indagava "o que está acontecendo?". Claro que seria ele quem perceberia alguma coisa. Gabriel notava tudo. Ela respondeu com um aceno de cabeça e seguiu a mãe até a escada.

No quarto, Angela abriu as gavetas e apanhou suéteres e roupas íntimas. Pegou o necessário para apenas algumas noites; teria que voltar para pegar mais quando Frank não estivesse em casa para ficar no caminho. Dois anos antes, sofrendo uma crise de meia-idade envolvendo uma loira oxigenada, Frank deixara Angela, mas certamente não permitiria que Angela *o* deixasse sem briga. Se elas saíssem depressa o bastante, talvez ele nem chegasse a notar que sua esposa estava deixando a casa.

Jane carregou a mala escada abaixo, onde encontrou Gabriel já à espera na porta da casa.

— Posso ajudar? — perguntou em voz baixa.

— Leve isso para o carro. Mamãe está indo para casa com a gente.

Gabriel não discutiu, não fez perguntas. Já havia captado a situação e entendido o que precisava ser feito e, sem dizer uma palavra, levou a mala para fora.

— Eu preciso ir no meu próprio carro — avisou Angela. — Não posso deixá-lo aqui. Por que não nos encontramos na sua casa?

— Não, você precisa de companhia agora, mãe. Eu vou com você — avisou Jane.

— Você vai com ela para onde? — perguntou seu pai. Frank estava no vestíbulo, franzindo a testa para elas. — O que é esse cochicho todo? O que está acontecendo?

— Mamãe vai ficar com a gente — respondeu Jane.

— Por quê?

— Você sabe por quê — disse Angela. — E se não sabe *deveria* saber. — Ela pegou o casaco do closet. — A sobremesa está na cozinha, Frank. Torta de mirtilo. E tem sorvete de baunilha na geladeira. Ben & Jerry's, exatamente como você pediu.

— Espera aí, você não está me deixando, está?

— *Você* me deixou.

— Mas eu voltei. Fiz isso pela família!

— Você fez isso porque tomou um pé na bunda da Perua. Eu tenho uma vida para viver, Frank, e não vou passá-la infeliz.

Angela agarrou a bolsa na mesa da entrada e saiu porta afora.

Frank bufou para Jane.

— Ela vai voltar. Você vai ver.

Eu não contaria com isso.

Jane saiu e encontrou Angela sentada no carro, o motor já esquentando.

— Deixa que eu dirijo, mãe. Você está nervosa.

— Eu estou ótima. Vamos, entra.

Jane passou para o banco do carona e fechou a porta.

— Você tem certeza disso?

— Nunca tive tanta certeza de algo na minha vida. — Angela agarrou o volante com as duas mãos. — Vamos para longe dessa espelunca.

Conforme se afastavam, Jane olhou para trás, observando a casa dos pais, a casa onde Angela havia criado os três filhos. Sua convicção em abandoná-la agora fazia Jane ter uma ideia de quão desesperadamente infeliz sua mãe estava. Nos últimos meses vira essa infelicidade no rosto desanimado de Angela, nos cabelos desgrenhados e nos ombros sempre caídos. Com certeza Frank tinha percebido os mesmos sinais, mas ele jamais havia acreditado que Angela fosse fazer qualquer coisa em relação a esse sentimento. Até este momento Frank achava que sua esposa fugitiva voltaria para casa dentro de alguns dias. Ele sequer se deu ao trabalho de ficar do lado de fora para vê-la partir, e logo voltou para dentro de casa, fechando a porta.

— Eu prometo que não vou ficar com você mais tempo do que o necessário — avisou Angela. — Só o suficiente para encontrar um lugar para mim.

— Mãe, não vamos nos preocupar com isso agora.

— Mas eu me preocupo. Eu me preocupo com tudo. Quando uma mulher chega à minha idade, ela subitamente se torna um fardo para todo mundo. Ou um animal de carga. Não sei o que é pior. Seja como for, é...

Ela olhou para a placa de uma rua e deu um leve suspiro.

— O que foi?

— É a entrada da casa dele.

Não precisava dizer o nome. Jane sabia quem era *ele*: Vince Korsak, o homem, que havia entrado brevemente na vida da mãe quando seu pai a deixara.

— Ele deve estar saindo com outra pessoa a essa altura — comentou Angela em voz baixa.

— Como eu falei, não sei, mãe.

— Claro que está. Um homem bacana como Vince.

Korsak? Jane quase riu. O detetive aposentado Vince Korsak era um ataque cardíaco ambulante, acima do peso e hipertenso, com um apetite enorme e uma dolorosa falta de habilidade social. Mas se apaixonara de verdade por Angela e ficara arrasado quando ela acabou com o relacionamento e voltou para o marido.

Abruptamente, Angela virou o volante, os pneus cantando enquanto ela dava meia-volta com o carro no meio da rua.

— O que você está fazendo, mãe? Isso é ilegal!

— Eu preciso saber.

— Saber o quê?

— Se ainda existe uma chance.

— Com Korsak?

— Eu parti o coração dele quando o deixei, Jane. Pode ser que ele nunca mais me perdoe.

— Ele sabia o que você estava enfrentando. Papai. A família.

— Nem sei se ele vai querer falar comigo.

O pé de Angela deixou o acelerador, como se ela subitamente questionasse aquele impulso maluco. Então, pisou fundo de novo, e o carro seguiu em frente.

Tudo o que Jane pôde fazer foi se segurar durante a corrida.

Pararam com os pneus cantando diante do prédio de Korsak. Angela respirou fundo, reunindo coragem.

— Que tal apenas ligar para ele? — sugeriu Jane.

— Não. Não. Eu preciso ver o rosto de Victor. Preciso ler os sentimentos quando ele olhar para mim.

Angela escancarou a porta do carro.

— Me espere aqui, Janezinha. Essa pode ser uma visita muito breve.

Jane viu a mãe descer do carro. Angela parou na calçada para ajeitar o casaco e passar os dedos pelos cabelos. Ela parecia uma garota no primeiro encontro, e a transformação foi espantosa — seus ombros não estavam mais caídos em derrota, o queixo se ergueu para encarar o que desse e viesse. Ela abriu a porta e desapareceu dentro do prédio.

Jane esperou. E esperou.

Vinte minutos depois, Angela ainda não tinha voltado.

Jane pensou em todas os possíveis motivos, a maioria deles ruins. E se Angela tivesse encontrado Korsak com outra mulher, uma mulher ciumenta? Ela podia estar lá agora, esfaqueada e sangrando. Ou Korsak podia estar esfaqueado e sangrando. Essa era a desvantagem de ser policial: sua cabeça sempre imaginava os piores cenários, porque já vira muita coisa ruim acontecer.

Sacou o celular para falar com a mãe, mas se deu conta de que Angela tinha deixado a bolsa e o celular no carro. Ligou para o celular de Korsak, mas, depois de quatro chamadas, se deparou com a caixa postal.

Estão os dois esfaqueados e sangrando. E você sentada aí.

Com um suspiro, ela desceu do carro.

Fazia meses desde que visitara o apartamento de Korsak, mas nada no edifício tinha mudado. A palmeira artificial ainda estava no saguão, os ladrilhos do piso continuavam rachados, o elevador permanecia quebrado. Pegou as escadas e foi para o segundo andar para bater no 217. Não houve resposta, mas, pela porta fechada, conseguiu ouvir a TV a todo volume, uma trilha sonora de gritos e uivos acompanhada pelo batuque agourento de tambores.

A porta não estava trancada. Jane entrou.

O lugar continuava exatamente como ela lembrava: sofá de couro preto, uma mesa de centro de vidro fumê, uma TV de tela grande. O clássico apartamento de um homem solteiro. Na TV, um filme de terror antigo em preto e branco; a única luz na sala de estar às escuras vinha das imagens bruxuleantes dos rostos horrorizados que olhavam para algo no céu. Óvnis. Um filme de invasão alienígena.

Um som de vozes — vozes reais — fez com que ela se virasse para a cozinha.

Um olhar de relance para a passagem que dava na cozinha lhe contou mais do que ela precisava saber. Angela e Korsak estavam abraçados, os lábios selados num beijo, as mãos perambulando pelo corpo um do outro. Jane tinha sido forçada a testemunhar muitas coisas na vida, coisas que ela não gostaria de rever, e sua mãe dando um beijo de língua em Vince Korsak era uma delas. Recuou, voltou para a sala de estar e afundou no sofá.

O que eu faço agora?

Sentou-se diante do brilho tremeluzente da TV, perguntando-se quanto tempo teria que esperar até que esta sessão reconciliatória de beijos e amassos terminasse. Devia ligar para Gabriel, pedir a ele que trouxesse a mala da mãe e lhe desse uma carona para casa?

Na TV, uma mulher atravessava uma floresta aos trancos e barrancos, fugindo do que parecia um homem vestindo uma gigantesca roupa de borracha de formiga. Então lembrou que Korsak tinha uma coleção de filmes de terror antigos porque, como ele costumava dizer: "Nada como um filme de terror para fazer a sua garota querer te abraçar." Como se somente o medo levasse uma mulher a cair nos braços dele.

A criatura formiga emergiu dos arbustos em toda a sua glória borrachuda. A mulher tropeçou num toco de árvore e caiu. Claro que ela caiu. Toda mulher que foge por uma floresta tem que tropeçar e cair. Era outra regra do bê-á-bá do terror. Então a mulher desajeitada ficou de pé, soluçando e histérica. Ao ver a Formiga de Borracha avançando para dar o bote, Jane foi subitamente tomada por uma lembrança. Outro filme de terror. Outra jovem correndo pela floresta, perseguida por um assassino.

Ela se aprumou no sofá, pensando em *Sr. Símio*, escrito e produzido por Cassandra Coyle. Um filme que os colegas da vítima alegaram ter sido inspirado em um incidente verdadeiro da infância de Cassandra. *Uma garota que desapareceu.*

Essa garota devia ser Lizzie DiPalma.

— Ah, Janezinha. Você está aqui — disse Angela.

Jane não se virou para olhar para a mãe.

Seu olhar ainda estava fixado na TV, seus pensamentos ainda em Cassandra e Lizzie. Em suas próprias dúvidas sobre como o caso tinha sido resolvido e como muitas perguntas permaneceram sem resposta.

— Eu não vou para casa com você — avisou Angela. — Vou ficar aqui com o Vince. Espero que não se importe, querida.

— É claro que ela não se importa — disse Korsak. — Por que se importaria? Somos todos adultos aqui.

— Então isso ainda não terminou — disse Jane, e se levantou.

— Não, com certeza não terminou — disse Angela, sorrindo alegremente para Korsak. — Na verdade, pode ficar melhor que nunca.

— Eu preciso ir, mãe.

— Espera. E a minha mala?

— Vou pedir para o Gabriel trazer.

— Então você aprova Vince e eu vivendo no, você sabe... pecado?

Jane olhou para a mão gorda de Korsak no quadril de Angela e estremeceu ao pensar no que aconteceria naquele quarto naquela noite.

— A vida é curta, mãe — disse ela —, e eu tenho coisas a fazer.

— Aonde você vai com essa pressa toda? — perguntou Korsak.

— Ver um filme.

36

— A cor ainda precisa ser digitalizada e falta a trilha sonora, portanto não vai ter toda a carga emocional que você recebe com a música assustadora — explicou Travis Chang. — Mas é a nossa versão fechada. Muito parecida com o filme acabado, por isso acho que podemos finalmente mostrar para você.

Desde a última visita de Jane à Crazy Ruby Filmes, os três cineastas tinham limpado o local. As caixas de pizza e as latas de refrigerante haviam sumido, as lixeiras estavam vazias, e o odor de meias sujas desaparecera, substituído pelo aroma saboroso de pipoca de micro-ondas, que Amber agora despejava numa tigela para que todos pudessem comer. Mas ninguém tinha passado o aspirador na sala ainda, de modo que Jane precisou afastar algumas pipocas velhas sobre as almofadas do sofá antes de se sentar.

Ben e Travis se juntaram a ela, um de cada lado, ambos olhando para Jane como se fosse um alienígena que havia caído em seu meio.

— Então, detetive — começou Ben. — A gente estava se perguntando...

— O quê?

— Por que você mudou de ideia? Você tinha dito que não era fã de filmes de terror. Mas então de repente aparece aqui numa noite de sábado insistindo para que a gente projete *Sr. Símio*. Por quê?

— Insônia?

— Vamos lá — insistiu Travis. — Qual é o motivo real?

Todos os três cineastas a observavam, aguardando a resposta. A verdade.

— Na noite em que interroguei vocês, pouco depois do assassinato de Cassandra, um de vocês comentou que *Sr. Símio* era inspirado num incidente real, algo que aconteceu quando Cassandra era criança.

— Sim — disse Amber. — Ela falou que uma menina tinha desaparecido.

— Ela chegou a dizer o nome da menina?

— Não. Era só alguém da escola.

— Eu acho que o nome da criança era Lizzie DiPalma. Tinha 9 anos quando desapareceu.

Amber franziu a testa.

— Os personagens do roteiro da Cassie, os que desaparecem, têm todos 17 anos.

— Acho que eles estão ali representando Lizzie, a menina real de 9 anos. Acho que o assassino na sua história poderia ser uma versão do homem que a levou.

— Espera — disse Travis. — O Sr. Símio é real?

— No seu filme, quem é o Sr. Símio?

Travis foi até o computador e digitou algo no teclado.

— Acho que a melhor forma de responder isso é mostrando o filme para você. Fique à vontade, detetive. Aí vai.

Enquanto Amber diminuía as luzes, o logotipo de abertura da Crazy Ruby Filmes aparecia na TV de tela grande, uma imagem de estilhaços se juntando para formar uma representação cubista do rosto de uma mulher.

— Aquele logo foi ideia minha — comentou Amber. — Representa vários fragmentos se juntando num todo visual. É uma síntese do cinema.

— Ali, está vendo aquilo? — apontou Travis, pegando um punhado de pipoca da tigela e se sentando no chão aos pés de Jane. — Aquela tomada de abertura na floresta acabou exigindo quatro dias horríveis de filmagem. Nossa estrela original apareceu completamente chapada e foi demitida. A gente teve que botar outra pessoa no lugar, tipo, da noite para o dia.

— E eu torci o tornozelo naquela tomada — acrescentou Ben. — Passei semanas mancando. Era como se o nosso projeto estivesse bichado desde o primeiro dia.

Na tela, uma bela mulher loira com jeans salpicados de lama correndo enquanto tropeçava por uma floresta escura. Mesmo sem uma música ameaçadora, a tensão era evidente em sua expressão de pânico, em sua respiração ofegante. Ela olhou para trás sem se virar e uma luz brilhou, o facho iluminando seu rosto, seus lábios congelados numa expressão de terror.

Corte brusco para a mesma garota dormindo tranquilamente em seu quarto cor-de-rosa. A legenda dizia: "Uma semana antes."

— Aquela primeira cena na floresta foi só um flash-forward — explicou Amber. — Agora voltamos uma semana para ver como a nossa personagem Anna foi acabar naquela mata, correndo desesperadamente.

Corte para a aula de biologia de Anna, onde a câmera fazia uma panorâmica pelos estudantes: duas garotas, rindo e passando bilhetinhos. Um rapaz musculoso que parecia entediado, desleixado em seu casaco estudantil. Um garoto pálido e estudioso fazendo anotações com dedicação. Devagar, a câmera virou até a frente da sala de aula e focalizou o professor.

Jane encarou os cabelos loiros finos, o rosto redondo de bebê, os óculos com armação de arame. Ela sabia exatamente por que aquele ator tinha sido escolhido. Ele era a imagem escarrada de um jovem Martin Stanek.

— É esse o Sr. Símio? — perguntou em voz baixa.

— Talvez — respondeu Travis. Em seguida, com um sorriso malicioso, acrescentou: — Ou talvez não. Não queremos contar o final do filme. Você vai ter que continuar assistindo.

Na tela, os estudantes saíam em fila da sala de aula, tagarelando entre si enquanto abriam seus armários no corredor. Lá estavam os personagens característicos de qualquer filme de terror adolescente: o atleta, a mocinha solitária, o nerd, a líder de torcida metida a sexy, a morena sensata. Claro, a morena sobreviveria; nos filmes de terror, a garota sensata geralmente sobrevivia.

Aos vinte minutos de filme, a morena perdeu a cabeça para um machado.

A cena da morte era um festival macabro em câmera lenta, com sangue jorrando e pedaços de crânio voando, que fez Jane se contorcer na almofada do sofá. Céus, não era de se admirar que ela não gostasse de filmes de terror; lembravam muito o próprio trabalho. Olhou para o corpo decapitado da mulher morena esparramado na floresta e se lembrou de quando vira um corpo exatamente assim deitado numa banheira em Dorchester, de uma jovem decapitada pelo namorado entupido de crack. Aquele terror em particular era a vida real, mas pelo menos ela não havia tido que testemunhar seu acontecimento e tivera o benefício de ser avisada previamente sobre o que encontraria. Geralmente a advertência vinha numa ligação de um oficial de voz soturna na cena do crime, avisando-a de que aquele era realmente forte, e, antes de ir até a cena, ela se preparava para a visão e os cheiros, porque um público formado por patrulheiros sempre se interessava em ver se a policial mulher era durona o suficiente. Ela fazia questão de mostrar que *era*.

Jane olhou para os três cineastas, para quem a sanguinolência falsa era um instrumento de trabalho. Para eles, um assassinato era sinônimo de diversão. *Para mim, é sempre uma maldita tragédia.*

Na tela, o assassino era apenas uma vaga silhueta. Nenhum rosto, nenhuma feição, apenas uma sombra se erguendo sobre o corpo da mulher decapitada. Uma pá escavava o solo. A cabeça cortada fez um arco na noite e caiu com um baque na cova aberta.

Ben sorriu para Jane.

— Aposto que essa morte pegou você de surpresa.

— Sim — admitiu ela.

Que outras surpresas estavam reservadas nesse filme? *O que você estava tentando nos dizer, Cassandra?* A história tinha paralelos sinistros com os assassinatos da vida real que se seguiriam: cinco potenciais alvos. Uma morte repulsiva atrás da outra. Um assassino implacável que trabalhava numa creche. Teria Cassandra previsto de certa forma seu próprio destino, assim como o das outras crianças que depuseram contra a família de Martin?

Passados mais vinte minutos de filme, o Sr. Símio sem rosto atacou novamente: desta vez, seu machado talhou o pescoço musculoso do atleta. Nenhuma surpresa ali; nos filmes sanguinolentos, o atleta estava quase sempre condenado. Jane tampouco se surpreendeu quando a líder de torcida mau-caráter se transformou na próxima vítima, em meio a uma explosão de miolos e sangue cenográfico. Era esperado que garotas más morressem; era o prazer oculto de todo espectador, vingança contra todas as garotas metidas que tornaram suas vidas infelizes.

Travis se virou para ela.

— O que está achando até agora?

— É, hã, envolvente — admitiu.

— Já descobriu quem é o Sr. Símio?

— Obviamente é *aquele* cara.

Jane apontou para o sósia de Martin Stanek, que naquele instante se agachava num armário escuro, olhando por uma fresta na parede para o banheiro das meninas. Do outro lado, a menina solitária ergueu a saia e ajeitou a meia-calça. O professor voyeur olhava maliciosamente.

— Não há dúvida de que ele é doente — concluiu Jane.

— Isso é, mas seria ele o assassino?

— Quem mais poderia ser? Com exceção das crianças e dos pais, não há nenhum outro suspeito nesse filme.

Travis sorriu.

— O que parece óbvio nem sempre é verdade. Não ensinam isso na escola de detetives?

Jane levou um susto quando um jorro de sangue fresco salpicou a parede onde o voyeur estava agachado. O professor sinistro — o homem que ela acreditava ser o Sr. Símio — caiu no chão, uma machadinha enfiada na cabeça. Lentamente a figura do verdadeiro Sr. Símio entrou em cena. Um assassino de quem ela nunca havia suspeitado. Um assassino usando um gorro de tricô cintilante com canutilhos prateados.

— Você ficou surpresa, não foi? — disse Travis. — É o bê-á-bá do terror. O assassino é sempre a pessoa de quem você menos suspeita.

Jane pegou o celular e ligou para Frost.

— Nós estávamos redondamente enganados — disse a ele. — Esse caso *nunca* foi sobre a Macieira. Nunca foi sequer sobre Martin e a família dele.

Ela olhou para a tela, onde uma Anna aterrorizada corria pela floresta, perseguida por um assassino que agora tinha um rosto.

— Tudo está relacionado a Lizzie DiPalma. E ao que realmente aconteceu com ela.

Nos dezessete anos que se seguiram ao desaparecimento de Lizzie, Arlene DiPalma permaneceu na mesma vizinhança, na mesma casa que havia compartilhado com a filha de 9 anos. Talvez alimentasse a esperança de que um dia ela voltaria a entrar pela porta da frente. Talvez a perda da única filha a tivesse paralisado numa dor tão profunda que não conseguira seguir em frente, incapaz de lidar com qualquer mudança. Então, dois anos antes, a mudança lhe fora imposta com a morte do marido por conta de um derrame.

A viuvez repentina foi o que finalmente arrancara Arlene do estado de animação suspensa. Um ano depois da morte do marido, ela havia vendido a casa de Brookline e se mudado para uma casa de repouso à beira-mar em East Falmouth, no cotovelo da península de Cape Cod.

— Eu sempre quis morar perto da água — contou Arlene. — Não sei por que demorei tanto para finalmente tomar a decisão. Talvez eu nunca tenha me sentido velha o bastante para estar num desses lugares de repouso, embora eu com certeza seja. — Ela olhou pelas janelas da sala de estar para Nantucket Sound, onde a água era de um cinza proibitivo sob as nuvens invernais de tempestade. — Eu tinha 40 anos quando Lizzie nasceu. Uma mãe velha.

O que fazia com que agora estivesse com 69 anos, pensou Jane, e ela exibia todos esses anos no rosto. A dor era como uma pílula de envelhecimento, fazendo os anos passarem mais rápido, tornando os cabelos grisalhos, a carne murcha. Sobre a lareira havia uma foto de uma Arlene recém-casada, com o rosto jovem e bonito. Aquela mulher não era mais visível; como a filha, Lizzie, a Arlene recém-casada desaparecera havia muito.

Arlene se afastou da janela e se sentou para encarar Jane e Frost.

— Pensei que a polícia tivesse se esquecido dela. Depois de todo esse tempo, fiquei surpresa quando vocês entraram em contato. Quando me ligaram hoje de manhã, não pude deixar de pensar que ela finalmente teria sido encontrada.

— Lamento ter que desapontá-la, Sra. DiPalma — disse Jane.

— Vinte anos com tantas pistas falsas, mas ela nunca vai embora.

— O que não vai embora?

— A esperança. De que a minha filha ainda esteja viva. De que esse tempo todo alguém a tenha prendido num porão, como aquelas garotas em Ohio. Ou como aquela coitada, Elizabeth Smart, aterrorizada demais para fugir dos sequestradores. Continuo esperando que quem a raptou apenas quisesse uma filha para si, alguém para poder amar e cuidar. Que algum dia a minha Lizzie se lembre de quem ela realmente é e que pegue um telefone e me ligue.

Arlene respirou fundo.

— É possível — sussurrou.

— Sim. É, sim.

— Mas agora vocês estão falando de casos de homicídio, do assassinato de quatro pessoas. E isso acaba com qualquer esperança que eu pudesse ter.

Frost se inclinou para a frente no sofá e tocou a mão da mulher.

— O corpo dela nunca foi encontrado, Sra. DiPalma. Enquanto não o encontrarem, não saberemos se ela está morta.

— Mas vocês acham que ela está, não é? Todo mundo acha, até o meu marido. Mas eu me recusava a aceitar.

Ela encarou Frost.

— O senhor tem filhos?

— Não, senhora. Mas a detetive Rizzoli tem.

Arlene olhou para Jane.

— Um menino? Uma menina?

— Uma garotinha — respondeu Jane. — De 3 anos. E, assim como a senhora, eu nunca deixaria de ter esperança, Sra. DiPalma. As mães nunca deixam. É por isso que eu quero descobrir o que aconteceu com Lizzie. Quero que a senhora tenha a sua resposta.

Arlene assentiu com a cabeça e se empertigou no assento.

— Me diga como posso ajudar.

— Há vinte anos, quando Lizzie desapareceu, o principal suspeito foi Martin Stanek. Ele foi mandado para a prisão por abuso de crianças, mas nunca foi culpado pelo sequestro da sua filha.

— A promotora me disse que fez o melhor para isso.

— A senhora foi ao julgamento?

— É claro. Vários pais da Creche da Macieira compareceram.

— Então a senhora ouviu as provas, estava lá quando Martin Stanek depôs.

— Eu torcia para que ele confessasse no banco de testemunhas, para que finalmente nos contasse o que tinha feito com ela.

— A senhora acredita que Martin Stanek levou sua filha?

— Todo mundo acreditava. A polícia, os promotores.

— E os outros pais?

— Os pais de Holly acreditavam com certeza.

— Me fale de Holly Devine. O que se lembra dela?

Arlene deu de ombros.

— Nada em particular. Uma garota quieta. Bonita. Por que a pergunta?

— Ela nunca pareceu estranha?

— Eu não a conhecia bem. Ela era um ano mais velha que Lizzie e estava em outra série, então elas não eram amigas.

Arlene franziu a testa para Jane.

— Tem algum motivo para me perguntar sobre ela?

— Holly Devine foi a criança que encontrou o gorro da sua filha no ônibus escolar. Também foi a primeira criança a acusar Martin e a família de abuso. Ela iniciou toda a cadeia de investigações que levou à condenação e à prisão dos Staneks.

— Por que tudo isso está vindo à tona agora?

— Porque estamos tentando descobrir se Holly Devine disse a verdade. Sobre tudo o que aconteceu.

Essa possibilidade pareceu surpreender Arlene, que agarrou os braços da poltrona, claramente se esforçando para entender o que isso poderia significar.

— Vocês acham que *Holly* teve algo a ver com o desaparecimento da minha filha?

— A possibilidade foi levantada.

— Por quem?

Por uma mulher morta, pensou Jane. Por Cassandra Coyle, que transmitira a mensagem do túmulo, na forma de um filme de terror. Em *Sr. Símio*, o assassino não era o professor, de quem todos suspeitavam. Da mesma forma que Martin Stanek, o professor do filme era uma mera distração, um bode expiatório conveniente que chamava a atenção de todo mundo enquanto nas sombras espreitava o verdadeiro assassino: a mocinha solitária.

É o bê-á-bá do terror.

Arlene DiPalma balançou a cabeça.

— Não, eu não consigo imaginar aquela menina machucando a minha filha. Talvez o menino fosse capaz, mas por que Holly faria isso?

— Menino? — Jane olhou para Frost, que pareceu igualmente surpreso. — Que menino?

— Billy Sullivan. Lizzie o desprezava. Eles não estavam nem na mesma turma na escola. Ele era dois anos mais velho que a Lizzie, mas ela sabia que era melhor ficar longe dele.

Jane se inclinou para a frente, sua atenção subitamente aguçada. Em voz baixa, perguntou:

— O que Billy fez com a sua filha?

Arlene suspirou.

— No começo parecia só uma provocação normal na escola. Garotos fazem isso às vezes. Mas a minha Lizzie se recusava a ser uma vítima. Ela sempre se defendia, o que fazia com que Billy fosse ainda mais cruel. Acho que ele não estava acostumado a ser contrariado, e Lizzie não baixava a cabeça nem um pouco. Então ele ficou cada vez mais agressivo. Ele a empurrava no recreio. Roubava o dinheiro da merenda dela. Mas era esperto, nunca fazia nada quando tinha alguém olhando. Como ninguém via nada acontecendo, era sempre a palavra de Lizzie contra a de Billy. Quando eu liguei para a mãe dele para reclamar, Susan não acreditou. Não, o Billy era um *anjo*. Era brilhante, e a minha Lizzie não passava de uma mentirosa.

Mesmo quando Lizzie voltou para casa um dia com o lábio sangrando, Susan insistiu que não tinha nada a ver com o filho dela.

— Foi esse o incidente no ônibus? A razão para encontrarem vestígios do sangue dela?

— Sim. Billy esticou o pé e fez com que ela tropeçasse. Lizzie caiu e se cortou. Mas, de novo, era a palavra de Lizzie contra a dele.

— Por que nada disso foi dito no julgamento? — perguntou Frost.

— Foi, de certa forma. Eu falei ao tribunal que havia um motivo para ter sangue de Lizzie no ônibus, mas ninguém perguntou *por que* ela tinha cortado o lábio. E a promotora Erica Shay ficou furiosa comigo simplesmente por ter compartilhado essa informação. Ela não queria revelar nada que comprometesse a acusação contra Martin Stanek, porque tinha certeza absoluta de que ele tinha raptado a minha filha.

— E a senhora ainda acredita nisso? — perguntou Jane.

— Não sei. Agora eu estou bastante confusa. — Arlene suspirou de novo. — Eu só quero saber dela. Não importa se ela estiver morta ou viva. Eu quero saber o que aconteceu com a minha Lizzie.

Do lado de fora, as nuvens de tempestade que haviam escurecido o céu da manhã finalmente despejaram flocos de neve enormes que rodopiaram e foram para o mar. No verão, aquele seria um lugar adorável para passar o dia deitado na praia ou construir castelos de areia. Mas hoje o cenário combinava com a atmosfera melancólica que pairava com tanto peso sobre a casa.

Finalmente Arlene conseguiu se ajeitar e encarar Jane.

— Ninguém nunca me perguntou sobre Billy antes. Ninguém parecia se importar.

— Nós nos importamos. Nós nos importamos com a verdade.

— Pois bem, a verdade é que Billy Sullivan era um merdinha cruel. — Ela parou, parecendo surpresa com o próprio desabafo. — Pronto, falei. Eu devia ter dito isso à mãe dele, mesmo que ela nunca fosse acreditar. Quero dizer, ninguém gosta de pensar que o próprio filho nasceu assim, mas às vezes é muito fácil saber quem nasce mau. Um menino que gosta de machucar outras crianças e depois mente, dizendo que não fez nada. Um menino que rouba. E, ainda assim, os idiotas dos pais nem desconfiam. — Ela fez uma pausa. — Vocês conhecem Susan Sullivan?

— Falamos com ela depois que Billy desapareceu.

— Eu sei que é errado falar mal de qualquer mãe que perdeu o filho, mas Susan era parte do problema. Tinha uma desculpa para toda maldade que Billy cometia. Vocês sabem que uma vez ele arrancou a pele de um filhote de gambá, só por diversão? Lizzie me contou que ele gostava de mutilar animais. Ele pegava rãs na lagoa e as abria ainda vivas para ver o coração batendo. Se ele já era assim quando menino, não posso imaginar que tipo de homem se tornou.

— A senhora manteve contato com Susan?

— Não, meu Deus. Depois do julgamento eu passei a evitá-la. Ou talvez ela tenha passado a me evitar. Ouvi rumores de que Billy trabalhava com finanças. Imaginem, o ramo perfeito para uma víbora. Ele administrava milhões de dólares de outras pessoas e comprou uma mansão em Brookline para a mãe. Uma casa de veraneio na Costa Rica. Pelo menos ele sabia tratar bem a mãe.

Ela olhou pela janela de novo, para os flocos de neve rodopiando na tempestade.

— Eu sei que devia mandar um bilhete para Susan e dizer o quanto lamento pelo que aconteceu com Billy. Ela nunca se deu ao trabalho de me mandar uma mensagem de solidariedade por causa do desaparecimento de Lizzie, mas, ainda assim, acho que seria a coisa certa a fazer. Afinal, ela acabou de perder o filho.

Jane e Frost se entreolharam, com o mesmo pensamento na cabeça: *Perdeu mesmo?*

37

A casa do meu falecido pai está impregnada do cheiro de lírios e eu gostaria de escancarar as janelas e deixar o ar do inverno levar tudo para fora, mas não seria uma atitude hospitaleira. Não quando trinta e dois convidados circulam pelas salas de estar e de jantar, beliscando petiscos de bandejas. Todo mundo fala aos sussurros e sente a necessidade de me tocar, e eu me sinto atacada por todos esses tapinhas no ombro e apertos no braço. Respondo com alguns "obrigada" tristes e até consigo derramar algumas belas lágrimas. A prática leva à perfeição. Não que eu seja insensível à morte do meu pai; eu sinto mesmo a perda dele. Sinto falta do conforto de saber que existe alguém no mundo que me ama e que faria qualquer coisa por mim, como ele fazia. Para me manter em segurança, papai sacrificou seu corpo canceroso e os poucos meses de vida infelizes que lhe restavam. Duvido que haja outra pessoa tão dedicada a mim.

Embora Everett Prescott esteja fazendo o seu melhor para desempenhar esse papel.

Desde que voltamos do serviço fúnebre de papai, Everett está praticamente colado a mim. Ele não para de abastecer o meu copo, traz pratinhos com petiscos, e estou ficando um pouco irritada com toda essa atenção, porque Everett não me dá um momento de sossego. Até quando eu vou à cozinha buscar outro prato de queijo e biscoitos, ele me segue e fica me rodeando enquanto retiro o filme plástico da bandeja.

— Tem alguma coisa que eu possa fazer, Holly? Eu sei como deve ser difícil para você, dar atenção a todos esses convidados.

— Deixa que eu cuido deles. Só quero garantir que ninguém fique sem comer nada.

— Me deixe fazer isso. E quanto às bebidas? Devo abrir mais algumas garrafas de vinho?

— Está tudo sob controle. Relaxa, Everett. São só amigos e vizinhos do meu pai. Ele certamente não ia querer que a gente se estressasse com isso.

Everett suspira.

— Eu gostaria de ter conhecido o seu pai.

— Ele teria gostado de você. Meu pai sempre disse que não se importava se um homem era rico ou pobre, desde que me tratasse bem.

— Eu tento fazer o meu melhor — declarou Everett com um sorriso.

Ele pega a bandeja de queijo e biscoitos e voltamos para a sala de jantar, onde sou acolhida por olhares exaustivamente solidários. Reabasteço os pratos nas mesas e reorganizo os vasos de flores. As pessoas trouxeram um monte de lírio, e o cheiro está me deixando enjoada. Não posso deixar de inspecionar os buquês, à procura de folhas de palmeira, mas é claro que não há nenhuma. Martin Stanek está morto. Ele não pode me machucar.

— Seu pai foi muito corajoso, Holly. Temos uma dívida de gratidão com ele — diz Elaine Coyle.

A mãe de Cassandra está com um prato de petiscos em uma das mãos e uma taça de vinho na outra. Poucas noites atrás, seu ex-marido, Matthew, finalmente havia morrido depois de semanas em coma, mas Elaine está serena e elegante no mesmo vestido preto que tinha usado no velório da filha, no mês passado.

— Se eu tivesse a oportunidade, teria atirado no canalha também. Sei que não sou a única que se sente assim. — Ela gesticula para a mulher ao lado. — Você se lembra da mãe de Billy Sullivan, não é?

Não falo com Susan Sullivan há anos, mas ela não parece ter envelhecido nada desde que a vi pela última vez. Seus cabelos perenemente loiros estão ajeitados no lugar com laquê, e seu rosto continua misteriosamente sem rugas. A riqueza parece lhe fazer bem.

Cumprimento Susan com um aperto de mão.

— Obrigada por vir, Sra. Sullivan.

— Todos nós lamentamos muito, Holly. Seu pai foi realmente um herói.

Elaine aperta o braço de Susan.

— E a *senhora* foi corajosa por vir. Tão pouco tempo depois do Billy... — A voz dela vacila.

Susan consegue dar um sorriso.

— Acho importante que todos nós honremos o homem que teve coragem de acabar com isso. — Ela se vira para mim: — Seu pai fez o que a polícia não conseguiu. E agora está tudo acabado.

As duas mulheres se afastam conforme outros convidados se aproximam para murmurar condolências. Alguns deles eu só reconheço vagamente. Os canais de notícias vêm noticiando a história da morte do meu pai sem parar, por isso suspeito que muitos desses vizinhos estejam aqui só por curiosidade. Afinal, meu pai foi um herói que morreu fazendo justiça contra o homem que havia molestado sua filha.

Agora todo mundo sabe que eu sou uma das vítimas da Macieira.

Os olhares que as pessoas me lançam enquanto circulo entre elas são tanto de simpatia quanto de leve vergonha. Como você se dirige a uma vítima de abuso sexual sem pensar graficamente no que fizeram com ela? Depois de vinte anos, ninguém mais pensava nesse caso, mas agora aqui está, de volta às primeiras páginas. PAI QUE MATOU MOLESTADOR DE FILHA É MORTO A TIROS PELA POLÍCIA.

Mantenho o queixo erguido e olho para todo mundo nos olhos porque não tenho vergonha. Não sei o que é de fato sentir vergonha, mas sei o que se espera de uma filha de luto, por isso troco apertos de mão, suporto abraços, escuto incontáveis sussurros de "sinto muito" e "me ligue se precisar de alguma coisa". Não vou ligar para ninguém e as pessoas sabem disso, no entanto é o que deve ser dito nessas circunstâncias. Passamos a vida dizendo coisas que esperam de nós, porque não sabemos o que mais dizer.

Horas se passam até a casa finalmente esvaziar e os últimos retardatários irem embora. A essa altura estou exausta, e tudo o que quero é paz e silêncio. Desabo no sofá e sussurro para Everett:

— Minha nossa, eu preciso de uma bebida.

— Posso resolver isso — diz ele, sorrindo, então vai até a cozinha e volta poucos minutos depois com dois copos de uísque, passando um para mim.

— Onde você arrumou esse uísque?

— Estava no fundo do armário da cozinha do seu pai. — Ele apaga todas as luzes, e no brilho quente da lareira sinto a tensão se esvaindo. — Seu pai claramente entendia do assunto, porque esse é um single-malt de excelente qualidade.

— Que engraçado... Eu nem sabia que ele gostava de uísque.

Tomo um gole da bebida de que tanto precisava e olho para o alto, espantada, quando ouço a descarga do vaso no banheiro social.

Everett suspira.

— Acho que ainda tem um convidado na casa. Como a gente não notou isso?

Susan Sullivan emerge do banheiro e olha ao redor constrangida, percebendo a sala vazia, o fogo crepitando na lareira.

— Ah, querida, acho que eu sou a última a sair. Me deixe ajudá-la na limpeza, Holly.

— É muita gentileza sua, mas a gente dá conta disso.

— Sei que foi um longo dia para você. Me deixe ajudar com alguma coisa.

— Obrigada, mas vamos deixar isso para amanhã. Agora só queremos relaxar.

Ela não entende a indireta e simplesmente fica ali olhando para nós. Então Everett, por pura educação, diz:

— Não quer se juntar a nós para tomar uma dose de uísque?

— Seria ótimo. Obrigada.

— Vou pegar um copo para a senhora na cozinha — diz ele.

— Fique bem aí onde está. Eu mesma pego.

Ela vai até a cozinha e Everett murmura um "me desculpa", mas eu não posso realmente culpá-lo por convidá-la a ficar quando estava tão claro que era isso que ela queria. Susan volta com seu próprio copo, além da garrafa na mão.

— Parece que vocês dois precisam reabastecer — diz ela e polidamente completa nossas doses antes de se instalar no sofá.

A garrafa faz um agradável *ploc* quando ela a coloca sobre a mesa de centro. Por um momento ficamos sentados em silêncio enquanto apreciamos nossa bebida.

— Foi um velório adorável — comenta Susan, olhando para o fogo. — Sei que eu deveria pensar em preparar um para o Billy, mas isso me apavora. Simplesmente não posso aceitar...

— Eu sinto muito pelo seu filho — diz Everett. — Holly me contou o que aconteceu.

— O problema é que não posso considerá-lo morto. Ele não morreu. Está desaparecido, o que significa que vai estar sempre vivo para mim. Mas essa é a natureza da esperança. Não permite que uma mãe desista. — Ela toma um gole de uísque e estremece com a bebida forte. — Sem Billy, não vejo nenhuma razão para continuar. Nenhuma razão mesmo.

— Isso não é verdade, Sra. Sullivan! Existe sempre uma razão para viver — retruca Everett. Ele põe na mesa seu copo quase vazio e estende a mão para tocar o braço dela. É um gesto genuíno de bondade, algo que se manifesta naturalmente nele. Uma habilidade que eu poderia aprender. — Seu filho certamente desejaria que a senhora continuasse e desfrutasse a vida, não é?

Susan lhe dá um sorriso triste.

— Billy sempre disse que a gente devia se mudar para um lugar quente, um lugar com praia. Planejávamos ir para a Costa Rica, tínhamos até separado dinheiro suficiente para nos mudar para lá. — Ela lança um olhar para lugar nenhum. — Talvez eu devesse ir para lá. Um lugar onde possa começar do zero, sem todas essas memórias.

Começo a me sentir zonza, mesmo que tenha tomado apenas uns poucos goles. Passo meu copo para Everett, que o pega sem se dar conta de que é meu e toma um trago.

— Ou talvez o México. Existem tantas casas bonitas à venda, bem à beira-mar. — Susan se vira para mim, e seus olhos reluzem tanto que parecem brilhar à luz da lareira.

— Uma praia — murmura Everett, balançando a cabeça. — Sim, uma praia cairia bem agora. E talvez um bom e longo cochilo...

— Ah, queridos, eu me demorei demais aqui. Vocês dois estão exaustos. — Susan se levanta. — Vou embora.

Enquanto ela se levanta e abotoa o casaco, de repente a sala parece quente demais, como se ondas de calor viessem da lareira. Olho para ela esperando em parte um verdadeiro incêndio, mas só há um suave bruxulear das chamas. É tão bonito que não consigo parar de olhar. Nem chego a notar quando Susan sai. Ouço a porta ser fechada, e as chamas se agitam com ar que entra em casa.

— Eu sinto... pena dela — resmunga Everett. — Que terrível, perder um filho.

— Você não conhecia o filho dela.

Fico olhando para as chamas, que parecem pulsar no ritmo das batidas do meu coração, como se o fogo e eu tivéssemos algum tipo de conexão mágica. Eu sou o fogo, e o fogo sou eu. *Ninguém conhecia Billy realmente. Não do jeito que eu conhecia.* Baixo o olhar para minhas mãos, e as pontas dos meus dedos estão brilhando. Fios reluzentes emergem em meridianos dourados, formando um arco até a lareira. Se eu movimentar as minhas mãos como um titereiro, posso fazer as chamas dançarem. Por mais maravilhoso que tudo isso seja, sei que está errado. Está tudo errado.

Balanço a cabeça numa tentativa de recuperar o foco, mas os fios ainda estão presos aos meus dedos e os filamentos giram nas sombras. A garrafa de uísque reflete a luz do fogo. Estreito os olhos para ler o rótulo, mas as palavras estão fora de foco. Penso em Everett, vindo da cozinha, carregando dois copos de um líquido âmbar. Eu não o vi servir o uísque. Jamais pensei em questionar a bebida que ele me entregou ou o que poderia ter colocado nela. Não olho para ele porque receio que perceba a dúvida nos meus olhos. Continuo olhando para a lareira enquanto me esforço para resistir ao crescente nevoeiro na minha cabeça e penso na noite em que o conheci. Nós dois tomando café perto da Utica Street na noite em que Cassandra foi encontrada morta. Ele disse que ia se encontrar com uns amigos para jantar lá perto, mas e se não for verdade? E se o nosso encontro estivesse *marcado* para acontecer, tudo levando a este momento. Penso na garrafa de vinho que ele trouxe para mim, ainda fechada na minha cozinha. Penso em como ele ouviu tão atenciosamente cada detalhe que compartilhei sobre a investigação de homicídio.

O que eu sei de verdade sobre Everett?

Tudo isso passa pela minha cabeça enquanto a névoa fica mais espessa e meus membros começam a ficar dormentes. Agora é hora de me mexer, enquanto ainda tenho algum controle sobre as minhas pernas. Fico de pé cambaleando. Só consigo dar dois passos antes de minhas pernas cederem. Minha cabeça bate na quina da mesa de centro, e a dor rompe o nevoeiro num choque que subitamente faz tudo ficar claro e cristalino. É quando ouço a porta bater e sinto o ar frio entrando em casa. Passos ressoam no assoalho e param ao meu lado.

— A pequena Holly Devine — diz alguém. — Ainda criando problemas.

Estreito os olhos para ver o rosto que me observa do alto, um homem que vem me perseguindo nos últimos dois anos. Um homem supostamente morto e enterrado numa cova sem identificação. Quando a polícia me falou que Martin Stanek havia matado Billy, eu não acreditei, mas devia ter desconfiado. Homens como Billy não podem ser mortos; eles continuam voltando à vida. Embora eu tenha conseguido me esconder dele esses anos todos, embora tenha mudado de nome e alterado minha aparência, ele finalmente conseguiu me encontrar.

— Como está o namorado? — pergunta uma segunda pessoa, uma voz que me causa outro choque.

— Está inconsciente. Não vai ser um problema — diz Billy.

Eu me esforço para enfocar Susan, cujo rosto também entrou no meu campo de visão. Eles estão de pé lado a lado, Billy e a mãe, observando o resultado de seu trabalho. Viro a cabeça e olho para Everett, que está afundado no sofá, ainda mais impotente que eu. Ele não só tomou o próprio copo de uísque como também o meu. Eu, que só tomei uns golinhos, mal consigo me mexer.

— Vejo que você ainda está acordada, Holly Dolly.

Billy se agacha para me analisar. Tem os mesmos olhos azuis reluzentes, o mesmo olhar penetrante que me atraiu quando éramos crianças. Já naquela época eu era encantada por ele, facilmente convencida a fazer o que quer que me pedisse. O mesmo valia para as outras crianças.

Todas exceto Lizzie, que sentiu quem e o que ele era. Quando Billy tentou botar fogo num filhote de gambá, foi ela quem arrancou o fósforo da mão dele. E, quando ele roubou dinheiro da jaqueta de um colega, foi ela quem o chamou de ladrão. Aquilo o deixou irritado, uma coisa que não se faz com Billy Sullivan, pois há consequências. Nem sempre são imediatas. Pode levar meses ou até anos até ele contra-atacar, mas com Billy é assim: ele nunca se esquece. Ele sempre age.

A não ser que se faça um acordo com ele.

— Por quê? — consigo sussurrar.

— Porque você é a única que se lembra. A única sobrevivente que sabe.

— Eu prometi que nunca contaria a ninguém...

— Você acha que eu correria esse risco agora? Com aquela jornalista e aquela merda daquele livro que ela está escrevendo? Ela já falou com Cassandra. Não posso deixar que fale com você.

— Não tinha mais ninguém lá. Ninguém mais sabe o que aconteceu.

— Mas você sabe e poderia falar. — Ele se debruça sobre mim e sussurra no meu ouvido: — Você recebeu as minhas mensagens, não, pequena são Livino?

São Livino, o mártir, o dia celebrado no dia do meu aniversário. O santo cuja língua foi arrancada para silenciá-lo. Apesar de eu ter conseguido ficar fora do alcance de Billy, ele sabia como mandar mensagens que eu não poderia ignorar. Ele sabia que as mortes de Sarah, Cassie e Tim chamariam minha atenção, que eu entenderia as pistas deixadas para mim: as folhas de palmeira colocadas diante dos restos calcinados da casa de Sarah, as flechas no peito de Tim, os olhos arrancados de Cassandra.

Eu entendi bem demais o que ele estava me dizendo. *Não conte nenhum segredo ou morrerá como os outros.*

E eu não contei. Todos esses anos. Eu me mantive em silêncio quanto ao que aconteceu aquele dia na floresta com a Lizzie, mas minha promessa de silêncio já não é o suficiente. Graças à jornalista, a verdade enfim ameaça vir à tona, e aqui está ele para garantir que eu seja silenciada, como são Livino com sua língua arrancada.

— Dessa vez tem que parecer um acidente, Bill — avisa Susan. — Nada que levante suspeitas.

— Eu sei. — Billy volta a ficar de pé e observa Everett, que está imóvel, completamente indefeso. — E temos que dar um jeito neles dois. Isso dificulta forjar a cena.

Ele examina a sala, e seus olhos se voltam para a lareira, onde as chamas mal tremulam em volta de uma tora quase no fim.

— Casas velhas — divaga ele — queimam muito rápido. É uma pena que o seu pai se esqueceu de mudar a bateria do detector de fumaça.

Ele arrasta uma cadeira para baixo do detector de fumaça, retira a unidade e remove a bateria. Então joga um monte de lenha na lareira.

— Tenho uma ideia melhor — interrompe Susan. — Eles estão cansados e bêbados, então onde estariam? No quarto.

— Vamos carregar o namorado primeiro — sugere Billy.

Enquanto ouço os sapatos de Everett sendo arrastados pelo assoalho até o quarto do meu pai, sei como estarão nossos corpos quando formos descobertos. O jovem casal embriagado, carbonizados na cama. Só outra morte trágica por causa do fogo e do descuido.

O novo monte de lenha fez as chamas recuperarem a força com um rugido, e, ao olhar para o rubor infernal, quase sinto o calor chamuscando os meus fios de cabelo, consumindo a minha carne. *Não, não é assim que eu quero morrer!* O pânico injeta uma carga de adrenalina no meu corpo e fico de quatro. Porém, enquanto engatinho até a porta, ouço os passos de mãe e filho voltando do quarto.

Mãos me puxam para trás, e meu rosto bate na base elevada da lareira. Sinto minha bochecha inchar no que vai ser um machucado feio, mas ninguém vai chegar a vê-lo; será cozido no calor do fogo. Estou fraca demais para resistir enquanto Billy me arrasta pelo corredor até o quarto.

Juntos, ele e Susan me jogam no colchão, ao lado de Everett.

— Tira a roupa deles — diz Susan. — Eles não iriam para a cama vestidos.

Os dois formam uma equipe eficiente, agindo rápido para tirar minha calça, minha blusa e minha roupa íntima. Mãe e filho unidos nesse *striptease* mórbido deixando nós dois nus na cama. Susan joga as nossas roupas numa cadeira, deixa os nossos sapatos espalhados pelo chão. Sim, ela pensou bem no cenário: o casal jovem exausto depois do sexo. Após um momento de reflexão, ela deixa o quarto e volta com duas garrafas de vinho vazias, duas taças e velas, tudo embrulhado em panos de prato. Sem impressões digitais. Susan arruma as coisas na mesinha de cabeceira com tanto cuidado quanto um decorador de cena arranjando o palco. Quando as velas botarem fogo nas cortinas, Everett e eu estaremos embriagados e dormindo. Por isso não vamos ser despertados pela fumaça. Estaremos nus e bêbados, jovens amantes saciados que se descuidaram com o fogo. As chamas vão consumir todas as provas — digitais, cabelos e fibras, os traços de cetamina no nosso sistema. Assim como as chamas consumiram as provas do assassinato de Sarah. Como Sarah, como a condenada santa Joana d'Arc, vou ser reduzida a cinzas, e a verdade queimará comigo. A verdade sobre o que realmente aconteceu com Lizzie DiPalma.

Eu sei, porque estava lá na mata quando aconteceu.

Era um sábado de outubro, as folhas de outono reluziam como chamas se agitando suavemente nas árvores acima de nós. Eu me lembro de como os pequenos galhos estalavam como ossinhos debaixo dos nossos sapatos enquanto caminhávamos. Eu me lembro de Billy, já forte aos 11 anos, enfiando a pá na terra enquanto cavava a sepultura.

Susan deixa o quarto de novo e Billy se senta na cama ao meu lado. Ele acaricia meu seio nu, belisca meu mamilo.

— Vejam só a pequena Holly Devine, toda crescida.

A repulsa faz os músculos do meu braço se retesarem, mas eu não me mexo. Não revelo o fato de que o efeito da cetamina está passando rápido. Ele não sabe que eu só tomei dois goles do uísque

que Susan me serviu; foi Everett quem terminou a minha bebida e quem agora está suportando toda a intensidade da dose. Os olhos de Everett estão abertos e ele geme baixinho, mas sei que está incapacitado. Só eu posso reagir.

— Você sempre foi especial, Holly — comenta ele. Sua mão se afasta do meu seio e desce pela minha barriga. Ele me sente estremecer? É capaz de ver o nojo nos meus olhos? — Sempre pronta para tudo. Teríamos formado uma grande dupla.

— Eu não sou como você — murmuro.

— Sim, você é. No fundo, somos *exatamente* iguais. Sabemos o que importa realmente nesse mundo. O que importa somos *nós* e mais nada. Foi por isso que você não contou nada para ninguém durante esses anos todos. Foi por isso que guardou o segredo. Porque sabia que haveria consequências. Você também não queria sua vida arruinada, não é?

— Eu só tinha 10 anos.

— Idade suficiente para saber o que estava fazendo. Idade suficiente para fazer uma escolha. Você também bateu nela, Holly. Eu entreguei a pedra para você e você a golpeou. Nós a matamos juntos.

Billy pousa a palma da mão na minha coxa, e o toque dele é tão repugnante que mal consigo continuar parada.

— Não estou encontrando nenhum saco plástico — avisa Susan da porta.

Ele se vira para a mãe.

— Nada na cozinha?

— Só encontrei aqueles sacos de papel.

— Deixa eu dar uma olhada.

Billy e sua mãe saem do quarto. Não tenho a menor ideia de por que eles querem sacos plásticos; só sei que essa é a minha última chance de me salvar.

Reúno todas as forças que me restam e rolo pela beira do colchão. Caio no chão com um baque tão alto que deve ter sido ouvido da cozinha. Tenho pouco tempo agora, eles vão voltar a qualquer momento. Tateio às cegas debaixo da cama, em busca da minha bolsa. Com tantos convidados na casa de tarde, eu precisava de um lugar seguro para guardá-la, porque sei como as pessoas são. Nem uma casa de luto está a salvo dos dedos leves de um oportunista. Sinto a alça de couro e a puxo para mais perto. A bolsa já está com o zíper aberto, e enfio a mão dentro dela.

— Ela conseguiu sair da cama — avisa Susan, e vem para cima de mim, olhando para baixo com um ar de aborrecimento. — Se a deixarmos assim, ela pode fugir rastejando.

— Então temos que acabar com isso agora. Vamos fazer à moda antiga — diz Billy.

Ele agarra um travesseiro da cama e se ajoelha ao meu lado. Everett geme, mas eles sequer olham para ele. Estão ambos focados em mim. Em me matar. Eu nunca vou sentir as chamas; quando o fogo engolir esse quarto, já vou estar morta, sufocada por pano e poliéster.

— Tem que ser assim, Holly Dolly — diz Billy. — Sei que você me entende. Você poderia arruinar tudo para mim, e não posso deixar que isso aconteça.

Ele coloca o travesseiro sobre o meu rosto e o pressiona. Aperta tão forte que não consigo respirar, não consigo me mexer. Eu me retorço e esperneio, chutando o ar, mas Susan joga seu peso sobre mim também, cravando meus quadris no chão. Luto para respirar, mas o travesseiro está preso com tanta força no meu nariz e na minha boca que só respiro fronha molhada.

— Morre, cacete. *Morre!* — ordena Billy.

E estou morrendo. A dormência já está se apoderando dos meus membros, roubando minhas últimas forças. A luta acabou. Sinto apenas um peso que me pressiona para baixo, Billy apertando o travesseiro no meu rosto, Susan mantendo meus quadris no lugar. Meu braço direito ainda está debaixo da cama, minha mão dentro da bolsa.

Nesses últimos segundos de consciência, percebo o que estou segurando. Ele está na minha bolsa há semanas, desde que a detetive Rizzoli disse que a minha vida estava em perigo, que Martin Stanek tentaria me matar. Como estávamos erradas. O tempo todo era Billy quem aguardava nas sombras. Billy, que encenara a própria morte e depois dessa noite sumiria para sempre.

Não consigo ver para onde estou apontando. Só sei que o tempo acabou e que essa é a minha última chance antes que a escuridão caia. Arrasto a arma, pressiono o cano cegamente no corpo de Susan e puxo o gatilho.

A explosão faz Billy se afastar de repente. Subitamente o travesseiro se afrouxa, e aspiro ofegante e desesperadamente. O ar enche meus pulmões e varre o nevoeiro da minha cabeça.

— Mãe! *Mãe!* — grita Billy.

Susan agora é um peso morto em cima dos meus quadris. Billy a rola para o lado, e ouço o baque do seu corpo no chão. Afasto o travesseiro e vejo Billy agachado sobre o corpo da mãe. Jorra sangue do peito dela. Ele pressiona o buraco da bala com a mão, tentando estancar o fluxo, mas pode ver que o ferimento de Susan é fatal.

Ela estende a mão para tocar o rosto dele.

— Vá, querido. Me deixe — sussurra.

— Mãe, não...

A mão dela desliza para baixo, deixando uma mancha de sangue no rosto do filho.

Meu braço está tremendo, minha mira tão instável que a segunda bala atinge o teto e derruba um pedaço de gesso.

Billy arranca a arma da minha mão. Seu rosto está distorcido de raiva, seus olhos brilham como o fogo do inferno. Esse é o rosto que vi naquele dia na floresta, o dia em que ele pegou a pedra e a afundou na cabeça de Lizzie DiPalma. Durante vinte anos eu não disse nada. Para me proteger, precisei protegê-lo, e essa é a minha punição. Quando se faz um pacto com o diabo, o preço a pagar é sua própria alma.

Ele agarra a arma com as duas mãos, e vejo o cano apontado para mim como um olho impiedoso.

Recuo quando ele dispara — uma série de explosões rápidas que não consigo contar quantas foram. Quando finalmente cessam, meus olhos estão fechados, e meus ouvidos, zumbindo, mas não há dor. Por que não há dor?

— Holly! — Mãos agarram os meus ombros e me dão uma sacudida forte. — *Holly?*

Quando abro os olhos, vejo a detetive Rizzoli olhando do alto para mim, examinando freneticamente meu rosto.

— Você está ferida? *Fale* comigo!

— Billy — é tudo o que consigo sussurrar.

Tento me sentar sem sucesso. Meus músculos ainda não estão funcionando bem, e esqueci que estou nua. Eu me esqueci de tudo exceto do fato de que estou viva, e não entendo como isso é possível. O detetive Frost coloca sua jaqueta sobre o meu corpo nu e eu me envolvo nela, cobrindo meus seios, tremendo não de frio, mas do choque por tudo o que aconteceu. Para onde quer que eu olhe, vejo sangue. Susan jaz do meu lado com os olhos vidrados. A boca escancarada. Um dos braços dela está estendido numa tentativa derradeira de alcançar o filho. Seus dedos não chegam a se tocar. Em vez disso, é a poça de sangue que os liga, a de Billy se misturando com a dela.

Mãe e filho, unidos na morte.

38

— A pista estava lá o tempo todo, no filme de Cassandra Coyle — disse Jane. — O filme que eu só consegui ver ontem à noite.

— Eu ainda não entendi muito bem o que fez você pensar que a resposta estaria lá — disse Maura, debruçando-se sobre os corpos de Susan e Billy Sullivan. — Pensei que fosse só um filme de terror.

Olhando para a cabeça curvada de Maura, Jane viu alguns fios prateados se destacando naquela cabeleira preta e lisa e pensou: estamos envelhecendo juntas. Vimos muitas mortes. Quando vamos decidir que já chega?

— *É* só um filme de terror — respondeu Jane —, mas a inspiração para a história veio direto da infância de Cassandra. Ela vinha tendo flashbacks do que realmente aconteceu quando era criança. Disse a Bonnie Sandridge que Martin e a família dele nunca fizeram nada com ela e se sentia realmente envergonhada por ter ajudado a colocar pessoas inocentes na cadeia. Essa vergonha impediu que ela conversasse sobre o assunto com amigos e familiares. Ela compartilhou a história da única maneira segura que podia: no roteiro de um filme sobre uma menina que desaparece. Uma menina como Lizzie DiPalma.

Maura ergueu o olhar.

— *Sr. Símio* era sobre isso?

Jane assentiu.

— O grupo de adolescentes não percebe que existe um monstro em seu meio. E o monstro é um *deles*. No filme de Cassandra, o assassino acaba sendo uma garota que usa um gorro com canutilhos, exatamente como o de Lizzie. Cassandra estava apontando para Holly Devine, o que acabou se revelando errado. Mas ela estava certa em relação a uma coisa: o monstro *era* um deles.

Maura franziu a testa diante do corpo de Billy Sullivan.

— Ele encenou o próprio desaparecimento.

— Ele tinha que desaparecer. Nos últimos anos, Billy roubou milhões de dólares dos clientes na Cornwell Investiments, dinheiro que provavelmente estava desviando para o Caribe. Vai levar meses até os investigadores federais descobrirem quanto exatamente ele desviou. Tinham acabado de lacrar o escritório de Billy quando Frost e eu estivemos lá naquela tarde. A gente presumiu que Billy tinha sido outra vítima de Stanek, enterrado em alguma cova qualquer. Mas essa foi a forma conveniente que Billy encontrou de desaparecer. Ele fugiu da antiga identidade... e do que fez com Lizzie DiPalma vinte anos atrás.

— Ele devia ter só 11 anos quando fez aquilo.

— Mas já era um escrotinho malvado, segundo a mãe de Lizzie. A razão para a polícia nunca ter encontrado o corpo da menina foi porque estava procurando nos lugares errados. — Jane baixou o olhar para Billy e Susan. — Agora temos uma boa ideia de onde procurar por ela.

Maura ficou de pé.

— Você conhece a rotina, Jane. Temos nas mãos mais um caso de disparos fatais feitos por policiais, e isso nem mesmo está na jurisdição do Departamento de Polícia de Boston. Estamos em Brookline.

Jane olhou para o detetive do Departamento de Polícia de Brookline, parado na porta do quarto, carrancudo enquanto falava ao celular. Uma batalha interna estava se desenhando, e Jane teria que dar sérias explicações.

— É, lá vem o inquérito — disse Jane com um suspiro.

— Mas esse foi um disparo totalmente justificado. E você tem uma testemunha civil que vai depor afirmando que você salvou a vida dela.

Maura tirou as luvas.

— Como Holly está?

— Quando a ambulância a levou, ela ainda estava bastante zonza por causa da droga, mas tenho certeza de que vai ficar bem. Acho que aquela garota sobreviveria a qualquer coisa. Ela é cheia de surpresas.

Garota estranha. Segundo Bonnie Sandridge, era assim que as crianças se referiam a Holly, e Holly Devine *era* de fato estranha. Jane pensou na misteriosa calma da garota diante da ameaça, na maneira friamente analítica com que Holly olhava para ela, como se estivesse analisando uma espécie diferente. Como se os humanos fossem alienígenas para ela.

— Ela conseguiu contar para você o que aconteceu aqui hoje?

— Entendi o grosso da história. Vou saber dos detalhes amanhã, quando ela estiver recuperada. — Jane olhou de novo para Susan e Billy, caídos em suas poças misturadas de sangue. — Mas acho que você pode ver toda a história bem aqui. Um filho que era um monstrinho cruel. Uma mãe que o deixava se safar de tudo, que o ajudava até a acobertar crimes.

— Você sempre me diz que não existe amor tão poderoso quanto o de uma mãe, Jane.

— Sim, e aqui temos uma prova de como esse sentimento pode sair dos trilhos.

Jane respirou fundo, inalando os odores já familiares de sangue e violência. Esta noite havia também o cheiro de conclusão, e ele era profunda e perturbadoramente satisfatório.

Quando Jane entrou no quarto de hospital de Holly na manhã seguinte, encontrou a jovem sentada na cama terminando o café da manhã. Sua bochecha direita estava roxa e inchada, e seus braços, cobertos de machucados, uma evidência vívida da batalha feroz que havia travado na noite anterior.

— Como está se sentindo? — perguntou Jane.

— Com dor no corpo inteiro. Estou com uma aparência horrível?

— Você está viva, e é isso que importa. — Jane olhou para a bandeja de café da manhã vazia. — E vejo que não teve dificuldade em limpar o prato.

— A comida aqui é péssima — comentou Holly, e, dando de ombros, acrescentou: —, e vem pouca, também.

Rindo, Jane puxou uma cadeira para perto da cama e se sentou.

— Precisamos falar sobre o que aconteceu.

— Eu não sei o que mais posso contar.

— Na noite passada você disse que Billy admitiu ter matado os outros.

Holly assentiu.

— E eu era o último alvo. Fui a que ele não conseguiu encontrar.

— Você disse que ele também confessou ter matado Lizzie DiPalma.

— Sim.

— Você sabe como ele fez isso? Onde fez?

Holly olhou para os braços machucados e disse baixinho:

— Vocês já sabem que foi ele que matou a Lizzie. Os detalhes realmente importam agora?

— Na verdade, importam, Holly. São importantes para a mãe de Lizzie. A Sra. DiPalma está desesperada para encontrar o corpo da filha. Billy deu alguma ideia de onde o corpo pode estar escondido?

Holly não disse nada e simplesmente ficou olhando para baixo, para os braços machucados. Jane a estudou, desejando poder penetrar naquela mente, romper o mistério de Holly Devine, mas, quando a jovem ergueu os olhos de novo, Jane não conseguiu ler nada naquele olhar. Era como encarar os olhos de um gato: verdes, belos e extremamente enigmáticos.

— Não lembro — disse Holly. — A droga deixou tudo muito nebuloso. Eu lamento.

— Talvez os detalhes voltem depois.

— Talvez. Se lembrar de mais alguma coisa, eu aviso. Mas agora... — Holly suspira. — Estou muito cansada. Eu queria dormir.

— Então nos falamos depois. — Jane se levantou. — Ainda precisamos de um depoimento completo quando se sentir em condições.

— Claro. — Holly passou a mão nos olhos. — Não consigo acreditar que finalmente acabou.

— Sim. Dessa vez acabou de verdade.

Ao menos para Holly, pensou Jane. Se pelo menos houvesse um final para Arlene DiPalma... mas Billy Sullivan tinha levado o segredo do destino de Lizzie para o túmulo, e talvez nunca encontrassem o corpo da menina.

Jane tinha que fazer mais uma visita no hospital e, depois do quarto de Holly, continuou pelo corredor para falar com Everett Prescott. Na noite anterior, quando fora colocado na ambulância, ele estava dopado demais por causa da cetamina e só havia conseguido balbuciar algumas palavras. Esta manhã, ela o encontrou na cama acordado e olhando pela janela.

— Sr. Prescott, posso entrar?

Ele piscou algumas vezes, como se saísse de um devaneio, e franziu a testa para ela.

— Talvez o senhor não se lembre de mim — disse Jane. — Eu sou a detetive Rizzoli. Estive lá na noite passada depois que você e a Srta. Devine...

— Eu me lembro de você — disse ele, e acrescentou em voz baixa: — Obrigado por ter salvado a minha vida.

— Foi por muito pouco. — Ela puxou uma cadeira para perto da cabeceira e se sentou. — Me conte o que lembra.

— Tiros. Depois, você de pé ao meu lado. Você e seu parceiro. E a viagem de ambulância. Eu nunca tinha andado numa ambulância antes.

Jane sorriu.

— Vamos torcer para que tenha sido a primeira e única vez.

Ele não compartilhou o sorriso. Em vez disso, seu olhar voltou à janela, para uma visão lúgubre dos céus cinzentos. Para um homem que quase havia morrido, ele parecia mais preocupado do que feliz em relação ao desenlace favorável.

— Eu conversei com o seu médico — disse Jane. — Ele falou que não deve haver efeitos a longo prazo após uma única dose de cetamina, mas que você pode ter *flashbacks*. E talvez se sinta um pouco zonzo por um dia ou dois. Mas, desde que você não use mais cetamina, os efeitos colaterais vão ser temporários.

— Eu não uso drogas. Não gosto de drogas. — Deu uma risada irônica. — Justamente porque *esse* tipo de coisa acontece.

Ele parecia um homem de hábitos saudáveis. Esguio, em forma e de boa aparência. Na noite passada tinham verificado seu histórico e descobriram que ele é paisagista e trabalha numa conceituada empresa de Boston. Nenhuma detenção, nenhuma ficha criminal, nem mesmo um tíquete de estacionamento não pago. Se houvesse qualquer dúvida de que os tiros da noite passada foram justificados, Everett Prescott seria uma excelente testemunha de defesa.

— Você deve receber alta hoje — declarou ela.

— Sim. O médico disse que vou estar bem o suficiente para sair.

— Precisamos de um depoimento detalhado sobre o que aconteceu na noite passada. Se o senhor puder passar no Departamento de Polícia de Boston amanhã, nós o gravaremos em vídeo. Fique com o meu cartão.

— Os dois estão mortos. Isso tem alguma importância agora?

— A verdade é sempre importante, não acha?

Ele pensou nisso por um momento e seu olhar voltou para a janela.

— A verdade — disse baixinho.

— Apareça no Schroeder Plaza amanhã, digamos, às dez da manhã, OK? Enquanto isso, se algum detalhe voltar à sua memória, por favor, anote. Tudo o que lembrar.

— *Tem* uma coisa. — Ele olhou para Jane. — Uma coisa que você precisa saber.

39

Everett está vindo para tomar uma bebida.

Não o vejo desde que tivemos alta do hospital na semana passada, porque precisávamos de tempo para nos recuperar. Eu com certeza precisava, porque tive muitas pequenas coisas a resolver. A leitura do testamento do meu pai. O que fazer com o cachorro dele, que ainda está no canil. A limpeza da casa, com o quarto salpicado de sangue. Vários interrogatórios com a polícia. Eu já falei três vezes com a detetive Rizzoli e, às vezes, sinto que ela quer passar um aspirador no meu cérebro, sugando cada detalhe do que aconteceu naquela noite. Continuo dizendo que não há nada que eu consiga lembrar, que não tenho mais nada a compartilhar, e ela finalmente parece disposta a me deixar em paz.

A campainha do apartamento toca. Pouco depois, Everett está na minha porta com uma garrafa de vinho. Como sempre, chegou na hora. Everett é assim — previsível e um pouco chato. Acho que posso aturar a chatice, porque nesse caso ela vem embrulhada num pacote bastante atraente e próspero. Ter um namorado rico não faz mal a ninguém.

Ele parece cansado e derrotado ao entrar no meu apartamento e se limita a me dar um beijinho desanimado na bochecha.

— Vamos abrir a garrafa? — sugiro.

— Você que sabe.

Que tipo de resposta é essa? Fico incomodada com a falta de empolgação essa noite. Levo o vinho para a cozinha e, enquanto remexo na gaveta em busca do saca-rolha, ele fica ali parado só olhando, sem oferecer ajuda. Depois de tudo pelo que passamos juntos, era de esperar que quisesse comemorar, mas Everett não está nem sorrindo. Pelo contrário: ele parece de luto.

Tiro a rolha, encho duas taças de vinho e passo uma para ele. O Cabernet tem um aroma rico e encorpado e provavelmente é caro. Ele só toma um pequeno gole e coloca a taça sobre a mesa.

— Tem uma coisa que preciso falar com você — diz.

Que merda, eu devia ter desconfiado. Ele quer terminar comigo. Como ousa terminar comigo? Consigo manter a calma enquanto o observo acima da borda da minha taça de vinho.

— O quê?

— Aquela noite na casa do seu pai... quando a gente quase morreu... — Ele solta um longo suspiro. — Eu ouvi o que você disse para Billy. E o que ele disse para você.

Largo a minha taça e olho para Everett.

— O que exatamente você ouviu?

— Tudo. Não foi uma mera alucinação. Eu sei que a cetamina pode nublar a consciência, fazer com que você veja e ouça coisas que não existem, mas aquilo foi real. Eu ouvi o que você fez com aquela menina. O que vocês *dois* fizeram.

Calmamente pego minha taça e tomo mais um gole.

— Foi imaginação sua, Everett. Você não ouviu nada.

— Ouvi, sim.

— A cetamina obscurece a memória. Por isso ela é usada para dopar e estuprar mulheres.

— Você usou uma pedra. Vocês dois mataram a garota.

— Eu não fiz nada.

— Holly, me conta a verdade.

— A gente era criança. Você realmente acha que eu poderia...

— Uma vez na vida, *me conta a merda da verdade.*

Coloquei a taça na mesa com força.

— Você não tem o direito de falar comigo desse jeito.

— Tenho, sim. Eu estava *apaixonado* por você.

Ah, essa é boa. Só porque foi idiota o bastante para se apaixonar por mim, agora acha que pode exigir franqueza. Nenhum homem tem esse direito. Não sobre mim.

— Lizzie DiPalma tinha só 9 anos — diz ele. — Esse é o nome dela, não é? Li sobre o desaparecimento. A mãe dela a viu pela última vez numa tarde de sábado, quando Lizzie saiu de casa usando seu gorro favorito, de Paris. Dois dias depois, uma criança encontrou o gorro no ônibus escolar da Creche da Macieira. Por isso Martin Stanek se tornou suspeito. Por isso ele foi acusado de raptar e matar a menina.

Everett fez uma pausa.

— A criança que encontrou o gorro foi *você*. Mas não o encontrou dentro do ônibus, não é?

— Você chegou a uma série de conclusões baseado em absolutamente nenhuma prova — respondo, fria e lógica.

— Billy deu uma pedra para você e você bateu na menina com essa pedra. Vocês dois mataram Lizzie. E então você ficou com o gorro dela.

— Você acha que esse conto de fadas se sustentaria no tribunal? Você estava drogado com cetamina. Ninguém acreditaria na sua história.

— É essa a sua resposta? — Ele olha para mim com nojo. — Não tem mais nada a dizer sobre uma menina que está desaparecida há tantos anos? Sobre a mãe dela, que deve ter ficado de coração partido? *Isso nunca se sustentaria no tribunal*?

— Bem, não vai se sustentar. — Pego a taça de novo e tomo um gole despreocupada. — Além do mais, eu tinha só 10 anos. Pense em todas as coisas que você fez quando tinha 10 anos.

— Eu nunca matei ninguém.

— Não foi assim que aconteceu.

— Como aconteceu, Holly? Você tem razão, isso nunca vai se sustentar no tribunal, então tanto faz você me contar a verdade. Eu não pretendo mais ver você, por isso não tem nada a perder.

Eu o analiso por um momento, pensando no que ele poderia fazer com a verdade. Ir à polícia? Abrir o bico para os jornais? Não, eu não sou tão idiota.

— Me dê uma boa razão por que eu deveria dizer qualquer coisa.

— Por causa da mãe daquela menina. Há vinte anos, ela espera que Lizzie volte para casa. Pelo menos dê isso a ela. Diga onde encontrar o corpo.

— E assim foder com a minha própria vida?

— *Sua* vida? Tudo gira em torno de *você*, não é? — Ele balança a cabeça. — Como eu não percebi essa merda antes?

— Ora, vamos lá, Everett. Você está levando isso a sério demais.

Estendo a mão e acaricio seu rosto.

Ele estremece e se esquiva.

— Não.

— Tivemos algo especial juntos. A gente se divertiu. — Eu sorrio. — E o sexo foi *maravilhoso*. Por favor, vamos deixar isso para trás e esquecer que aconteceu.

— O problema é esse, Holly. Aconteceu. E agora eu sei o que você realmente é.

Ele se vira para sair da cozinha.

Agarro o braço dele.

— Você não vai contar para ninguém, certo?

— E não devia?

— Não vão acreditar em você. Vão chamar você de ex-namorado vingativo. E vou contar a eles como você abusou de mim, como me ameaçou.

— Você faria isso?

— Se for preciso.

— Pois bem, eu não preciso contar a ninguém. Porque estão ouvindo tudo nesse exato momento. Cada palavra que você falou.

Levo alguns instantes para absorver o que ele acabou de dizer. Quando me dou conta do significado, agarro a camisa de Everett e a abro tão bruscamente que ele não tem tempo de reagir. Botões saem voando e caem no chão. Ele fica parado com a camisa aberta, e vejo a fiação delatora presa por fita adesiva à sua pele.

Recuando, repasso freneticamente tudo o que falei, palavras que eu agora sei que foram escutadas pela polícia. Eu nunca cheguei a *admitir* nada; nada do que eu disse pode ser considerado uma confissão de assassinato. Embora eu possa ter soado insensível e manipuladora, isso não é crime. Existem inúmeras pessoas como eu no mundo, CEOs bem-sucedidos e banqueiros cuja insensibilidade não é punida, mas recompensada. Eles só se comportam como as criaturas que nasceram para ser.

Everett é diferente. Ele não é um dos nossos.

Em silêncio, ele fecha a camisa sobre a fiação exposta, e eu vejo mágoa ou até o sofrimento em seu rosto. É a morte de uma ilusão. A ilusão de Holly Devine, a garota que ele amava. Agora a verdadeira Holly está à sua frente, e ele não quer saber de mim.

— Adeus — diz, saindo da cozinha.

Não vou atrás. Fico parada, ouvindo a batida da porta do apartamento.

Jogo a minha taça longe, e ela se espatifa na porta da geladeira com uma explosão de cacos de vidro. Vinho tinto escorre como sangue até o chão.

40

DOIS MESES DEPOIS

Da varanda nos fundos da casa do meu pai, vejo que tem alguma coisa acontecendo no meio da mata. Algumas viaturas da polícia e do IML estacionaram ao longo da Daphne Road, e em algum lugar distante um cão late. O terreno enfim degelou, e eles podem vasculhar o solo, embora não saibam exatamente onde escavar; eles desperdiçaram os dois primeiros dias fazendo buscas na propriedade onde Billy Sullivan morou quando criança. Agora passaram para o bosque além. Vinte anos atrás, os investigadores não fizeram buscas no bosque; em vez disso, dedicaram todo o tempo esquadrinhando a Creche da Macieira, assim como o trecho de estrada dois quilômetros e meio adiante, onde Billy abandonou a bicicleta de Lizzie. Ninguém pensou em procurar no bosque ao longo da Daphne Road, porque Billy e eu os despistamos, desviando as suspeitas para um homem inocente. Todo mundo acreditou na gente, porque éramos crianças e crianças não são espertas o bastante para bolar um plano como aquele. Ou pelo menos é o que pensam.

Alguém toca a campainha.

Encontro a detetive Rizzoli de pé na varanda da frente. Está de botas de caminhada e com uma jaqueta suja de terra, e há um galhinho preso em seus cabelos negros desgrenhados. Não a convido para entrar. Friamente nos encaramos de cada lado da soleira, duas mulheres que entendem uma à outra até bem demais.

— Nós vamos encontrar o corpo de qualquer jeito, Holly. Você podia muito bem nos dizer onde procurar.

— E o que eu ganho com isso? Uma estrelinha dourada?

— Que tal pontos de bandeirantes por cooperar com a gente? A satisfação de saber que fez a coisa certa pelo menos uma vez na vida?

— Não existe estrelinha dourada para isso.

— É tudo o que interessa, não é? *Você*. A vantagem que *você* vai levar.

— Não tenho nada a dizer. — Começo a fechar a porta.

Ela dá uma palmada na porta, forçando-a a abrir outra vez.

— Eu tenho muita coisa a dizer para você.

— Estou ouvindo.

— Isso aconteceu tem vinte anos. Você tinha só 10 anos quando fez o que fez, logo ninguém vai julgar você como responsável. Você não tem nada a perder nos dizendo onde ela está.

— Também não tenho nada a ganhar. Que prova você tem de que eu tive qualquer coisa a ver com isso? A memória instável de uma testemunha drogada com cetamina? Uma conversa gravada em que eu não admiti absolutamente nada? — Balanço a cabeça. — Acho que vou preferir o silêncio.

Minha lógica é inatacável. Não há nada que ela possa fazer para forçar minha cooperação. Quer eles achem ou não o corpo de Lizzie, sou intocável, e ela sabe disse. Olhamos uma para a outra, duas faces da mesma moeda, ambas mulheres fortes e espertas que sabem como sobreviver. Mas ela é quem dá importância demais às coisas, e eu sou aquela que quase não liga para nada.

A não ser que se refira a mim.

— Vou ficar de olho em você — diz a detetive em voz baixa. — Eu sei o que você fez, Holly. Sei exatamente quem você é.

Dou de ombros.

— Eu sou diferente. E daí? Eu sempre soube disso.

— Você é a porra de uma sociopata. É isso que você é.

— Mas isso não me torna ruim. É só como eu nasci. Algumas pessoas têm olhos azuis; outras podem correr em maratonas. E eu? Eu sei cuidar de mim mesma. Esse é o *meu* superpoder.

— E um dia ele vai acabar com você.

— Mas não hoje.

A crepitação do walkie-talkie da detetive interrompe o silêncio entre nós. Ela o puxa do cinto e responde:

— Rizzoli.

— O cachorro deu um alerta — avisa um homem.

— O que você está vendo?

— Um monte de folhas cobrindo, só isso. Mas o sinal é bem definido. Quer vir dar uma olhada no local antes de começarem a cavar?

Rizzoli se vira sem perder tempo e desce os degraus da varanda apressadamente. Vendo-a entrar no carro, sei que essa não é a última vez que a encontrarei. Há um longo jogo de xadrez à nossa frente, e esse foi apenas o lance inicial. Nenhuma de nós tem a vantagem ainda, mas já conseguimos ambas conhecer muito bem a adversária.

Volto para a varanda dos fundos e olho para a mata que fica além do quintal do meu pai. As árvores ainda não voltaram a ter folhas, e, em meio aos galhos nus, vejo nitidamente a Daphne Road, com mais veículos chegando. Do outro lado daquela estrada está o bosque adjacente à propriedade onde fica a velha casa de Billy. Foi lá que o cão farejador de cadáveres encontrou o cheiro.

É lá que vão encontrá-la.

41

Lizzie DiPalma emergiu do solo aos pedaços. Um osso do dedo aqui, um osso do tornozelo ali. Vinte anos numa cova rasa fizeram a carne do esqueleto apodrecer, mas, depois que o crânio foi desenterrado, Maura não teve dúvida sobre a identidade do corpo. Com o crânio apoiado em uma das mãos, ela limpou a terra da mandíbula superior com um pincel e olhou para Jane.

— É um crânio de criança. Com base nos dentes incisivos laterais parcialmente irrompidos, minha estimativa é de que a falecida tinha em torno de 8 ou 9 anos.

— Lizzie tinha 9 — disse Jane.

Delicadamente, Maura colocou o crânio sobre a lona e bateu a terra de suas luvas.

— Acho que vocês a encontraram.

Por um momento todos ficaram em silêncio, olhando para a cova escavada. A sepultura estava a menos de trinta centímetros de profundidade, motivo pelo qual o cachorro conseguiu farejar o odor, mesmo depois de vinte anos. Duas crianças certamente podiam ter aberto uma cova rasa assim e, aos 11 anos, Billy Sullivan já era grande o bastante, forte o bastante, para empunhar uma pá.

Forte o bastante para matar uma menina de 9 anos.

Maura limpou um pouco mais da terra do crânio, revelando uma fratura afundada no osso temporal esquerdo. Não tinha sido um mero golpe de raspão, e sim uma pancada forte desferida na lateral da cabeça, provavelmente quando ela estava caída. Jane imaginou a sequência de eventos: a garota empurrada no chão, o garoto erguendo a pedra e baixando-a na cabeça da garota. Era a mais antiga das armas, tão antiga quanto o alvorecer do homicídio. Tão antiga quanto Caim e Abel.

— Holly o ajudou a matá-la. Eu sei que ajudou — declarou Jane.

— Mas como provar?

— É isso que me deixa louca. *Eu não tenho* como provar. Se chamarmos Everett Prescott para depor, a defesa vai dizer que se trata de um testemunho indireto. Pior que isso, um testemunho indireto ouvido sob a influência de cetamina. Quando colocamos uma escuta nele, ela não admitiu nada. Holly é esperta demais para cometer qualquer deslize, então não temos nada que a associe ao homicídio.

— Holly tinha só 10 anos quando aconteceu. Será que ela pode de fato ser responsabilizada?

— Ela ajudou a *matar* essa garota. Tudo bem, faz vinte anos, e ela própria era apenas uma criança, mas quer saber? Eu não acredito que as pessoas mudem. O que quer que ela fosse na época, ainda é hoje. Uma cobra não vira um coelhinho quando cresce. Ainda é uma cobra e vai continuar dando botes. Até alguém finalmente conseguir detê-la.

— Não vai ser dessa vez.

— Não, dessa vez ela vai se safar. Mas pelo menos conseguimos um pouco de justiça para Martin Stanek, mesmo que seja tarde demais para ele. Bonnie Sandridge vai garantir que o mundo inteiro saiba de sua inocência.

Jane olhou em meio às árvores para a casa de Earl Devine.

— Meu Deus, você não sente às vezes que estamos cercados por eles? Monstros como Holly Devine e Billy Sullivan. Eles nem pensam duas vezes antes de cortar sua garganta se acharem que podem se safar.

— E é aí que você entra, Jane. É você quem mantém o restante de nós a salvo.

— O problema é que existem muitas Holly Devines no mundo e não muitas de mim para correr atrás delas.

— Você pelo menos conseguiu fazer isso — argumentou Maura, olhando para o crânio de Lizzie DiPalma. — Você a encontrou.

— E agora a mãe dela finalmente vai saber o que houve.

Seria uma reunião triste, mas ainda assim uma reunião, uma das muitas que tinham acontecido durante a investigação. Arlene DiPalma logo reivindicaria a filha desaparecida. Angela Rizzoli reatara com Vince Korsak. Barry Frost tinha voltado — fosse isso bom ou ruim — para a ex-mulher, Alice.

E Daniel voltou para mim.

Ele na verdade nunca a deixara. Fora ela quem o havia mandado embora, quem acreditara que a felicidade só era verdadeira quando se extraía a raiz da imperfeição, do mesmo modo que se amputa um membro doente. Contudo, nada na vida é perfeito; certamente não o amor.

E ela jamais duvidou de que Daniel a amasse. Certa vez ele se mostrara pronto para morrer por ela; poderia Maura pedir uma prova de amor maior?

Já estava escuro quando ela voltou para casa da cena do crime naquela noite. As luzes estavam acesas, as janelas, claras e acolhedoras. O carro de Daniel estava estacionado na entrada da garagem, mais uma vez em plena vista, onde o mundo podia vê-lo. Eles tinham chegado a esse ponto, não se importavam com o que pensassem daquela união. Ela tentara viver sem ele, acreditara que tinha seguido em frente e que o amor era opcional. Tinha pensado que se resignar era o mesmo que ser feliz, mas na verdade havia se esquecido brevemente de como era a felicidade.

Vendo as luzes em sua casa, o carro dele na garagem, Maura se lembrou.

Estou pronta para ser feliz novamente. Com você.

Saltou do carro e, com um sorriso no rosto, saiu da escuridão e foi para a luz.

42

Como podem ver, é assim que o mundo funciona.

Existem pessoas como eu e existem pessoas que me consideram má porque, ao contrário delas, eu não choro em filmes tristes ou velórios ou quando canto "Auld Lang Syne". Mas no fundo de cada sentimentalista lamuriento espreita o embrião obscuro de quem eu sou: uma oportunista de sangue-frio. É isso que transforma bons soldados em carrascos, vizinhos em delatores, banqueiros em ladrões. Sim, eles provavelmente negarão isso. Todos pensam que são mais humanos que eu, meramente porque choram e eu não.

A não ser que eu precise.

Certamente não estou chorando agora, diante do local na mata onde o corpo de Lizzie foi encontrado. Faz uma semana que a polícia empacotou o equipamento e partiu, e, embora todos os vestígios da escavação ainda estejam presentes — o solo revirado, um fragmento reluzente da fita que marca a cena do crime atado a um galho —, com o tempo tudo voltará à forma original. Muitas folhas cairão e cobrirão como um manto o que agora é terra nua. Rebentos brotarão, raízes se fincarão e espalharão, e, dentro de poucos anos, se deixado à própria mercê, esse retalho de terra uma vez mais se parecerá com qualquer outro local entre essas árvores.

Assim como era vinte anos atrás, quando Billy e eu estivemos aqui.

Eu me lembro daquele dia de outubro, de como o ar cheirava a fumaça de madeira e folhas molhadas. Billy tinha trazido seu estilingue e estava tentando acertar passarinhos, esquilos, qualquer coisa que tivesse o infortúnio de cruzar seu caminho. Não havia atingido nenhum dos seus alvos e estava frustrado, com sede de sangue. Eu conhecia o mau humor dele e sabia como era capaz de dar o bote como uma cobra quando frustrado, mas eu não o temia, porque em seus olhos eu reconhecia a mim mesma.

A pior parte de mim.

Ele tinha acabado de atirar mais uma pedra e errado outro alvo emplumado quando vimos Lizzie na estrada, pedalando sua bicicleta. Usava um suéter cor-de-rosa e o gorro de tricô com os canutilhos cintilantes que havia comprado durante as férias da família em Paris. Como ela se orgulhava daquele gorro! Lizzie tinha passado a semana inteira usando esse gorro na escola, e, na hora do almoço, eu o observava, desejando desesperadamente um igual. Desejando ser como a própria Lizzie, tão loira, tão bonita, com tanta facilidade em fazer amigos. Eu sabia que a minha mãe jamais compraria algo tão chamativo para mim, porque poderia atrair a atenção indesejada dos garotos, que fariam comigo o que seu tio havia feito com ela. *A vaidade é um pecado, Holly. Assim como a cobiça. Aprenda a viver sem esses sentimentos.* Agora ali estava aquele gorro esplendoroso, pousado na bela cabeça de Lizzie. Ela não nos viu no bosque e cantava pedalando a bicicleta ao longo da estrada, cantando como se o mundo inteiro fosse seu público.

Billy atirou com o estilingue.

A pedra atingiu o rosto de Lizzie com um baque. Ela gritou e olhou ao redor, buscando o culpado. Em um instante nos avistou. Deitou a bicicleta na estrada e veio correndo até a mata, gritando:

— Você se meteu numa encrenca, Billy Sullivan! Você se meteu numa *tremenda* encrenca!

Billy pegou outra pedra e a posicionou na tira de couro do estilingue.

— Você não vai contar para ninguém.

— Eu vou contar para *todo mundo*! E dessa vez você...

A segunda pedra acertou a sobrancelha dela. Seu gorro voou quando ela caiu de joelhos, o sangue escorrendo pelo rosto. Ainda assim, meio ofuscada pelo sangue, Lizzie não perdeu o espírito combativo. Ainda assim, não ia ceder a Billy. Ela agarrou um torrão de terra e o lançou.

Eu me lembro do grito de Billy quando a terra salpicou seu rosto. Da emoção de ver sua raiva explodir, do som de um punho golpeando carne. De repente estavam os dois no chão, Billy em cima dela, Lizzie gritando.

Mas o gorro enfeitado com canutilhos era o que realmente me interessava, e eu corri para pegá-lo. Era mais pesado do que eu esperava, com todos aqueles belos enfeites. Algumas gotas de sangue tinham manchado o tecido, mas dava para removê-las com água. Mamãe tinha me ensinado como é fácil tirar sangue de lençóis com água fria. Coloquei o gorro sobre meus cabelos e me virei para mostrar meu prêmio a Billy.

Ele estava de pé ao lado do corpo de Lizzie.

— Acorda — mandou, então deu um chute nela. — *Acorda*.

Olhei para a cabeça de Lizzie, rachada, o sangue escorrendo pelos cabelos e chegando até o chão.

— O que você fez?

— Ela ia entregar a gente. Ia colocar a gente numa enrascada e agora não pode mais.

Ele me deu a pedra que estava segurando, do tamanho de um punho, uma pedra já manchada com o sangue dela.

— Sua vez.

— O quê?

— Bate nela.

— E se eu não quiser?

— Aí você não vai ficar com o gorro. E não vai ser minha amiga.

Fiquei com a pedra na mão, ponderando a escolha. O gorro caía tão bem em mim, era tão bonito na minha cabeça. Eu não queria abrir mão dele. E Lizzie já parecia morta, de qualquer maneira; um golpe a mais não faria diferença.

— Vai — insistiu Billy. — Ninguém vai saber.

— Ela não está nem se mexendo.

— Bate nela mesmo assim.

Ele se aproximou de mim e cochichou:

— Você não quer saber como é?

Olhei para a cabeça de Lizzie, havia tanto sangue que eu não conseguia ver se os olhos dela estavam abertos ou fechados. Que diferença faria se eu desse mais uma pedrada?

— É fácil — disse Billy. — Se você quer ser minha amiga, *faz isso*.

Eu me agachei ao lado de Lizzie e, ao levantar a pedra, uma emoção percorreu meu corpo. A sensação de que eu podia fazer qualquer coisa, ser qualquer coisa. Na minha mão, eu detinha o poder de vida e morte.

Baixei a pedra com força sobre a têmpora de Lizzie.

— Pronto — disse Billy. — Esse vai ser o nosso segredo. Agora promete que nunca vai contar isso para ninguém. Nunca.

Eu prometi.

Levamos o resto da tarde para enterrá-la na mata. Quando terminamos, eu estava arranhada por espinhos e machucada por ter caído de costas sobre uma pedra. A recompensa pelo meu esforço foi o gorro de canutilhos de prata que escondi na mochila para que mamãe não o visse. Naquela noite, depois de remover o sangue com água, experimentei o gorro e me olhei no espelho. Na cabeça de

Lizzie, as contas cintilavam como pequenos diamantes, ressaltando o azul cristalino de seus olhos. Os olhos que me fitavam do espelho não eram cristalinos nem estavam transformados. Era apenas eu usando um gorro, que havia perdido toda e qualquer magia que eu houvesse lhe atribuído.

Enfiei-o na mochila e me esqueci dele.

Até segunda-feira.

Àquela altura, todo mundo sabia que Lizzie DiPalma estava desaparecida. Na escola naquele dia, a Sra. Keller, minha professora da quinta série, recomendou que tomássemos cuidado porque poderia haver *um homem mau* na vizinhança. No almoço, as outras meninas sussurravam sobre o que raptores de fato faziam com garotinhas. Muitas das crianças foram mantidas em casa, longe da escola, afagadas e sufocadas pelo amor paternal, e naquela tarde só cinco de nós viajamos no ônibus da Macieira. Todo mundo estava estranhamente silencioso, um silêncio que só serviu para amplificar o estrondo da minha mochila quando ela escorregou pelo banco e caiu no chão. Como eu não tinha fechado o zíper, tudo rolou para fora. Meus livros. Meus lápis.

O gorro de Lizzie.

Foi Cassandra Coyle quem o avistou primeiro. Ela apontou para o chumaço de canutilhos e lã caído no corredor do ônibus e disse:

— É o gorro da Lizzie!

Eu o agarrei e enfiei na mochila.

— É meu.

— Não, não é. Todo mundo sabe que é da Lizzie!

Timmy e Sarah passaram a prestar atenção, observando nossa discussão.

— Como você pegou o gorro dela? — inquiriu Cassandra.

Eu me lembro de todas as quatro crianças olhando para mim. Cassandra e Sarah, Timmy e Billy. Nos olhos de Billy, vi um brilho frio de ameaça: *Não conte a verdade. Nunca conte a verdade.*

— Eu encontrei o gorro ali — falei, apontando para os fundos do ônibus. — Preso no meio de dois bancos.

E foi assim que a suspeita recaiu sobre Martin Stanek, que fielmente nos apanhava toda tarde na Escola Billson e nos levava para a Macieira.

É assim que casos são construídos. Com base na palavra de uma criança e num gorro que pertencia a uma menina desaparecida. A partir do momento em que se é encarado como culpado, todo mundo presume que *seja* culpado, e foi isso que aconteceu com Martin Stanek, de 22 anos, motorista de ônibus escolar. Dali a culpa se alastrou para sua mãe e seu pai, tidos por todos como parte de uma conspiração e igualmente culpados.

Não foi difícil lançar suspeitas sobre eles depois de ter mostrado ao médico todos os cortes e hematomas que sofri ao enterrar Lizzie no mato. Quando Billy se juntou a mim com suas próprias acusações contra Martin e a família, o destino deles foi selado. A partir daí as histórias se espalharam e aumentaram. Se alguém pede a crianças repetidamente para se lembrarem de um acontecimento, com o tempo elas se lembrarão. E assim o processo foi construído, criança após criança, história fantástica após história fantástica.

Mas a verdade é que tudo começou com um gorro que eu queria. Um gorro que depois apareceria como a pista visual no filme de terror de Cassandra Coyle. Cassandra finalmente tinha juntado as peças e se dado conta de que a versão das pessoas para o desaparecimento de Lizzie estava errada. A verdade ficara armazenada em sua memória nos últimos vinte anos. A lembrança de mim num ônibus segurando um gorro que não me pertencia.

Olho para as árvores acima, os brotos da primavera estão crescendo e os galhos estão cobertos de verde. Todos os outros morreram, mas aqui estou eu, a sobrevivente. A única que restou e que sabe como Lizzie DiPalma realmente morreu.

Não, não exatamente a única. A detetive Rizzoli descobriu parte da verdade, embora não possa prová-la. Nunca poderá.

Ela sabe que eu sou culpada e vai ficar de olho em mim. Por isso, no momento, tenho que andar na linha. Preciso fingir que sou a garota boazinha que não rouba nem mente, que atravessa a rua na faixa e que sempre paga os impostos em dia. Preciso ser quem eu não sou. Mas isso também vai passar.

Eu sou o que sou, e ninguém pode me vigiar para sempre.

Agradecimentos

Minha mãe, uma imigrante chinesa, tinha um domínio parco da língua inglesa, mas ela entendia — e adorava — os filmes de terror americanos. Eu herdei o amor que ela sentia pelo gênero e, quando criança, passei muitas horas felizes gritando deleitada enquanto via e revia meus filmes favoritos, incluindo *O mundo em perigo*, *O enigma de outro mundo* e *Vampiros de almas*. Quando tive a oportunidade de escrever e produzir meu próprio filme independente, é claro que foi um filme de terror. A trama de *Segredo de sangue* foi parcialmente inspirada na minha experiência ao fazer *Island Zero*, e agradeço a Mariah Klapatch, Josh Gerritsen, Mark Farney, meu marido, Jacob, e a todo o elenco e equipe de *Island Zero* por terem feito parte da aventura. Fizemos jorrar litros e litros de sangue falso, ateamos fogo a uma casa (de propósito), íamos dormir muito tarde e provavelmente bebemos cerveja demais, mas ei, pessoal, a gente fez um filme de verdade! E o que escrevi sobre os fãs de terror é a mais pura verdade: somos uma família grande e feliz. Não somos pessoas assustadoras. Confie em mim.

Agradeço também a todos que ajudaram na publicação de *Segredo de sangue*: a incomparável equipe da agência literária Jane

Rotrosen, meus editores Kara Cesare (EUA) e Frankie Gray (Reino Unido), Kim Hovey, Larry Finlay, Dennis Ambrose e sua equipe de copidesques criteriosos (vocês me fazem manter a humildade), além de minhas incansáveis assessoras de imprensa em ambos os lados do oceano, Sharon Propson e Alison Barrow. Foi uma honra trabalhar com todos vocês.

Este livro foi composto na tipologia Minion Pro
Regular, em corpo 11,5/16, e impresso em
papel off-white no Sistema Cameron da
Divisão Gráfica da Distribuidora Record.